U0561250

爱，海
L'AMOUR LA MER

（上）

PASCAL QUIGNARD

［法］帕斯卡·基尼亚尔 —— 著

余中先 —— 译

GUANGXI NORMAL UNIVERSITY PRESS
广西师范大学出版社

·桂林·

AI HAI

爱，海

L'AMOUR LA MER by Pascal Quignard

© Éditions Gallimard, Paris, 2022

Ouvrage publié dans le cadre du Programme d'Aide à la Publication
Fu Lei de l'Ambassade de France en Chine

由法国驻华大使馆的傅雷出版资助计划资助出版

香港、澳门及中国大陆以外地区不进行销售

Sale is forbidden in Hong Kong, Macau and outside of Mainland China

著作权合同登记号桂图登字：20-2023-297 号

图书在版编目（CIP）数据

爱，海 : 上下册 ／（法）帕斯卡·基尼亚尔著；
余中先译. --桂林：广西师范大学出版社，2024.1
　　ISBN 978-7-5598-4871-0

　　Ⅰ．①爱… Ⅱ．①帕… ②余… Ⅲ．①长篇小说－
法国－现代 Ⅳ．①I565.45

　　中国国家版本馆 CIP 数据核字（2023）第 192327 号

广西师范大学出版社出版发行

（ 广西桂林市五里店路 9 号　邮政编码：541004 ）
　网址：http://www.bbtpress.com

出版人：黄轩庄

全国新华书店经销

广西广大印务有限责任公司印刷

（桂林市临桂区秧塘工业园西城大道北侧广西师范大学出版社
　集团有限公司创意产业园内　邮政编码：541199）

开本：787 mm × 1 092 mm　1/32

印张：16.125　　字数：200 千

2024 年 1 月第 1 版　　2024 年 1 月第 1 次印刷

定价：98.00 元（上下册）

如发现印装质量问题，影响阅读，请与出版社发行部门联系调换。

目 录

VII 森林

VIII 河口

XI 河湾

XII 寂静

I

第一局

1. 玩纸牌的人 [1]

    三个男人，三顶假发，三个鼻子，六片嘴唇，三十根被火把那长长的火焰照亮了的微红或微白的小小手指头。这些玩家好像并不在玩。人们总感觉，他们正在苦思冥想。至少，他们是在默默地认真注视他们指尖上的牌。他们身体的其他部分全都陷没在黑暗中。甚至有点儿怪。再也看不到他们的肚子。一点儿都看不到他们的腿。在黑暗中只有那么一次觉察得到一个鞋扣。边上，稍远一点点，坐着一个女人，背对壁炉。她的身影比画布前面的那些人物要更小一点。她很美。她手里拿着一个刺绣箍，就搁在她那整整齐齐的衣裙上，但她的目光并不在它上面。她的目光

1　欧洲的绘画史上，曾有很多画家绘有以《玩纸牌的人》为题的作品。如拉图尔（La Tour）、塞尚、毕加索等等，其中范·德·布尔赫（Van der Burch）的一幅同名画作绘制于与本书故事背景处于同一时代的 1660 年。本书脚注均为译者所加。

很迷茫。在她身边，一个矮几上，放有一本书，大开着，上面有一幅图像。当她俯身朝向这本书时，她手中的活计在无意间伸向了地面。就在刺绣的圆箍中，能看到一个裸体男子的身影，他正在一个膝盖的底下纺着羊毛，而女人那枚刺绣的针正好穿过那里。

黑夜中，四个男人，四顶假发，四个鼻子，八片嘴唇，四十根手指头，指甲剪得短短的，被挂在乐谱架上的脂油蜡烛的微弱火焰照亮。看起来，乐手们并没有在演奏那些长长的白色卷轴中的乐谱，它们也一样就是层层叠叠的波浪，展开于他们眼前的夜色中。他们更像是在阅读，或者像是去了别处，很远的别处。又或者他们在计时。或者他们只是在心中默唱各自的分谱，然后准备把它们奏响。他们的身体呈弯弓形，令人印象深刻。他们的每根手指合在一起组成了一个大花束，里头却空无一物。他们的眼睛闪闪发亮。人们看不到任何乐器。兴许，他们正准备在并没有一把双颈诗琴，或一把鲁特琴，或一架羽管键琴，或一把维奥尔琴伴奏的情况下排练他们的歌。稍稍远一点，后面，一旁，有一把空着的扶手椅。

很晚了。图琳拿着一盏灯。她关上了房门。左手还捏着湿漉漉的陶瓷门把。然后她松开门把，径直走向窗前。她焦虑地转过身去，以确认她刚刚进来的那道门已经关上，同时，用左手拉开了窗帘布。一个男人就藏在窗帘的阴影中，她冲他微微一笑。但是她会把那盏灯放在房间中更远的地方，在梳妆台上。她拿起水罐。她倒水。她洗了洗鼻子，额头，脸。她擦了擦眼皮。她的脸颊很清凉。她回到窗帘边。当她拉开帘布时，那个一直瞧着夜色的人的身子并没有朝她凑过来。他根本就没有动弹。月亮就在他的头顶上，在树梢之上。他哭了。于是，她任由幔帘重又落在他们身上。她伸出手来解他衬衫上的结。她的手指头滑过他赤裸的胸膛。她感到她手底下有一阵阵抽噎在他那肚腹上收缩。它们破碎在了男人的皮肤表面，仿佛她的手掌感觉到了一个个无形的气泡。

从奥斯坦德到马盖特，在整个的 1650 年代，图琳和哈腾彼此相爱了。

他们沿着海堤走向大海。他们欣赏着并排停泊在木码头上的那些船只。

瓦隆驳船，阿拉伯三角帆船，中国平底帆船。

一艘提阿尔克舟，带有它那奇怪的舵。威尼斯式样的贡多拉轻舟，带着它们那长长的尖喙。沉重的奥斯坦德驳船。

"我很忧伤。我爱上了一个女人。"有一天哈诺弗尔说。

"她对您做了什么，会让您感到忧伤？"亚伯拉罕[1]问道。

"什么都没有。"

"您有没有对她说，是什么在折磨着您？"

"没有。"

"为什么？"

"我不喜爱女人，"哈诺弗尔说，"那么，我该怎么做才能抹去脑海中吸引我的那张脸？该怎么做才能推开这些向我挺过来的乳房呢？而每一次我都发现，它们的实质在我眼中全都是那么出人意料。该怎么做才能从我的灵魂深处撕下这女人的面部五官？"

"为什么您对女人会如此反感？"

"我似乎觉得，当我看到她们，我就会想起什么东西来。它是那么古老。当我在她们身边时，我是那么害怕。她们令我焦虑。她们那柔软、黏糊、奇异的肉体让我望而却步。正因为这样，您才看到我是如此不幸。"

"但是，您到底害怕什么呢？"

"怕她们走掉。我怕她们走掉，因为她们在不断地走

---

1 亚伯拉罕这一人物也出现在基尼亚尔的另一部小说《罗马阳台》中。

掉。我怕我会因为她们的爱而死。我一点儿都不懂她们所谓的爱。"

现在，船儿进入了阴影中。它滑入了黑暗中。它停泊在了榛树丛和桤木林下。当哈腾站起身来想抓住头顶上的树枝，小船便在他的脚下摇晃起来。他拨开树枝，发现天上的月亮是如此苍白。这是初露的新月，极细极细，那么弯，那么窄，那么白。音乐师跳上堤岸。他爬上已被一层海绵状的地衣侵入的台阶。一切是如此滑溜。甚至连纤道也在脚底下打滑。雨一整天都没有停过。他穿过了湿漉漉的田野。他沿着泥泞的小路走，然后就穿越了被雨水覆盖得闪闪发亮的街。他穿越了广场。他撩起灰色的门环。他敲响了门。什么回响都没有。两次。徒然。第三次。但是回响起的依旧是寂静。于是，他转动了大门的青铜把手。门没有锁。他进入到巨大的廊道中。

一个女人缓缓地走下楼梯，洁白的手从栏杆那平滑的木头上滑过。

突然，她停在了一级梯阶上，一只脚在前。

她认出了他来。

一丝微笑从她薄薄的嘴唇上生出，映亮了她的眼睛。

于是，他疾步向前。因为，一丝微笑就足以让他疾步冲向前。他登高，他攀爬，他奔跑在楼梯上。当他们的手碰到一起时，眼泪同时润湿了他们的眼眶。四位祖父母，两个玩牌人，唯一的一局，一千滴眼泪，这就是在每一个搂抱之中的搂抱。现在，他们的眼泪流在了脸颊上，他们都顾不上擦一下。眼泪在流，它们在流。它们流淌如河。仅有的唯一的一局输了，输了，输了，永远地输了。总是这样的输了，既然她只有一道开向死亡的门。只剩下一级楼梯把他们分开，既然这就是欲望。这是一级台阶，一级简简单单的台阶，它却那么难爬。他抓住了她的手。她把脸靠向他。她伸去嘴唇。他说：

"我在找您。"

她说：

"而我，我在等您。我不是那么难找到的。我一直就在这里。"

他柔柔地把她揽入怀中。他紧紧地抱住了她。他们彼此紧紧地拥在一起。他感觉到她的乳房紧贴着他的胸脯在一点点地发胀。他感觉到她的小腹紧贴着他的小腹在一呼一吸。他们不再哭泣。他们的心跳得更慢了，它们的节奏原本不同，却在走向一致，走向协调，走向平衡，走向结合。他们俩都完全闭上了眼睑。他们是那么幸福。

2. 蓝色台呢

桌子上的台呢是蓝色的。蓝色的呢料上，一些戴了戒指的手指头在摊牌。全都闪闪发亮。

另一些手指头，长着又长又弯的尖爪，精心装饰过，涂上了颜色，仔细地磨得很光滑，显露在某一种海洋般的蓝色背景中，把纸牌翻过来。

只有图琳的双手是赤裸裸的，毫无点缀。她的指节末端有着拉弓的音乐家特有的那种又短又圆的指甲。左手的手指头必须带着力量和速度在黑木的指板上飞滑。她穿一件蓝灰色的缎面裙袍。这是一种跟覆盖在桌面上的呢毡料子很不同的蓝颜色。裙袍的领子一直顶到了她的脖子，领子由一个镂着白色浮雕的金色玉石扣住。她栗色的头发高高地挽成一个发髻。她的目光很严峻。她的眼睛是褐色的，几乎发黑，充满了忧虑。

图琳的身子一动不动地立在她纸牌的上方。她在她眼前观察到的那些彩色半身图像中讨问着她的生活。她询问着她未来日子的种种关键时刻。突然，她抬起眼皮，往房间尽头的更深处看去。立刻，她就对门边的一个昏黑身影做了一个手势。她朝她的女邻座欠了欠身。于是，在中央充当庄家的那个女玩家，就把那一堆金币收拢起。她把它们放进一个镶有珍珠的缎面小袋子里。她站起来。她走进客厅。

围绕着桌子的其他女人颇有些不知所措。

图琳也紧接着离开了原先坐着的那把扶手椅，但她没有去客厅。她跑向了大厅深处。她掀起了门帘。她出门来到街上。天在下雨。现在，她等在室外，雨滴落在她的发髻上，然后又从她洁白的额头上一滴一滴地滑落下来。乐师哈腾终于来了，步履匆匆。他握住了她的手。他把他的脸埋到了这双赤裸裸的手中，它们是那么赤裸，那么湿，带着音乐家那剪得如此短、如此柔软的手指甲。他啜饮落到这双演奏之手那修长指节上的雨水。满月丰盈，高挂在他们的头顶。它皎洁如象牙。现在，他们奔跑在细雨底下。然后，一层同样也那么白的雾气把他们团团裹住，让他们时隐时现。他们进入了这片云雾中。他们推开了一道门。一具尸体，瘦骨嶙峋，那么老，那么古，那么瘦，那么白，静谧地躺在床上。床单很干净，很新，很白。上背部靠在两个枕头上。十分僵硬的手的骨头聚集在一个小小的镀金十字架周围。手指头并拢在一起。它们兴许正在做祈祷。说实话，即便图琳和哈腾什么都没说，注视着死者时，他们的样子还是很开心的。她，挽着她所爱的男人的胳膊。而他，在这一刻，从她的怀抱中抽身出来，他跪下，把脑袋埋到被单中，他祈祷。他，他在祈祷。他什么都不信，但是他，今天，他在祈祷。

　　一天上午，弗罗贝格尔[1]先生坐在床边上，他对哈诺弗尔先生说：

　　"我想我们可以互相交流一下私密的想法。"

　　哈诺弗尔先生思索了一会儿。

　　"我都不知道是不是必须走到那一步，"他喃喃道，"我们可以稍稍分享一下自己的种子，这是有可能的。但不是自己的灵魂。"

　　"我嘛，我的想法与您的正好相反，"那个符腾堡人说，"我们至少可以彼此坦承一下荣耀或名誉的梦境。在享受了如此的幸福之后，打开心扉应该是一件美事。我们同样可

1　这位弗罗贝格尔实有其人：约翰·雅各布·弗罗贝格尔（Johann Jakob Froberger，1616—1667），德国巴洛克作曲家、键琴和管风琴演奏家。

以彼此承认我们愿意迎接的挑战。而假若我们想确定当天的工作方向，并计划好那些必须做到的会面，那么，我们甚至都能想象未来的和有利可图的社会成功了。"

"让我花点儿时间好好寻找一下，在我的心底，究竟什么才是我的社会梦。"

"对我来说，那就是变成富人，并且，只要我愿意，随时随地都能把我跟所有人分隔开。"

"对我来说，情况肯定不会是这样。"哈诺弗尔说。

"比起在房间深处尽情地关注自己所喜爱之物，而丝毫不去关心别人，还有什么更美好的事呢？"

"我曾经很富有。赌博游戏却把它曾如此慷慨地给予我的那一切又全都拿了回去，但我并不想重新变成富人。我不愿意再纠结于这一担忧，还有它的远见，还有它的脆弱。我尤其不希望重又把自己暴露给那些欲望，而那些欲望，则是命运在人们身上激起的，在那些失败的朋友身上，在那些向来作为敌手的兄弟身上，在那些永远嫉妒、执拗、高傲、挑剔的姐妹身上，在那些彼此竞争的、心怀恶毒的音乐家身上，在那些神圣却又满嘴谎言的女人身上，或者，在那些如野兽一般卑鄙、崇高、野蛮，也如同它们一般真诚的女人身上。"哈诺弗尔说。

"您害怕了。"

"是的，我害怕了。我惧怕这勤勉，还有这威胁。是的，我害怕所有这一声声尖叫，它们热衷于重复，复制整个人类。但是，我不想独自一个人待着，在晚上，在深夜，在黎明。我想，假如我只跟我自己在一起，我恐怕会杀了我自己的。"

"而我，我喜欢那样，独自跟自己在一起。就像早先那样，当我十二、十三、十四岁时，当我母亲、我姐姐和我父亲都还活着时，我喜欢独自一人待在管风琴的琴台上。独自一人，在所有人的头顶上。独自一人，在斯图加特大礼拜堂的中殿顶上。独自一人，跟上天之主在一起。独自一人，尤其不被公众所见。因为管风琴手是唯一不被人看见的音乐家。是的，假如我有钱，我想我会停止演奏键琴。我会返回到我最开始的管风琴上来。我会从一个城市走向另一个城市，因为我不会停止喜爱在这个世界的一个个城市中游荡。但我不会从一个沙龙到另一个沙龙。我会从一台管风琴到另一台管风琴。独自在我那木头、生铁、栓钉、熟钢的窝巢中，在石壁的高处，在中央厅堂的上方，被牢牢地焊接在宏伟的大门上。独自在这世界上，独自面对着这世界。我希望能自由自在地对待自己，恰如那些猫对它们自己那样，高高地栖息在屋顶上，背靠烟囱柱，或者蜷缩在雨水排漏沟那小小的锌皮摇篮里。我会让一种无限的关怀围绕着我。我会一根接一根地舔我的手指头，我会很耐心地啃咬我指尖上的指甲，我会很认真地舔干净我屁股上的洞眼，我会在空间中寻找加热得最好的砖块，在阳光下展露得最妥帖的圆瓦片，最灰、最蓬松、最柔软的石板瓦。我会挑选遥远的、难以想象的、美妙的景象。我会滑入一道道阳光中，孤独的安全中。我会疼爱自己。我会不再害怕埋伏中的骑士、军士、成群的士兵、逃兵、强盗。我甚至会不再畏惧被偷，仿佛我已经是大富人一个。我会那么高兴不必宣称在这里得到了一点点赞美，在那儿得到了一点点尊重，在最糟者的评判中有了些许可恶的荣誉，而在别处又有了些许金钱，能让我穿上好衣服，或者去喝酒，或者去掷骰子赌钱，或者去玩布雷兰纸牌，或者干脆就玩法罗纸牌。我会喜欢有一处隐居，就像我的哥哥在君士坦丁堡，在王子群岛所设计的一模一样的居所。但是，我会不喜欢受到我那王国的警察的束缚。说到我自己，我猜想，隐居处会是在潟湖的边缘，在一百一十八个小岛中的一个，就在威尼斯群岛的一个很小很小的岛上。水边上，一个长长的懒人花园。我看到雨水蓄水池附近放着绿色的喷壶；我看到喷壶花洒的铜孔在闪闪发光；还有一把移植花卉用的铁锹；岸边有一条黑色的小舟，或者不如说一条用来四处游荡的贡多拉。尽管没有一位露着棕黑的闪闪发亮的双肩的英俊船夫。不，只有一把桨、一根竿、一挂网，唯有云彩作为陪伴，因为它们也要离去了。"

"不如说，死去了。"

"为什么您要说这些？云彩对您又做什么啦？"

"我在威尼斯的那些宫殿中演奏了整整一个季节。整整一个无穷无尽的季节。那是多么没完没了的无聊啊，在这又臭又倦又滞的水中，在这不断掀起的灰土中，风把它们刮得到处都是，岸边，海滩上，它们钻入鼻孔，刺痛眼睛，黏住卷曲的头发。天空不断地弥漫着海雾。乐器的弦甚至都无法保持调好的音准超过一刻钟。"

"我还将补充一些动物。很多很多动物。一些猫。一些狗。一只能产奶的山羊，一些能下蛋的母鸡。我还很欣赏野兽甚至猛禽的陪伴，而您对它们却会那么害怕。茜碧尔公主是那么崇拜属于森林的一切，无论它们是会飞，还是会奔跑。"

"而我，我则又会害怕了。"

"但它们不会追捕您。它们不是人。它们根本无意伤害您。它们不会抢劫您。它们会从您面前跑开。"

"我只欣赏灌木丛中的小鸟，因为，当我的脚迈向它们时，它们会比我更害怕。甚至，当我带着我的里拉琴走向圣马可广场上的一个音乐集会时，连威尼斯的鸽子也会惧怕我。"

"哪一个音乐家会不喜欢鸟儿呢,至少当它们在深夜将尽之际唱起歌的时候?"

"没错,既然您让我想到,我很欣赏欧歌鸫,一旦您的手靠近了它们那如细沙一样、如扑了粉一般的白色羽毛,它们就会扇动翅膀,从葡萄枝蔓之间飞走。已醉的人们重又坐着大车离去,就在一排排酒桶中间。人们几乎会让自己跟它们啄食谷物时所寻求做到的那样,任由自己陶醉。"

"小时候,我的口味把我带向的可不是鸟儿。而是鱼儿。那是渔网,是船帆,是拖网,是瓦隆人的木桶,是出海的驳船。小时候,我去默兹河和莱茵河的交汇处,去我祖父生活的喇叭形河口捕鱼。我总是跟我父亲巴西利乌斯和我的哥哥一起去那里。他名叫伊萨克。正是这位兄长隐居在了马尔马拉海的中央。伊萨克放弃了我们家的姓氏。他拿我们死去的父亲的名字做了他的名字:巴西利乌斯。他只是把它改为巴西勒乌斯,以误导那些追捕他的人。他还会拉一点点小提琴,但他的收入的基本部分,则来自那些被他压榨粉碎的橄榄,还有被他践踏出汁液的葡萄,当夏天结束时,他写信告诉我。而我,既然我现在,今天,今早,在您身边赤裸裸的,回想起来了那一切,我真的好想出海去啊。就是这样,的的确确就是这样。这就是我的梦，假如我一次押下了所有筹码，假如我赢了赌注，假如我席卷了整张赌桌，把满满一桌的埃居、路易、金币、银盾全都刮个干净。我要逃入无边无际浩瀚无垠的大海，没有形状，没有任何形状的大海。什么时候想推小舟了，就双腿泡在水中，不慌不忙地推它走。什么时候渴望了，就让自己消失在美丽的世界中。重又在世界上所有种族、所有肤色的水手身边捕鱼。顶着海浪，然后又任由自己被它卷走，任由自己被它狂野的激流高高掀起。遇见神稳稳地行走在暴风雨中，带着一种如此的平静，一种如此的优雅，双脚几乎擦着飞上天空的浪尖，然后，返回港口。召回所有离港在外的帆船。回来跟人一起喝上几罐冰镇的白葡萄酒，跟所有的水手、拖网渔民、钩钓渔民、捞海带渔民、小酒馆老板、鱼贩子一起，跳上浮桥，回到坚实的地面。吃油炸糕、蛤蜊、圆饼、蜘蛛蟹、烤得咸滋滋的墨鱼、切成大片的厚厚的生金枪鱼。这一切，多么美好！"

他一边说，一边弯下了脑袋。他一边说，一边舔着嘴唇。

"您的梦一下子就诱惑了我。"哈诺弗尔侄儿说。

他站起来，他伸展开他那又细又长的赤裸裸的身子，他瞧了一眼他那个与之共同取乐的伴侣。他观察了一番那个庞然大物的巨大一团，他现在已经饥肠辘辘了。他的胸膛上没有一根毛。他胸肌很大。或者说，至少是两个胖大的空囊，稍稍有些肥胖，苍白，往旁边下垂着。只有巨大的下腹部的一丛毛是卷曲的，颜色浓黑得如同乌鸦的羽毛，团团围住了玫瑰色的下体。

3. 羽管键琴

I. I. 弗罗贝格尔的清单, 1667 年, 茜碧尔·冯·符腾堡公爵夫人在埃里库尔城堡的专用小礼拜堂。

一件黑色塔夫绸的披风, 一个硬纸板的鼻烟壶, 一个装有三粒骰子的皮质摇杯, 一个键琴的键盘块, 一个装有六个乌鸦嘴钳子的小袋子, 用一根黄线串连在一起的一本小乐谱。

一方带蓝色格子的手帕。

一个开瓶器。

一副写有哥特体德语字母的黄绿相间的纸牌。

一个能发出被巴黎人叫作 do 的 C 调的铜铃。

羽管键琴, 当它只有一台时——当它被扔给它那紧缩、尖利、叮当作响的亮音, 扔给那些短而脆弱的高音时——它根本就填不满整个大厅的风量。它显得很纤弱, 难以开始一种音乐的聚会。而且，同样，它也太沉闷了，无法以激昂的方式来结束演奏。音乐家竞赛之中的座次排列就是冲突的根源。来自内卡河畔斯图加特的埃里库尔的键琴手，那个名叫约翰·雅各布·弗罗贝格尔的，他的技艺是如此脆，如此碎，如此婉转如鲁特琴，如此清晰如珍珠，要比其他大多数乐器音弱了不少。

甚至还有来自米卢斯的哈腾先生那细腻雕琢的双颈诗琴。童年时，他就在米卢斯生活过，在伊尔河畔。几年后，他也曾在斯特拉斯堡生活过，还是在伊尔河畔。

甚至还有德·圣科隆布[1]先生的七根弦的维奥尔琴，这个音乐家生活在巴黎的郊镇，在一栋门前有一片柳树林的房子里，那房屋就俯瞰着比耶弗河。

话虽这么说，布朗士罗什[2]先生、戈尔捷先生、库伯兰老爹、图琳小姐、德·圣托马小姐和德·拉巴尔小姐，都会让人在本子上为自己特地写下弗罗贝格尔先生每一次独

---

1 德·圣科隆布历史上实有其人：让·德·圣科隆布（Jean de Sainte-Colombe，约 1640—1700），法国音乐家，也是基尼亚尔小说《世间的每一个清晨》中的主人公。

2 布朗士罗什历史上实有其人：夏尔·弗勒里·德·布兰克罗彻（Charles Fleury de Blancrocher，约 1605—1652），也拼写为布朗-罗谢（Blanc-Rocher），法国鲁特琴演奏家，如后文提到的那样，他是在巴黎被围困那一年的夏天，当着众多音乐家的面，从楼梯上坠落身亡的。

奏表演的时间。

哈腾先生，长有一张如此凹凸不平、如此气势磅礴的脸，常常站立在一边，手里卷动着或捏着小小的纸片，弗罗贝格尔即兴创作之前就习惯于在那上面草草记下他的主题。有时候，他也会坐在他身边的琴凳上，当他觉得他朋友缺乏想象力时，于是，他们就一起合奏，然后，靠着哈腾先生把他带入的和声，弗罗贝格尔先生也就恢复了气势，重新独自赶往音乐的苍穹。人们曾肯定地说过，哈腾先生过了而立之年后就再也没有公开演奏过自己创作的作品。没错，他很孤僻。他再也受不了被人伤害，再也不打算冒受到伤害的风险。必须把他算在那些数目有限的孩子中，这些孩子的话语根本就无法吐出来，进到空气中。他们始终隐居在幕后，提防着所有人，不让自己受到任何伤害。话语被吸收到了他们心中。这些孩子都算得上美丽至极：他们有着一种巨大的目光，如动物一般，一种整个自然都会入侵其中而唯独世界不能进入的目光。这是一种如此的目光，由各生命群体所说的语言不会显露于其中，因为，一旦嘴巴张开，各个性别，或各个类型，或各个阶层，或各个民族，或各个界域，就会根据这一语言而彼此发生冲突。

图琳将昏倒。她在雨中显得满脸一片苍白。她大概是太热了，因为在倾盆大雨中她依然裹着那件皮大衣。她就要倒下。她靠在了墙上。

"请等一下。"他喃喃道。

哈腾抓住她的手。他得扶住她。他推开套房的门。他脱去她那件厚重的萨姆大衣。他一直把她带到窗边的扶手椅上。

一坐到海景的面前，她顿时就不作声了。这个端坐的女人真美啊。她又缓过了气来。她歇息着。这个年轻女子是多么苍白，甚至还有些发光。

现在，哈腾把厚重的白色毛皮大衣铺到了床上，当黑夜的寒冷钻进房间时，它可以用作他们的被子。

他跟她说话。

他问她有什么不舒服。

"没有。没有。我很好。"

然后她就不说话了。

再后来，她转身朝向他。她瞧着他。她说：

"我是那么需要您，您都想不到的。当您要走掉时，我的整个身体都在憎恨。"

4. 窗户

幸福就是这个陌生者，它来到，恰似一阵狂风刮到岸上。

它搅乱世界，远比一场暴风雨更强。

它掀翻大车、棚屋。

它不被人看见，却推倒树木。

舟船的外壳飞到了天上。

当幸福就在那里时，你得有勇气。迎接幸福：此事实属罕见。当它迸发时，你切不可迟疑，它那么自发，惊人，站立不倒，害怕，僵硬，紧迫，无法理解。面对着幸福，你不可脸色苍白，恰如不该面对痛苦而战栗。一个罗马人，因为心生一念，抓起刀子来自卫，弯下了腰，摔倒了，引发了城里的大火，黎明时分，全城只剩下一大片阴暗的灰烬——只能看到落在地上的那把刀的刀刃在那里闪闪发亮。那个在弗拉芒北部的安特卫普，朝着码头、教着一帮年轻人击剑的教师，他总是说，在攻击过程中必须小心闪闪发光的剑的尖头。

必须留意敌手的目光——或者还有，爱人的目光——只瞧着对方的眼睛。

若瞧着武器，那就会掉脑袋了。

而想要护住自己的身体，那就已经丢了性命。

适合于忧郁的，只有那种风景，忧郁会平静下来，因为它在风景中找到了伸展的空间。同样，风景也会变得视觉所能赋予它的那般无限。

"玛丽，玛丽！你在瞧什么呢？"

玛丽·艾黛尔朝他们转过背去。她就在窗户前，窗户对着运河，运河连通埃斯考河，然后就是北海。她耸了耸肩膀。她的眼睛就像绿松石一般。她嗫嚅地说，对着莫姆[1]，对着亚伯拉罕，对着哈腾，他们仨全都在她的身后：

"那些站立在自家窗帘后的女人什么都不瞧。在你们，在你们这些人，这些男人看来，你们这些喜爱竞争，或喜爱欲望的刺激，或喜爱战争的人，你们这些那么喜欢一头扎入宏大话语中的人，而这话语根本就不会保护你们，只

---

1 莫姆是基尼亚尔的另一部小说《罗马阳台》的主人公，他是一个版画家，不幸被情敌用硫酸毁了容。而玛丽·艾黛尔也曾出现在那部小说中，她与莫姆相爱。

会通过成倍地增加让你们迷惑不已的那些精彩对立，而把你们直接带向死亡——在你们看来，她们似乎正在瞧着这世界，这地方，这港口，还有这有人奔跑在其中的码头。但是，她们对这一切连瞧都不瞧一下。"

"假如她们并不在瞧在那儿发现的风景，那她们又在窗户前做什么呢？她们额头贴在玻璃窗上做什么呢？至少，她们是在瞧货物堆积的码头吧？至少，她们是在瞧从轮船上回来的那条小船吧？"

"她们根本就没在瞧什么。她们在等待。她们在等待，这就是她们所做的，她们在等待。她们等待的不是一条轮船。她们注意的不是一艘货轮。在她们目光的尽头，她们所寻找的当然不是一次回归，肯定不是一次重复。她们等待着一次无法解释的到来。这就是她们的生活。她们要向前冲，或者还不如说，她们通过调动衣裙底下她们所有的肌肉，准备着她们的冲锋。因为女人在她们整个的美丽之外，还有着满身的肌肉。她们的生活总是比您的生活可能会是的那样要更广阔。她们携带，而您却什么都不包含。她们孕育，而您却不生养。她们成熟，而您却不会结出果实。这就是她们的爱：它在她面前。它从来就不在那里。"

"即便在她们的怀抱中？"

"即便在她们的怀抱中。"

玛丽·艾黛尔站起身来。她拿着一把铁剪刀。

"我想要一个孩子。"

于是，她前往运河沿岸的亚伯拉罕公园，在吕伊半岛的人来汲水的那个大水池子前，她弯下腰来，她挑选，她剪下一些花来，组成一个花束。那是一些黑郁金香。

他们在弗拉芒北部等待渡船。那里敲响了出发的钟声。

他们在昏暗的水面上瞧着小小的提阿尔克舟的到来。它就像一弯白色的豆荚。一条小小的弗拉芒人的提阿尔克舟。

埃斯考河上的一条提阿尔克舟，就是默兹河上的一艘埃尔纳舟。

"哦，这只是一条小舟。"

"没关系的，天没有下雨。"

"有几筐芦笋。"

"这是四月份最初的时鲜。"

"应该许它一个愿。"

来自荷兰的那些画作，表现女性在窗户边上阅读信件的，常常会把她们画得仿佛远离世界，因为在这个世界上，她们通常是站立着的，如此自豪地挺着胸，以一种美妙的姿势。她们的皮肤是洁白的。在她们的眉毛之上，在她们的鼻梁上，皮肤几乎可说是透明的。她们脸上的那种清洁，那种精致，那种立体感，全都被她们所面向的光线的涌动给吞噬了。

她们爱的是太阳。

正是这颗恒星创造出了她们正在蓝色天空的背景中欣赏的这一世界。她们的发髻是优雅的。它们就像是大丽花。它们就像是被太阳刺穿的蓟类。她们额头的表面突然就变得那么宽阔，因为她们把额头低向了被她们的手指抚展开的纸上：真正的宝藏就在那里。它并不在玻璃后面，它就在她们的手中。被她们抚平，那个被她们用手指头捋顺的纸团。

实际上，她们已经离开了围绕着她们的那个精致地方，斯频耐琴[1]，桌面的呢绒，镜子，挂在墙上的绘画作品。

她们进入梦想的浓浓欲望中。

现在，她们梦到的是一个男人。

窗户边上这些年轻女郎是多么美丽啊，紧紧关闭的窗隔绝了小巷中的噪声，还有世界的嘈杂。

爱的深底有一种异乎寻常的冲动，它彻底消解了旧的

状态，并且是如此强大，竟然摧毁了童年的记忆。

　　纸页上的细小字母，让那女人的心灵深感恐慌，她一读再读，让它们在手指头底下滚动。

　　她机械地卷起它们。

　　她重又小心翼翼地展开它们，再读它们。

　　很巧，在同一张床上，女人和男人做的不是同一个梦。

　　谁能把他的生命托付给有一天曾抛弃了他的一双臂膀呢？

　　哈腾的眼睛在渐渐降临的夜色中闪亮。但是两个人都等待着。他们在其中置入了如此强烈的紧张。两个人分别等待着。蛇什么时候钻出洞来，爬下山去？它什么时候盘缠在树上？当他们在夜色中钻进森林后，鸟儿又在什么时候从树丛中出来？野猪又是在什么时候从它的矮树林或它的巢穴中冲出来？

　　起初，哈腾唤起了她的种种自责。然后，他的音乐让她震惊。图琳并没有受他的影响马上倒下，他的乐谱当然很有难度，但是她紧紧依附在了她从中发现的一种特殊的忧伤中。一开始正是这样，她依附上了他：通过依附于他的音乐而依附于他。他们一起演奏。然后，她发现他演奏时是那般专注，那般美丽，完全超越了他那张奇怪的脸，一旦他的灵魂远远地飞到了他们正在演奏的音乐的社会之外，那就是一种如此无限的美。如此遥远的别处。音乐家们演奏时，他们的肉体就如此远离了这个世界。她对他的作品充满了激情，只要他有作品被复制流通于市面，她就会买下来，把它分发给那些还不知道它的人，清点那些会被它迷上的人，并寻求联系上所有那些会伴随它通行的人。她四处追随他的声誉。他刚一现身于一座城市中，她也就会跟着来到那里。当他跟弗罗贝格尔一起在布鲁塞尔的市政厅公开表演时，她就大胆地接近他，她跟他交谈。她提及了她的维奥尔琴师傅，此人早已隐退在了默兹河畔的迪南小镇中。他则提及了他的鲁特琴师傅，此人如今在巴黎市中心的好孩子街上卖鲁特琴。他们一起离开市政厅大厅。天下着雨。

好孩子街，假如人们穿越奥拉托利修会的花园，假如人们沿着卢浮宫走，就会前往塞纳河，来到河滩。一阵蒙蒙细雨飘落到阴暗的水波上。一个洗衣女一失手，就把捣衣杵落在了她的木筏上。

她立即弯下身子，伸出手去，拉长了上身，尽量伸长了胳膊，想抓住她那已经漂流开去的捣衣杵。突然，这个

挺直了腰背，尽可能地伸长了胳膊，伸长了手，伸长了她
那只手上大大展开了的手指头的年轻女郎，就跌落在了河
流中，滔滔的河流会把塞纳河的水一直推向鲁昂的码头，
推向维勒基耶的渔港，推向勒阿弗尔－德－格拉斯的军港。
她被拖入了她常常来洗衬衣的河流中。她被她落入其中的
寂静带走。她周围所有的那些男人和女人都在察看着漩涡。

她将再度浮出水面吗？

每一个生命都在它的持续时间内，这就像一场可怕的
游戏："她将再度浮出水面吗？"

所有人都打量着在他们眼前流过的平缓而又寂静的水，
只见它倒映出圣母院大教堂的巨大阴影。

所有人都希望有一个小小的漩涡。

弗罗贝格尔和哈诺弗尔，倚靠在木头扶栏上，认真地
瞧着。

所有人都希望有头发在水面上漂浮开来。

所有人都期望着哪怕是泡沫的破裂。

所有人都梦想着会有一张脸突然浮现并叫喊起来。那
将是一种诞生，通过憋气，通过咳嗽，通过找回她的气息，
吐出她肚子里的水来，那会是一种歌唱。一次重生。但是，
什么都没有。只有水，强有力的、猛烈的、无所不能的、
原始的水，在流动着。它甚至都不在流：它在同一番流动

中不断涌出。他们转开身去。他们默默地转回身来，一个回到他的船，另一个回到他的垂钓，一个回到他的里拉琴，另一个回到他黄杨木的键琴，而这一个女人，则仿佛已回到了她一边哭泣着一边拧紧又甩干的衣物中，回到了她的绝望中，她那突然发出的叫喊中，回到了她的长条肥皂上，回到了她眼下牢牢紧握在手的捣衣杵上。

　　图琳把她的大团头发拢往脑后。她手中的梳子牵拉着，延展着她头顶上这一片浓密的头发。玳瑁梳子使前额彻底暴露。它甚至还让情感暴露出来。它让眼睛充满了恐惧和真诚。所有的头发都从发根处显露无遗。它让鬓角变薄。发髻高高耸起。它把忧虑从鬓角中挖出。它把脸拉得那么长，都把它给照亮了。只有伟大的爱情，但同样还有风暴，还有所有与激情相似的狂风、突如其来的性欲，才能把头发弄乱。这恰恰就是爱之所是：一头如此高耸、如此有构造的秀发，突然如碎片倾泻，披散在了肩上，覆盖在了鼓胀起来的胸脯上。欲望的运动释放了它的整个重量。它散发出它奇特的气味。所有散开的头发一下子又缠结到一起。现在，它投去了长久的混乱、气味、古老的本性、鬃毛。这混杂的气味，野兽的、燕麦的、猫儿的、金银花的、黑莓的，显示出来，升腾起来，膨胀开来，像是躯体周围的一团云雾，散落在枕套或床单上的头发的气味、腋窝处皮毛的气味，整个赤裸裸的身体都被激活了，被在整个肌肤的体积中、在肌肉的张力中自我寻找着的愉悦的努力激活。

早晨，当那些刚刚醒来的女人，手上还没有戴上戒指，眼睛还半睁半眯，很平静地用手把它笼在了她们脸孔的上方时，这是厚厚的、巨大的、复杂的、惊人的、宏伟的一大团，它从将在日光中前行的女人的脑袋上方隆起。

然后，她们睁开眼皮。

她们需要两面镜子——她们需要长长的好几分钟时间，还有她们不再看得见的一些动作——以便用她们的手指把它构筑成发髻。

而一个吻就会让它崩溃。

异乎寻常的斑点，浓密、幽暗、高贵、摇摆不停、飘忽不定，凌驾于一张美丽的脸容之上。

几百支蜡烛，六盏枝形吊灯，在所有这些脑袋之上照亮了大客厅。音乐响起。他们站起来。他们走向前。他们互相抱住。他们跳起舞来。这一舞会有多么奇妙。他们身穿节日盛装。他们是如此美丽。他们是如此出色。是哈腾在指挥着七个乐手，他们显然比他更年轻。他穿着缎面的上衣，带有蓝色的肋形胸饰。那些听着音乐起舞的人，当他们围绕着自身转动时，会不可抗拒地彼此靠近，这一点，连他们自己也没有想到。然后，所有人都把容光焕发的脸伸向枝形吊灯，那上面的蜡烛似乎就是一颗颗星星。长裙舒展开来。于是，脖颈重新伸直。发髻摇曳。这些脸孔，彼此离得越近，互相照亮得就越多，互相折射得就越显明。而它们越是互相折射，它们燃烧得也越旺。所有的男人，所有的，他们都在燃烧。所有的女人，所有的，都在动情地瞧着正看着她们的那些眼睛中炯炯的炭火。所有人，男男女女，都在呼唤着，低声地，或者高声地，唤着那火焰重燃。但愿它旺盛起来。但愿当他们走近它们时，在火盆底部，焦黑了的木头旧碎片能重新燃起火来。皮埃尔[1]在安娜的宫中把他的双手伸到火中。皮埃尔在冬季的寒冷中俯身朝向炭火盆，皮埃尔瞧着自己的手伸到火焰中便心生羞愧，羞愧，因为他说了，羞愧和恐惧，因为他背叛了他的爱。而当他瞧着自己的手指头在火炭的上方变成粉红色时，他哭了。耶稣本人在挨鞭挞之后捡起他的长袍，只为不让

1　这里的皮埃尔大概是指法国国王路易十四的第一个贴身仆役皮埃尔·德·拉波特（Pierre de La Porte，1603—1680），他从十八岁起就为刚刚成为法国王后的奥地利的安娜（1601—1666）效劳。

他的门徒、士兵，还有祭司看到他红红的屁股，后来，当他被钉上十字架时，他再次感到羞耻，他垂下了脑袋。他在垂下脑袋时看见了什么呢？上帝在临死之际所看到的，真是太奇怪了。临死的上帝就瞧着那三个监守着三具正走向死亡的躯体[1]的卫兵手中的骰子和纸牌。这就是临死的上帝所看到的最后物体。一局纸牌游戏。一盏照耀着他们的遮光提灯。三个男子在山顶上玩着他们的那一局。他们在这唯一火焰的微光下掷着骰子，这火焰能透过提灯那小小的螺钿门看到。其他三个人，在他们的上方，赤身裸体，暴露在缓慢的死亡过程中，手臂脱了臼，手上没有了血色，痛苦地跟随三个罗马士兵开始了的牌局，与此同时，他们也正在慢慢地咽气。

1　根据《新约·马太福音》二十七章的说法，耶稣被钉上十字架时，有两个强盗陪同耶稣一起被钉上十字架，一个在右边，一个在左边。

II

绿色台呢

1. 蓝夜

千万年里，亿万年里，黑夜是完整的。

黑夜，落在地球上未被太阳照亮的那部分的黑暗是完整的。

夜间，人们前往茅厕的便坑，常常会有那些被尿憋得慌的女子和男子相遇在蓝色阴影的内部，它是如此幽暗，直接从他们头顶的空中落下。他们触摸着围场的墙壁，或者大树的树干，生怕会互相撞上。有时候，他们也在黑暗中互相寻找，就沿着那条积满了他们粪便的沟。在肌肤还未出现之前，他们用手就发现了彼此凹凸有致的身体，在他们皮肤的颜色被发现之前，他们就闻到了气味。这就是发生在玛丽与莫姆之间的事。这种亲密性持续存在，但很艰难。在喃喃耳语的同谋和性的柔情中，他们彼此黏合了好几个星期。他们怀着怨恨和骄傲彼此远离整整几个季节。他们又回来了，而当他们又回来的时候，他们的嘴唇又颤抖起来。奇妙的口涎从中闪闪发光。他们的嘴彼此靠近。

玛丽·艾黛尔朝他抬起她那蓝得出奇的眼睛。她对版画师莫姆叫喊道：

"你的沉默麻痹了一切。不知道你在想什么，这压迫着我：久而久之，我会窒息。我无法跟那样一个人一起度过我的日子，他整天就俯身在桌子上，镌刻着并没有我在场的拥吻场景。一直生活在你的沉默之内让我缓不过气来。我必须离开你，因为我在你的世界里就无法飞跃。我也找不到办法来摆脱你制造的阴影。"

但她仍然和他生活在一起，尽管她呼吸急促，尽管她喉咙发紧，尽管她脸上经常因愤怒而气得面无血色。在这些愤怒的时刻，她苍白得令人难以置信。那一时期，莫姆忙于创作纸牌的草图，并把它们转交到阿恩施塔特，给安特卫普的普兰廷印刷所。

在他用浓墨覆盖的镀金铜件上，布朗士罗什先生和弗罗贝格尔先生正从会议厅的门中走出，前往圣克卢的大平台。

在反射到铜器的光芒中，人们能勉强看到他们的身影在塞纳河的岸畔，他们等待渡船来把他们送到小岛上去。

他转动着印刷机的螺丝，他们便出现在了浓墨中。

2. 绿色台呢

一团顽固的、不透明的黑暗，围绕着放在桌子中间的火炬底座。

火炬的上方，火焰就像一颗杏仁，被人剥了皮，被人从其皮中取来。

更远处，七枚金币，在绿色的游戏台呢上，发出一种闪光，有时候，突然，会一闪一闪地闪烁。

这就是上帝的价。

图琳、亚伯拉罕、弗罗贝格尔、玛丽·艾黛尔、里拉琴演奏者哈诺弗尔围坐在放置有火炬的桌子边上，按照这一顺序，默默地玩着。

乐师靠着枕头，赤身裸体，躺在床单凌乱的床上。

哈腾又睡着了。他几乎没有碰过她带回来的晚餐的剩菜残羹，那是她用手帕裹住，从牌局正在继续进行中的客厅带上楼来的。那块上过浆的白布，被她解开，铺在他面前的床单上，用来做成了一块桌布。

漆木盘子上有一只鸡翅，几颗核桃已从它们撕裂的外皮、从它们破碎的果壳中取出，还有已去皮并切好的四分之一个苹果。

身材修长的年轻女子自己也完全赤身裸体——她是那么高挑，那么细长，那么瘦削。不过，她的肚子有点儿鼓突，因为她，她吃了一些东西。她的胸部非常漂亮。她在她那沉睡的爱人上方挺直了身子。她清走了他吃剩下的东西，然后又返身回来。她的左手摁住了他的肩膀。她轻轻地躺下。她滑向他的身边。她把脑袋靠在他的肩膀上。她看着乐师那张张得大大的、椭圆的、全黑的嘴，它是那么昏暗，没有任何歌声从中发出。

德·奥坦夫人就在基歇尔、抄谱员哈腾、弗罗贝格尔、卡普斯贝格、安娜·贝热罗迪的眼皮底下死去。她就暴死于那些人的眼皮底下，那些属于维也纳宫廷的乐手、那个陪同着奥地利马车的军官，还有保护着他们的那一队人马。她不小心从疾驰的马上摔下来。一只脚还踩在马镫上，她就被拖进了一个葡萄园，马儿猛地一尥蹶子，想摆脱追逐着它并阻碍着它的重量，接着，它又转身回来，用它的蹄子整个地碾碎了年轻女子那迷人的脸。人们冲进了葡萄园。人们发现她的下半身完好无损，长裙保持了完美的状态，她的胸脯毫无损伤，她的脖颈完美无缺，脸却变得稀烂。女骑手面目全非，根本无法辨认。必须为整个葬礼制作一个蜡制头像。玛德莱娜·德·奥坦死去的第二天，米卢斯人朗贝尔·哈腾，还有曾经居住在与塔林隔海相望的拉赫蒂的前芬兰女人——芬兰已经被瑞典人可怕地占领了——图琳，一起逃往了布鲁塞尔。

哈腾说，在我人生的第一阶段，我曾梦想成为一个教士，去中国传教。在人生的第二阶段，经过改变，我渴望成为一名牧者，前往阿尔卑斯山的湖泊和山峰。最终，当我看到，在城市的街道，在乡野的沟壑，一直到所有民族的崇山峻岭和广袤森林中，只有鲜血在流淌，我便不再相信上帝。某一天，甚至可说是在某一时辰，我在大地上的众神面前厌恶得倒吸一口凉气，决定不再跟其中的任何一个打招呼。

图琳说，我生于世界之门，我的生父是一个神奇之人。我对母亲则丝毫没有温柔的回忆。我跟她很亲近吗？是的，当然，一直到五岁时。我了解她吗？不。我生活在被地理学家们庄严地称为曙光之中心的地方。我生活在天堂与长长的大浮冰之间的交界处，或者至少在浸透了很少会脱离开阳光的大团蒸汽内部。我开始生活在彩虹诞生的地方，太阳永不落下的地方，夜晚只在蓝色的暮色中结束的地方，而这苍蓝的暮色本身并不打算消失于天空之中。每一天，我都看到上帝，我在那一团火热面前低下眼睑，这火热，在夜晚将尽之际便躁动于天边，并慢慢露出脸来。因为，除了在他闪耀光芒的广袤黎明中，我还从未在别处见过上帝。这是我认识他的唯一那张脸。而且，这一表象也不是一张脸，而是显现本身，它是一种火热，它变成了人们无法看到的一种形式。不断地，一个黎明接着一个黎明，我总是在不厌其烦地凝望着那颗突然间就淹没了它为生命所提供的空间的崇高恒星。

哈腾说，在比利时的高高岸畔，就在北海的阵阵高头海潮不可挽回地卷起在前滩上的那一刻，总在天亮之前起身的图琳已经吞下了两个鸡蛋，这非凡的年轻女郎把我从床单中拉起来，我们在灰蒙蒙的夜色中走出旅店，她拉住我的手，她甚至紧紧地抓住了它，把我朝她那边拉，就此激励我跑了起来。我们喜欢手拉着手，在这个自我创造出来的崇高空间中飞奔而下，在这空间的内部，追随着每一股涌浪。我们跑，我们跳，我们飞奔。突然间，我们滞留住了，只是被美攫住，动弹不得。这条线，首先闪耀出微光，就像一份潮湿的谱表，眼睛被它迷住。在那里，双脚如被磁铁吸住。在那里，马蹄铁、动物的腿、螃蟹的大钳、鸟儿的爪子或小脚蹼，是多么乐意印上它们的新痕迹。跟图琳一起，我们对光明和涌浪贪得无厌，在瑟堡和安特卫普之间，在敦刻尔克和泽布吕赫之间。微光刚刚生出在那么艰涩、那么尖利的空气中，突然，我们就停在了湾口的正中间，就在布兰肯贝赫的海岸上。此刻，外面的天气有多冷啊。我们紧紧地握住我们的手，我们死死地抱住我们的胳膊，享受着大自然在朝阳初升之际赐予自己的那种巨大的幸福。她说，上帝这一单音节词，指明了日光的这一辉煌。Dies[1]. 仅此而已。那么美。透过嘴唇之上，我们四片嘴唇之上所吐之气的薄雾，我们远望着广阔的空间在扩大，最近被浸湿的海滩在渐渐展开，它奇迹般地、从水中简简单单地浮现出来。曾被大海遮掩住的这部分土地或岩石是那般完美无缺，那般清新异常，那般纯净无瑕，毫发无伤。我不知道我心中的这一怪念从何而来，一切都在建议放弃。但是，有图琳在，一切都是这样的强过那种放弃，一切都是放任。而且，更具信任感的是，一切甚至都

---

1 Dies，拉丁语，意为"日子""时日"。其词形与法语中的"上帝"（Dieu）一词相似，故而有上文中"上帝这一单音节词"的说法。

是抛弃。因此，我是那么爱她。我也曾如此迷失，如此兴奋，如此迷茫，如此快乐地待在她那长长的、伸展的、巨大的胳膊中。我的艺术、我的成功、我的前途、我的创作，我发表的这一切会得到所有人的认可，可我对此从未挂心，而这在她那里已经变成了执念，毫无任何理由可言。我不知道为什么事情会变得如此。我，我是如此的更喜爱她的女性身体，她那女性身体的美，她那女性灵魂的思索，远超过我还能时不时地记下的音乐，要知道，当难以言喻的悲伤把我攫住，就是说，当她忘记了爱我，就是说，当她独自一人，带着她那深红色的长长的维奥尔琴，前往她那些老师的家中，在默兹河畔的迪南，在比耶弗河岸的巴黎郊镇，当她返回她的家人那里，在泰尔讷曾的港口坐着小船，或者在汉堡的木头滨河道上，一直走向被她称为黎明的无法表达的深邃之处。她那修长的女性身体的无声剥露让我如此陶醉，远胜过所有的乐器，远胜过世界的种种呐喊，种种诉怨，种种低吟浅歌。这一狂喜，这一秘密卧房，在那里，我们脱光衣服，我们扭曲自身，我们忘却自我，我们翻滚倒下，我们在彼此的怀抱中熟睡，那地方，甚至比曙光更吸引我，而那曙光，她会把它看作一位神明，就跟最初的人类一样，而且，兴许还是最淳朴和最真实的人类。她的身体，她修长的身体，她柔软的身体，她的气味，她的青春，她那两个如此美丽的乳房，她那立即就有所反应并起了细小颗粒的乳晕，甚至包括生怕失去她的那种焦虑，一下子就把我撕裂为两半，又一次推动着我，让我不停地把自己献给她。她，从白天一开始起就是大海，就是大海的前滩，她那在冰冷的水中的双脚，那又开双腿的动作，那像一枚鸟蛋出壳的动作，像是海底的一只海葵，像是一朵玫瑰不惜一切代价在春天凌厉而又如此新鲜的空气中所做的那样。这是她的快乐。她那疯狂的快乐。她全身都是肌肉。她像舞者一样跳跃。潜水是她的快乐。她是维奥尔琴手，但是她演奏时继续叉开了双臂，跟她游泳时伸展胳膊用的是同一方式；她把它们抛投到身边，在海浪中，或者在空气中；她体验着音乐，就像这片海洋本身沉浸于在我们眼前不断前行、不断拉长的阵阵闪烁中。我不得不承认，一位乡村管风琴师有规律的生活，在瑞士的各州，在阿尔萨斯的各州，然后是在巴登，然后是在符腾堡，然后是在布列塔尼，我在认识她之前过的那么多年的生活，二十年之前的，二十二年之前的，一天三次爬上管风琴的木壳，在整个祈祷仪式期间重复着它的和弦，在它那纽伦堡小镜的帮助下，紧紧地跟住神父在祭台前的每一个动作，但这并不怎么符合我小时候自己的种种梦想所期待的那一切。弃绝，但同样也是背道。我被抛弃了。我喜欢抛弃。毫无疑问，我喜欢逃跑，既然它总是比我要更快——它会超过我的。它穿越了我。这或许就是在我梦境最深处的我心中的等待所等待的。有一天——为避免那些突然出发的运动，而且我并不总能理解这些运动的动机——我顿生念头，想追随一下我的梦境，管它会是什么梦呢，并且不再停下来，而去弄明白我历险的过程，去竭力寻找其中的原因。首先，我把它们记在一本书的衬页上，记在一份乐谱的边缘上，就在深夜期间，为的是让它们拆解我的欲望、我的愿望、我的希望、我的厌恶，并把它们一一分类。醒来时，我会想象它们的预兆。我一整天都会想入非非于其中。直到白日将尽，直到因光线不够，我不得不停下抄写我的乐谱的那一刻，我才会从中预卜整个兆祥，得出一系列必要的决定。就这样：人们点燃了蜡烛的灯芯，人们倒满了一杯酒，人们在塔罗牌中汲取逃亡的概念。这就变成了我的生活。我的生活也变成了由一个梦所决定的一个梦。就这样，我匆匆跑去了神父的住所，中断了跟他签订的劳务契约，把位子让给了另一个乐手，我给出了他的姓名，因为我很尊重他的才华，而他，则把这变成了他的幸福。他就是贝尔盖姆的舍诺涅先生。我们在雅格斯特河的河畔擦肩而过。我上了小船，手里只有一把阿奇鲁特琴，为的是方便作曲，或是为检查一下我所抄下的曲谱，或是为找寻和弦，或是为配器，我前往斯图加特，前往威尼斯，去那里记谱抄谱，一方面是为了王子，另一方面是为了皇帝，而在让我自己开心之后，一切全都让我失望。

3. 迪南小镇

有那么一天，当这个女人步入不惑之年，美便从她的身上散发出来。她的双肩张开了。她乳房的尖端变硬了。她的额头宽阔了。她的脸容光焕发。突然，瑞典侵犯了这国家。在国王古斯塔夫二世[1]肆无忌惮地无情勒索期间，她已经回到了弗里西亚群岛。

在她六岁的时候，她母亲离开了她父亲。

在她十一岁的时候，她父亲淹死了。

图琳说：

"爱可真是罕见啊。爱可以摆脱时日的流逝。当爱在那里时，它从来就不确信。假如人们没被它触动，它甚至就不可想象。正因为如此，想要认出它来也会那么难。每

---

1 古斯塔夫二世（Gustave II，1594—1632），军事家，瑞典王国瓦萨王朝第七位国王（1611—1632 年在位）。

一次，爱总是呈现出一张不可预测而又奇怪的脸孔。突然，那便是一阵狂喜，伴随有一件下摆放宽的长裙。它一下子就掉了下来，落到脚趾周围。衣物膨胀、鼓起、塌陷，发出声响，像是一声叹息。于是，皮肤完全赤裸了，从脚趾到鼻孔，整个地都在颤抖。整个地发红。"

一个小镇，聚集了整个比利时所有那些打造铜制品的人，它就叫作迪南。

这是一个通体一片蓝颜色的城镇。

在默兹河畔，它响亮无比，闻名遐迩。在我的记忆中，它是世上建造得最甜美的城镇。对于我，它是世界的南方。我离开了嗓音为本的声乐，去埃格兰学维奥尔琴。[1] 我在那里住了短短的两年，跟一个音乐老师学习和声原理。

正是在那里，我曾计划要跟哈腾结婚。后来婚没能结成。但这丝毫都没有剥夺掉这一天的魅力，没剥夺我们想象它的方式，也没剥夺这个永远栖息在河岸边的小镇的美。

没剥夺面包店门口甜饼[2]的那种气味。

没剥夺河岸上发出的铜器被捶出凸纹的叮叮当当声。

1　这里的"嗓音"和"维奥尔琴"的原文分别为"voix"和"viole"，两者词形相似。
2　这里的"甜饼"，原文为"couque"，特指迪南出产的一种甜饼，质地较硬。

没剥夺把鳗鱼吓得仓皇逃走的河狸鼠的口鼻。

水太少了。另外，它持续的时间也太短了。不过，那并不是一条河。假如要把流向海岸的水流称作江河，这当然算得上是一条河，它大大地打开了它的河岸，就仿佛那是在投入大海之前先行张开了臂膀。

这条河都没有一法里[1]长。

它平稳地流淌，在田野所构成的屏障后两百米，就延伸进了北海中。

每天晚上，她都前往这小小的河口三角洲内部。上了年纪的图琳攀爬在峡湾的岩礁上，她爬上了它们中既最高，又最平，还最热的那一座，她瞧着那一股淡水平静地从那个棚子附近重新汇入大海，而她用动物皮缝制成的小船就藏在了那个棚子中。在与大海接触的一刹那，在变成一条细小河流的一瞬间，在变成一条瞬间之河的那一刻，淡水跟翻腾、咸味、汹涌的海水混合到了一起，成了重叠的碎雪卷，融化的水晶片，它们融化，它们变成了锯齿状的滚轴，被暗玫瑰色的暮光照耀得仿佛镀了一层金。

---

1 一法里大约相当于四千米。

三十年前，她在位于奥斯坦德的那个房间中点燃了蜡烛的灯芯。

金色的火焰微微摇曳着，而她是那么美。

在镜子里，在火焰的螺旋和飞转中，她是多么美啊。那时，她是多么年轻。她快到四十岁了。这正是她变得异常美丽的时候。这是她生命中最美好的几个月，它们正在前进，它们正在飞奔，它们正在她面前倾泻，而她却不知道，甚至都不可能希望那样。

她把石炉上已经晒干的乐谱一张接一张地卷起来。

然后她用一条深绿色的丝带把它们系起来。

一条像芬兰和北卡累利阿的冷杉树一样绿的绿色缎带。

她把这些白色的纸卷放在桌子的绣花呢毯上。赫拉克勒斯把他那还在襁褓中挣扎的孩子们扔进刺绣的火中。一只巨大的螯虾咬住了这个神人的白色脚后跟。那里，有一个身材魁梧的男子赤身裸体地跪在女王翁法勒面前，拿着他的纺锤，正卷着蓝色的毛线。[1]

靠近壁炉的地上平放着一把红色的维奥尔琴。这是她演奏用的维奥尔琴。它的顶头雕刻的是器乐的守护女神圣

1　在希腊神话中，翁法勒（Omphale）是吕底亚的女王，大力神赫拉克勒斯为了赎罪，听从神谕，曾卖给她做了三年奴隶，其间为她做了很多事。

塞西莉亚[1]的脑袋，她的眼睛正欣喜若狂地瞧着琴头卷弦轴和琴身黑色指板上方的天空。

在壁炉的台阶上，一块块木柴堆放得整整齐齐，都准备好要被扔进壁炉烧火。慢慢地，她那被裹在僵硬而华丽的鼠灰色连衣裙中的身子终于半蹲到了壁炉前。

她的身子离炉子还有一定的距离。

她伸出一条胳膊。用一把铁钳往炉膛中送了一块木柴，木柴很快就在炭火上面燃了起来，她则不停地摇晃它们，搅动它们，让它们燃烧得更充分。

她又站了起来。

她又挺起她那美丽的胸脯来，她把它挺向闪闪放光的热火。

她观察着从木柴皮上腾起的越来越高的橙色火焰，它们开始纠缠在由它们所产生的光芒中。

后来，她似乎是有点儿太热。她猛一下远离了变得炽热的火。她把额头顶在冰冷的窗玻璃上。她把她的脸贴在她那张脸的影子上。但在薄雾中，实在没有什么可看的，除了她身边的大海，大海前面的灌木丛，从灌木丛底下延

1　圣塞西莉亚（sainte Cécile）是基督教圣人，在西方的文化传统中被视为音乐家的主保圣人。

伸开去的海滩，还有侵入了海滩的黑夜。

突然，在沙土小径上，一个男人和一把阿奇鲁特琴的罩套的影子在向前移去。

合成一体的两团阴影来到了被剪得很短的草丛中，草地如同一片被夜色浸润的水。

那是由天空中的明月照下的影子。

它们停在了白色椅子的附近。

这是夜的心。她始终望着窗外。但是一年过去了。她已经离开哥得兰岛。她在朝向图苏拉湖边大路的她家的大房子里。

一只猫头鹰落在室外，在房子那美丽的花园里一把铁椅子的靠背上。

她始终孤独一人，火始终在燃烧，但现在她是一个人，她觉得很冷。她穿了一件很漂亮白色细棉布长睡袍，一直低垂到她的脚趾，但她仍然觉得很冷。借着残月从高天投下的光，可以透过透明的衣料瞥见她身体的曲线；它是那么美；她的臀部圆圆的，鼓鼓突出；当她在湖边行走时，当她在黎明中，沿着运河，在白桦林中奔跑时，当她从世界的尽头返回，从金银花下跑来时，这臀部一直就是那么坚硬，那么圆润。她攀爬上那里所有的岩礁和堤坝，去看大海一望无际地展开，去看太阳升起在海浪之上。她跑下一条条沟渠，一座座山丘，用以打发时间。她的肚子很冷。她的乳房比以往任何时候都更漂亮，但它们变得更重了。它们不再挺抻起她的衬衫。她似乎觉得，她把一道光留在了身后，而这道光，直到那时，还是如此具有她眼睛的特征，具有它们能看到的且它们已经看到的东西的特征。

那牢牢地抓在这把留在室外的铁椅扶手上的东西，这一略微半透明的、磷光莹莹的和苍白的东西，它到底是什么？

在她周围的许多物体上，那么久远以来，一直以来，从她出生在这个地球上时，从她父亲出生在这座拥有一层楼——Tuusulanjarvi[1]——的古老的大房子里时，她就感知到了这道不再从她的眼睛中投射出来的光的痕迹。这就如同会一直跟随着向前走向死亡的蜗牛的黏液之线。这就如汲取一处源泉，它在不再是其本身的同一时刻也发生了变化。同样，当人们深爱的那个人再也无法克制自己时，一滴精液就在手指的脂肪上滚动。这些不顺从的水滴，就是眼泪，用不着怀疑的。是的，那，就是眼泪。要不，那是一些孩子？是的，无论那是幸福，还是不幸，那总是眼泪，它们突然就神秘地涌出，它们离开肉体的躯壳、奇特

1　芬兰语，意思是"图苏拉湖"。

的眼皮，不可抑制地溢出。是的，它们令人措手不及，人们却并不知道它们到底是从哪里汲取来的水。如此奇怪的露水。多么神奇的仙境物质，随着它变稠而变亮。它跟皮肤上的褐斑恰好相反。它跟那种从星辰上坠落的无敌的尘埃截然相反，随着时间慢慢地致力于成为时间，随着它用一种稀薄而震撼性的粉末覆盖万物，山峦、森林、猪圈、桑拿房、窝棚的屋顶、花园中铁椅的靠背，还有永久冻土带上的小小农庄。在一张张脸孔周围光环的边缘，这条在老旧的画中环绕着它们的细细的金线，它集中，它甚至还迷住了那些很久以来就不再在这里但仍然还在这里的人的容貌，即使他们已经不在了。

4. 在巨大危险中所作的阿勒曼德舞曲 [1]

当弗罗贝格尔离开维也纳时，他是维也纳宫中斐迪南皇帝的唱诗班指挥。但是，雅各布·弗罗贝格尔同时也是斯图加特宫中茜碧尔公主的音乐教师。每当春天来临时，他都会回到那里去。那是他诞生的地方。在 1616 年。在种马场附近，内卡河畔。正是在那里，1637 年鼠疫流行期间，他的姐姐、他的母亲、他的父亲都死在了那里，他父亲叫巴西利乌斯，本人是符腾堡公爵府上宫廷唱诗班指挥。每当雨停之后，茜碧尔·冯·符腾堡公主会经过雪地和高山，当天气晴朗时，她就穿越莱茵河，利奥波德·腓特烈王子喜欢狩猎，他喜欢隐居在他的蒙贝利亚尔城堡中。必须把城堡叫作默姆佩尔加德，就像在一个故事中那样，就

1　阿勒曼德舞曲（allemande）于 16 世纪下半叶源起于德国（这个词本身也有"日耳曼"的意思），二拍子，节奏平稳，速度较慢，常用于组曲。同样的名称在 19 世纪指流行于瑞士乡村的三拍子轻快舞曲，是华尔兹的前身。

像公主本人所说的那样，就像音乐家自己所做的那样，他那时就留在她的宫中，跟着她到处疯跑野玩，他自己也会迷失在充满猎物的森林中，在穹丘与高山的缓坡上。当茜碧尔在丹恩森林中打猎时，他，他就在阿莱讷河畔歌唱。然后，他就又走开了。他走开又再走开。他到处都会停下来，但他无法在任何地方安扎下来。他前去，他去寻找音乐，他探寻着最新颖的、最自发的、最不规范的、最无序的、最情绪化的音乐。渐渐地，他就变成了这一并不存在却令他充满激情的音乐。皇帝从登基起就委托他，在阿塔纳斯·基歇尔的帮助与建议下，在整个欧洲大地上采集与其独创性相称的种种新近的音乐。雅各布·弗罗贝格尔立即就让那个不信教的人哈腾把它们抄写下来，为它们配器，毫不停顿片刻，以便让一切能毫不拖延地来到维也纳，并立即就在宫中演出。弗罗贝格尔很爱戴斐迪南皇帝。这位君王就跟他自己一样，也对未发表的或闻所未闻的或神秘的音乐充满了好奇，并十分热爱。弗罗贝格尔很快就更看重这项任务而非宫廷生活和排演服务。他把他的马从马厩中牵出，但更经常牵出的是他的骡子。他总是随身带上一个小小的练习用键琴，用皮带拴住了，挂在背上。他在从布鲁塞尔到鲁汶的旅程中被众多的散兵游勇推下马来，他们都是西班牙人，信仰天主教，而那时候，他自己才刚刚皈依了罗马教廷。十几个人一下子就扑向他，抢他的钱包，偷他的马，剥他的狐狸皮大衣，撕他刺绣缎面的紧身短上衣，脱他的皮靴，撸他的戒指，对他拳打脚踢，而他则像个笨拙的巨人自卫着。他的力量和他的健壮本来是毋庸置疑的，但是卡斯蒂利亚士兵人数众多，他们的臂膀是如此有力，他们的宗教仇恨是如此强烈，他们对新近皈依的音乐家的抗议根本就不予理睬。大力士巨神赫拉克勒斯肩膀受了伤，步履艰难地来到了最近的小村。最初的救护是由埃特尔贝克的一个接生婆给他做的。一个钓鳟鱼的人当时在远处观望，当士兵们发动攻击时，钓鱼人出于谨慎溜进了灌木丛，这会儿，则把他的乐谱和他那音箱已经破碎了的黄杨木键琴给他带了回来。他是由那人用大车从埃特尔贝克送往那个叫柳汶或鲁汶的城市的。他就跟这个钓鱼人结成了友谊关系，甚至还成了亲密无间的朋友，此人教他怎么钓鳟鱼，怎么赤手空拳去捉小龙虾。钓鱼人还请一个心灵手巧的铁匠帮助修复了弗罗贝格尔的练习用键琴。来到鲁汶后，音乐家便写信给茜碧尔公主。他让人从默姆佩尔加德城堡带来了钱。他用法兰西的金路易付给他的钓鱼人朋友，这朋友则又出发，去往他的森林，他的河流，他的采摘，他的孤独，他的幸福。正是在那段时间，在康复期间，他创作了题为《哀悼我被抢劫的东西而且须带着甚至比西班牙士兵对待我时更多的暴力而谨慎演奏的曲子》的第XIV号组曲。他来到默兹河边上的那慕尔城，抄谱员哈腾就在那里等他，他骑一匹笨重的阿登马，一把双颈诗琴斜挂在肩，一路经由埃斯塔勒、瑟兰、阿迈、于伊、昂代讷过来的。双颈诗琴是一种什么琴呢？那是一种脖颈处有分岔的诗琴。这乐器的外表就像森林中的鹿露出的角，就从高大的蕨类植物丛中露现出来。在最高的几乎稀奇古怪的琴颈上，有着八根低音弦，朝着虚空拨弹的，这就为主奏的齐特拉琴在十一根弦上奏出的干涩曲调增添了一种难以想象的痛苦感。这是赫尔墨斯神在他那西连山洞穴中的双弓——但是，三千年后，它遵循了一种显然更美、更惬意、更不可战胜的和谐。寒冷是可怕的。那时正是1652年的3月。两个人应诗琴弹奏者、巴黎人布朗－罗谢的邀请前往巴黎，而那时候，法兰西人的首都正处于动荡之中，甚至是在围困中。一路的骑行让弗罗贝格尔吃尽了苦头。那些西班牙天主教徒在他肩部和连接躯干肋骨的软骨上造成的一些伤口和肿胀，如今有些震裂，令他疼痛不已。他请求茜碧尔公主准许他——而公主的批准信也发往了默姆佩尔加德——独自一人借助于舟船在河流上前行。就这样，他由水路继续他的旅行，躺在一把帆布椅上，晒着太阳，但那是在一艘内河驳船甲板上最为严厉的寒冷中，或者，在一张由荨麻和灯芯草编织成的拖网底下，或者，在船的顶篷底下，躲避着瓢泼大雨。曾经与内穆尔公爵结伴的哈腾先生在维莱科特雷森林中卷入了一场混战。他像一只野兔逃窜在森林的树木和灌木丛中。这是一场真正的对阵战。九个法国士兵和两个西班牙人，或者更确切地说，是两名卡斯蒂利亚天主教徒，死在了那里。哈腾重新出发，跟随内穆尔公爵强行向沙朗东的磨坊开进。处在内战中的巴黎当真是一个奇迹。[1] 在塞纳河的两岸，在卢浮宫周围的大公园和一个个花园中，在沿着杜伊勒里的瓦窑延伸开的道路上，在玛莱区的果园和菜园中，所有的树木都盛开了鲜花。马扎林[2] 从布吕尔返回了。突然，那就是织物、珠宝和闪光的一种迁徙飞行。尽管阳光依然明媚，整个法兰西宫廷还是聚集起来，又一次从被最高法院想方设法安置在那里的王宫庭院中跑掉。孔代和他的队伍退回到圣克卢。30日，弗罗贝格尔从河上进入巴黎，靠着他的皇室通行证穿越了那些路障。在两个月期间——1652年夏天——他跟哈腾、奥特芒、舍诺涅、罗贝戴一起演奏，还有迪福、两个里夏尔、德尼·戈尔捷、布朗-罗谢、里拉琴演奏者哈诺

1　1652年，反对王权统治的投石党叛乱在巴黎达到了一个高潮，但最终被镇压。
2　儒勒·马扎林（Jules Mazarin, 1602—1661），法国外交家、政治家，路易十四时期的首相，红衣主教。

弗尔，最后还有如此备受争议的管风琴演奏者路易·库伯兰。所有人都被卡在了巴黎。所有人都使音乐的竞技性倍增，他们的名声在这里头涌现，或者，至少也会冒头，并渐渐地脱颖而出。音乐爱好者如小偷一般利用这些非凡的乐趣，他们表现得像异教徒面对所有那些疯狂的宗教，他们会在夜晚去参加这些悲歌、悼亡曲、颤音、咕咕鸟叫声、苦苦抱怨声的竞赛，他们沿着墙壁走，从宵禁中解脱出来，藏身在遮阳篷下、栏杆下、店面的摊位下，要么躲避强烈的月光，要么躲避夜巡队的灯笼。在星期日的休战时刻，他们就用不着操心隐蔽的事，就能假装着去做礼拜，他们前去随着音乐声哭泣，陪伴着维奥尔琴、羽管键琴、鲁特琴、高高扬起的女声的歌唱、刺耳的小提琴声，还有如此温柔、如此脆弱、悠悠传扬的木笛声。在巴黎，人们不再为参与反抗运动的那些愤怒的、奋起的贵族领主而演奏，也不为那些兴许已经前往激战中的边界，浑身沾满了鲜血、淤泥、荣耀和火药的人而演奏，人们为那些法官、文人、资产者而演奏，他们的趣味日益高雅，他们已经把早年的一种时髦变成了苛求和讲究，要知道，早年间，整个宫廷的人可全都围绕着作为舞者、逃亡者、孩子的国王而排列开来。保罗·曼奇尼[1]死于战斗，就在巴士底要塞前，从他的嘴边吐出了亨丽埃特的名字。这是比爱还更奇异更美好的情感吗？还有比给一张独特的脸赋予名称更美的命运吗？当人咽气时，只有这张令人震惊的脸用一种最后的幸福充实了一个不幸者的心。哈腾创作着他的《为莫城年轻的渔家女所作的阿勒曼德舞曲》。那实际上是一个修补渔网的女人。在乐谱上，他用法语写下了 pêcheresse，而不是 pêcheuse[2]，因为他无法完全掌握一种他所不会的语言，因为他来自阿尔卑斯山的高山区。但是，为什么一个酷爱音乐的人会去接触他要拼命逃离的 medium[3] 呢？德尼·戈尔捷隆重地为朗贝尔·哈腾提供了《众神的修辞学》[4]，为的是让皇帝也了解它一下。哈腾同意抄写由弗罗贝格尔和卡普斯贝格以及基歇尔从罗马带回来的弗雷斯科巴尔迪[5]的

---

1 保罗·曼奇尼（Paul Mancini，1636—1652），首相马扎林的侄子，作为路易十四的密友和轻骑兵队长，他于 1652 年 7 月 2 日在投石党叛乱快结束时在巴黎的战斗中受了致命伤，不久后不治而亡。年轻的国王路易十四真诚地为他流泪哀悼。

2 在法语中，"渔家女"一词的通常写法是 "pêcheuse"，而不是 "pêcheresse"。

3 在法语中，"medium"一词除有"通灵者"的意思外，也有"中音区"的意思。

4 《众神的修辞学》（La Rhétorique des Dieux）是法国作曲家德尼·戈尔捷（约 1602—1672）的音乐作品。

5 弗雷斯科巴尔迪（Girolamo Alessandro Frescobaldi，1583—1643），意大利作曲家和键琴演奏家。

所有作品，并且把它们全都告知了安娜·德·尚布雷。路易·库伯兰和尚博尼埃先生分别向哈腾讨要了一份副本，而哈腾则根本就没有余暇为他们备制。因此，他们让人根据他的副本又复制了副本。拉罗什富科公爵[1]在街巷的混战中眼睛受伤，被关在一个昏暗的小房间中整整六个月，窗户的木窗扇一直紧闭，上面则覆盖了厚厚的不透光的天鹅绒。他在黑暗中思考一个个句子，如同发起一阵阵进攻，钻孔一般地挖掘心灵。他把握宇宙的秘密。他兴许比当时所有的音乐家还更是音乐家。这是在他所讲的语言中找到的最可靠的耳朵。尽管日益严重的饥馑现象笼罩了整个首都，尽管它从一地被带往另一地，恰如它从一场瘟疫走向另一场瘟疫，抄谱员哈腾还是稳稳地过他的日子，把他的脸留在敞开的窗户中，一旦夜幕降临，他就在烛光中修正人们让他审查的所有那些意大利乐谱。在最炎热的夏日，布朗士罗什先生从花园中返回，去楼上找他的鲁特琴，就在德·圣托马小姐、德·泰尔姆侯爵、德·拉巴尔小姐、哈腾和哈诺弗尔先生的眼皮底下，倒在了楼梯上。路易·库伯兰、雅各布·弗罗贝格尔、朗贝尔·哈腾、德尼·戈尔

1　弗朗索瓦·德·拉罗什富科（François de La Rochefoucauld，1613—1680），法国公爵，作家。他年轻时是投石党叛乱的中心人物，在战斗中多次负伤，后回归朝廷，但不再过问政事，而是博览群书，勤奋写作，著有《箴言录》。

捷创作了四部非凡的《布朗－罗谢的悼亡曲》。他们的朋友刚刚死去，他们的悼念刚刚作出，那个阿尔萨斯人和那个符腾堡人就离开了巴黎，也不知道他们的确切动机是什么。他们获得了一纸通行证，靠着它，他们去了亚眠，然后又去了康村的港口，在那里，他们就在海边住下，等着一艘轮船，应皇帝的明确要求将他们带往英国。他们登上了一艘开往黑斯廷斯的大型空船。海岸刚刚从视线中消失，他们就被受航海法案[1]所支持的英国海盗给抢劫了。海盗们当然抢走了《众神的修辞学》，因为他们发现那上面有南特伊、莫姆和博斯的蚀刻版画，他们马上就把它一张接一张地零碎转卖掉了，就在埃塞克斯的海岸，甚至就在约克郡的荒野上，在摩尔人用长满苔藓的石头铺成的小路上。哈腾先生在给茜碧尔公爵夫人的一封信中证明了，当时他没有时间复制完埃内蒙·戈尔捷[2]的组曲，如他向符腾堡公爵所做的承诺那样。弗罗贝格尔在伦敦创作了题为《当我在拉芒什海峡的航船上时我所遭遇的海盗》的作品。不过，说什么航船，这可就是在说大话了，实际上，那只是一条

1　航海法案（Acte de navigation），指 1651 年克伦威尔领导的英国议会通过的第一个保护英国本土航海贸易垄断的法案。
2　埃内蒙·戈尔捷（Ennemond Gaultier，1575—1651），法国鲁特琴演奏家和作曲家，是德尼·戈尔捷的堂兄。

来自安特卫普港的可怜的提阿尔克舟，沿着海岸航行，从康村到加来，从加来到多佛尔，从多佛尔到奥斯坦德，从奥斯坦德到安特卫普。大海慢慢地从以前建在海岸上的港口那里后退：它也一样，是汪洋那无形而又汹涌的一大片，它逃离开新生的民族、狂热的宗教、感染城市空气的瘟疫、一片片废墟，还有不可救药的敌意。大海不断地赢得汪洋，同时也赢得海风。朗贝尔·哈腾把刚刚出版的《利维坦》递交给斐迪南皇帝，那是皇帝要求他给的。尚多斯勋爵把弗罗贝格尔抄写的并已经得到了哈腾配器处理的乐谱给了他，那是专门为他的小姨子克莱芒蒂娅而作的，而她也是他的表妹，但是约翰·雅各布·弗罗贝格尔强烈拒绝人们传播他的作品。"这都是一些即兴之作。"他说。（说实在的，他并没有说，我的"即兴创作"，他对那个德国女人说，我的 extemporaria，我的 extemporaires，就是说，"我那从时间中出来的歌"。）弗罗贝格尔当着心中充满了钦佩和痛苦的哈腾的面，把这些复件烧了。弗罗贝格尔并没有在威斯敏斯特的廊台上久留，因为他赶在寒冷、浓雾和雨水来到之前就走掉了，那如此具有侵袭性的寒冷，那在英国大地上如此幽灵般的雾气，还有那不知疲倦的雨水，浸湿了石头、墙壁、住宅，把它们变得如此阴魂不散，甚至于到了无孔不入地侵入灵魂的地步。在泰晤士河的河口，在马盖特之后，大船就被某种涌潮给缠住了。风力之下，这些异乎寻常的涌浪实在不可预测。逆风航行的船眼看着要倒下，有一半都沉了下去，幸亏又挺立起来，但已经失去了舵把方向。这艘已无法驾驭的小海船，被一支荷兰的船只护航队拖到了弗利辛恩，一到弗利辛恩，弗罗贝格尔就创作了出现在第二十九号组曲中的那首曲子，那组曲名为《在沉没的武装商船上我又回到混杂有荷兰海海水的泰晤士河河水中》。再度聚集在了安特卫普之后，哈腾、图琳、弗罗贝格尔骑马穿越了林堡。他们在马斯特里赫特穿越了默兹河（马斯河）。他们三个人在佛兰德的各个主要城镇中举行了三重奏（双颈诗琴、维奥尔琴、羽管键琴）音乐会。朗贝尔·哈腾接到宫廷唱诗班的指令，要他去一趟巴黎，在那里见一下阿贝尔·塞尔维安[1]，重新购买一份《众神的修辞学》，因为他没有抄写两位戈尔捷所作的鲁特琴演奏的组曲的乐谱，恰如他曾向皇帝斐迪南三世所承诺过的那样，要知道，皇帝更喜欢这一组曲，远胜过任何其他形式的器乐。而就在此时，两位音乐家的命运分道扬镳了。哈腾和图琳去了布鲁塞尔，在细雨中疯狂地相爱了，就像从来没有过恋人曾像他们那样相爱，他们从北海海岸边的一

1　阿贝尔·塞尔维安（Abel Servien，1593—1659），法国政治家、外交家。

个小旅店游荡到另一个小旅店，在奥斯坦德度过一段时光，面对着宽阔的海洋，又在布兰肯贝赫的海滩上，面对着苏格兰的海岛以及世界尽头的回忆。弗罗贝格尔带领着装载乐谱的车队，在奥地利宫廷的六名骑兵护送下，在美因茨穿越了莱茵河，又在雷根斯堡穿越了多瑙河，于4月5日到达了维也纳，在那里重新为宫廷效劳。他又找到了公主的那个房间，土耳其地毯，在那里，他蜷缩在来自巴登的灰色陶炉脚下。整个夜晚期间，他是多么柔软和温暖。他完成了《在巨大危险中渡过莱茵河时所作的阿勒曼德舞曲》的创作。

5. 仙境般的绝望

他穿越了森林。

突然，就在山毛榉的枝叶丛中，如此年轻的奥艾斯特莱[1]隐约瞥见了一座老城。于是，他一声不吭地跳下了马。他把马拴在了绿荫下。他的衣服被撕破了。他很饿。他脸色苍白。他浑身脏兮兮的，像一只从巢穴里出来的野猪崽。少年郎小心翼翼地凑近森林边缘。

远处，吊桥已经放下。城门大开。他走下山坡。他走进了一个小小的、圆形的、可爱的城市。它一派荒凉。房屋的外墙都是粉红色的石头，阳台上盛开着鲜花。没有人前来迎接他。

他一动不动地停住了，因为他听到了一声歌唱。

1　奥艾斯特莱这个人物同样也出现在基尼亚尔的另一部小说《罗马阳台》中。见该小说第三十三章以及其他部分。小说中提到，奥艾斯特莱本是一个外号。

他爬上了城墙。远处，送葬队伍在平原小路上行进。两匹马拉着马车，车上，身着长袍和法衣的教堂住持教士搭起了一个黑色的盖篷，车后跟着六十来个人。

　　人们看得到更远的墓地，周围全是庄稼地，一行人步履蹒跚，缓慢地朝那里走去。小小的城镇护送着它的死者，将他带往另一个世界。奥艾斯特莱撬开了三把锁。他偷了他喜欢的。他拿走了他想要的一切。简简单单地偷走吸引眼球之物，除了捕捉的快感，什么都不去想，这真的是一种快乐啊。好崇高的升华啊，摘取一切当即让你产生渴望之物，而从没有在想象中、在欲望中、在美梦中先行有过想法。

　　他重又走出了城市，回到了森林，用他所有的奇迹装满了他那匹马背上驮着的那些大皮袋。

　　年轻小伙绕过这片景色，走的是西边的那条路，太阳正从那里落下山去。他钻入了一个富饶的农庄，哄着狗们，避开鹅群和鸭群，还躲开并没有关在圈栏中的几头猪。在那里，他吃了，喝了。他找到了一件新衬衫。于是，他去了井边。在苍茫的暮光中，他把自己脱得光光的。他是多么苗条，多么年轻。他把自己认真地、彻底地洗了个干净，然后穿上他那件全白的衬衫。他还拿来新的紧身长裤，穿上，在腹部打上结头。一条围巾。一顶漂亮的皮帽。他把他的旧衣服浸在了猪粪里。他又出发了。他不再需要任何什么。他已经变成了另一个人。他就跟一只年轻的小鹿一般漂亮。他渴望给自己起一个新名字。可他没能找到。但是姓名又能代表什么呢？在现实中，一个姓氏或一个名字又意味着什么呢？人们管他叫奥艾斯特莱，因为他的口音。他的口音清晰而又响亮，就像一块水晶。他的眼睛也是。极其苍白的海蓝宝石的眼睛。

正是在这一段时间里，玛丽狠狠地扇了莫姆一巴掌，鲜血顿时就从他的鼻孔里喷了出来。她跳进一辆租来的马车。她去了卡昂。

这是一个走路方式非常特别的女人。她的脚步很慢，弯着腰，很少抬起膝盖，很少有动作会推动长裙，那长裙，笔挺的，好美啊。

她只是一场风暴。

她的皮肤发暗：暗玫瑰色。

她有着卡拜勒人[1]的那双令人难以置信的漂亮蓝眼睛。

---

1 又译卡比勒人、卡比尔人、卡比利人，是北非民族，主要居住在阿尔及利亚卡比利亚地区，是柏柏尔人的一支。

大海掀起了巨浪。

　　两件黑色的大衣离开了树林，掠过面对着塞赞布尔岛的翡翠之海。两个年轻人无法说话，因为风的声音太大。风刮得太猛了。大海的喧嚣一阵阵地袭来。高高的花岗岩礁石成倍地放大了回声。海浪在他们身底一下一下地爆炸，飞溅的浪花像火箭一样升起在空中，将他们笼罩在它们那神秘的雨中。他们看到了远处的圣马洛，那灰色的、带了点饰的、锯齿状的、崇高的城市。其高无比的层层卷浪突然砸将下来，摔了个粉碎，发出轰隆隆的雷鸣声，让他们好不心惊胆战。两个年轻人身子前倾，顶着不知疲倦的风，竭力挣扎着；一阵风刮来，吹起了他们的头发；紧接着，又是一阵狂风袭来，突然打到他们的脸上，刮得他们睁不开眼睛。另一些时候，他们手牵着手，好像害怕会与大地分离。奥艾斯特莱和哈诺弗尔侄儿尽可能快地一路向前，但是，更多时候，由于需要顶住大风，他们根本就前进不了半步。当他们试图自我保护，抗击强风的追击，抗击这风持续的、难以置信的强力时，他们的身子就很偶然地彼此碰触到了。他们不由自主地触摸到了一起，然后，则是自愿地，因为他们寻求着一起抵抗阵风的袭击。来到峭岸那边时，他们听从了身体在疾风的推挤和吠叫之中刚刚生出的这一不耐烦。他们彼此抚摸着。他们并没有呻吟，但他们是一起在风暴中吼叫。就那样，他们在疾风中彼此紧贴在一起，好长的一阵子。年轻的奥艾斯特莱吻着哈诺弗尔那满是咸盐的头发。里拉琴手哈诺弗尔竭力睁开了被风和碘盐灼烧着的眼睛。他哭了。他们重又顶着风暴向前走去，几乎聩聋，哈诺弗尔的脸上满是泪水，他用手使劲地撑住身体。他们终于能看到，包围着海关小屋的那道围墙矗立在了海边小径的尽头。一旦越过那厚厚的围墙，便是一片突如其来的寂静。风不再吹到他们身上。狂风的声音彻底平息下来。他们停下了步子，一动不动。

他们彼此对视。

他们的尴尬变成了某种羞耻，这让他们彼此靠得更近了，以至于他们不必再求能互相看到。他们拥抱了。

有一种真正的快乐，要通过自身去发现，就在一个人的手的尽头，在他的沉默中，他的狂野之源。

基督把他的脸埋进一个女人[1]递给他的面巾里，他把他的脸容留在了那里。

---

1 指圣女维萝妮克。传说耶稣受难前背着十字架路过狭小巷子，一个叫维萝妮克的犹太女人上前用自己的面巾为耶稣擦去脸上的血和汗。于是，耶稣的容貌就留在了面巾上。是为苦路第六站。

图琳辨读着纸牌，在发现运气这方面，她是无与伦比的。

她热爱音乐，彻底沉浸在由音乐带来的痛苦中。

这就是她的两大激情，音乐之外，人们当然不能忘记大海，既然她就来自世界尽头的岛屿。

最终，她对死亡有一种绝对的畏惧。这就构成了四种不同的颜色。爱情，海洋，音乐，死亡。[1] 她具有一种如此美妙的嗓音，以至于，假如她接受公开演唱的话，那么，意大利各个公国的所有舞台就将竞相争夺她。一种如此高尖、如此轻盈的嗓音，一种如此美妙的女高音。但是她只允许它呼出或喷发在房间里，就在门口的帷幔后，伴随着她的维奥尔琴，或者哈腾的阿奇鲁特琴。而当她不带乐器，双手空空地登上舞台时，她就讨厌她的身体把她带入其中的那种情绪。这一激情改变了她的嗓音——甚至还毁坏了它。她更喜欢的是，维奥尔琴的红色大共鸣箱会把她跟听众分隔开来，并保护她的身体。毫无疑问，她已经成为一位演奏维奥尔琴的高手，当然，她还能回想起面对着所有人的时候顿时就丧失殆尽的这一嗓音，而她那伸展开的整

---

1 "爱情，海洋，音乐，死亡"的法语原文为"L'amour, la mer, la musique, la mort"，四个词均以辅音"m"为基本音，显然是一种文字游戏。请对照本小说的书名 L'amour la mer，两个词都带有"m"这一辅音字母。

条胳膊则早已担负起了它的功能。她喜欢身体上的快感。但是她很遗憾她从来都没能遇上一个真正喜欢她的，而她也能从心灵最深处，从她肉体的温暖深处，从她肉体的感觉深处，永远地依恋的男人。一个她在快乐的时刻会如此彻底信任的男人。她会永远都不再睁开眼睛，她会完全地溶解、消融、分解在幸福中。

曾经有过，两次九个月，夜复一夜，哈腾。

那时候，他们还生活在一起，有一天，他们俩一起坐在北海边的一个小沙丘上，就在克诺克与布鲁日之间的那一带，在傍晚的那种脆弱中，在吹来的一丝微风中，碰巧，图琳抬起了一只手，放在他的头顶上，抚摩了他的头发。但是，不一会儿后，当她继续抚摩他的头发时，她根本就没想什么别的，而只想到她那爱抚动作的机械般的快感，可哈腾突然就抽噎起来，彻底崩溃了。由于他再也无法止住眼泪，年轻女郎顿时自觉束手无措，很是不幸。但是，在两次抽泣之间，他终于对她说了，他这是喜极而泣，流的是幸福的泪，请她不要太在意。当他说出这些话时，他的嘴唇在不断地颤抖。而当他们在渐深的夜色中站起身来，当他们离开海岸，当他们爬上岩礁，当他们来到沙土小径上时，她就问他，为什么会流那么长时间的眼泪，因为，实际上，她的心中并不明白。于是，他回答说，自从他出现在这个世界上以来，他从未经历过爱抚，他根本就无法对自己解释清楚，这有多么甜蜜，而假如这一切离他的日子而去的话，那他又会有多么遗憾。

6. 遥远

  乐师哈腾说，当图琳不在我身边，当她去旅行时，我总会感觉到自己前行在一片变得很遥远的疆域中。然后，当她第一次把我抛弃时，我已经在那遥远之地前行得相当遥远，我所说的遥远，别的人很有可能会称之为悲伤，或者更确切地说，是可能比忧伤还更接近死亡的一道航迹。不是一种情感，而是一种涡流。一种并不在躯体中，而是在空间中的涡流，它属于空间，并且虐待着被它所吞没的躯体。一团成形的云，准备好了很快就将破碎。一切都在我的眼前或在我的眼中变得模糊。我记得，雾气在沙丘上掀起了悠长而又非凡的波浪。这片雾气想来只是一种搅动了我眼睛的血液流动，但它发生在外部空间，而我的身体就在那里蹒跚而行。这就像风暴的热量，在群山深谷中，它扭曲松树，挤压峰巅，解放积雪，甚至，还引起雪崩。血液脉动，河流奔涌，潮汐将大海引向沙滩，并组织它们涨涨落落的时间，而阵风和回落则不再辨别得出来。我返回到大教堂中，重又看到了米卢斯城的主干街。我返回到当年收养了我的那个男人那里，他是个乐器经销商。三个月之后，我重又经过那片海岸，我的马儿是那么喜爱那边的土壤和大地。我骑行在大海的阵阵涛声中，这是图琳那么喜爱的声音，那时候我们两个人的身体黏在一起，如漆似胶，无法分离。我是那么痛苦，都不创作了，也不去想它了。又是一个月之后，当我跟雅各布·弗罗贝格尔还有安娜·贝热罗迪在巴黎再度相逢，在种种昏暗的场面之后，在皮肤受伤之后，我要去祈祷。祈祷，不就是梦想白日吗？而梦想，不就是祈祷黑夜吗？我，不信教的人，我要去祈祷。至少，我走进了一座教堂，坐在一个角落里，在一排座椅的尽头。我习惯了昏暗，而遥远正在消退，在消失。我永远不敢告诉我的朋友们，他们认为我是众神的敌人，我也不敢告诉我的亲戚们，他们认为我会永远被拒之门外，我不会告诉他们说，我始终保留着我从小就养成的那个习惯——我曾是唱诗班的孩子，我曾是管风琴手，我成了乐谱抄写人，然后，又成了一个乐手，而我的秘密还有疑虑还有忧伤，或者比忧伤还更甚的，从此便是考验。人们说我是不信教的人，因为我拒绝向众神致敬，但是，各种各样的教堂，大教堂，基督堂，对我来说，一直就是，始终就是，永远都是至圣之场所。甚至，如果我可以这么说的话，对一位彻底死去的神的记忆，会使这些寂静的围墙之所更加令人尊敬。而且，更有可能的是，自从信徒们把它们给抛弃后，那些所谓的礼拜场所就被剥夺了礼拜，一旦它们变得空空如也，一旦它们从永恒的希望中解脱出来，只要它们所包含的那份寂静变得清亮而又纯正，那么，兴许是出于特权，它们也就注定属于不信教的人了。只有那些无神论者才尊重古老的功能，也就是说，永恒的夜晚，某种绝对遥远、崇高和可怕的东西，近乎于折磨，肯定会走向死亡并发出呼喊，而且可能因为自我放弃而变得更为圣洁。这最终就是一种气味，怪异、奇香、芬芳、迷惘、崇高。中殿的板壁在那些皮门被推开时经常给出的音乐缺失，形成了一道长长的不透明的黑色墙壁，上面覆盖了一种油质的沉默，在齐腰处停滞不前。这一片想象中的水就停滞在了肚脐的高度上。当人们走近祭廊，或祭坛的栅栏，然后转过身来，这时候，他们就能看到，古老的琴巢、木制的外壳、琴台、这些高高铅管的两只巨大翅膀如此强有力地死死抓住巨大的板壁。如果有鲁特琴、里拉琴、维奥尔琴或双颈诗琴的一根琴弦断裂，那可就是死亡的迹象。当我所爱的女人飞向她的童年时，我在前来窥伺我并吞噬我的苦恼深处又依稀看到了"什么"？一个幽灵又是什么，难道不就是活着的我们自己吗，它在我们之外，又被我们自己那画了一个圆圈又回归自我的死亡烧得发烫？但是，我们自己，这又是什么意思呢？是被其倒影所吞噬的活生生的我们自己吗？

III

乐手们的生活

1. 洗好的牌

　　"太晚了，"玛丽·艾黛尔说着，走进了图书室，"我们来到这个世界之前，牌就已经发好了。我们一开始玩得很糟，因为我们不知道这是一场游戏，也没有人告诉我们它的本质究竟是什么。我们只能通过游戏来发现规则。出于同一道理，我们只有在神明抽身而退时才能发现他们。我们就像庞贝城的居民，只有窒息在维苏威火山的灰烬下才会知道火山爆发的整个威力。也就是说，我们玩得大错特错。宇宙吗？一个游戏中的孩子的王国。夜晚吗？无法阻挡的夜晚。这一难对付而又吓人的力量，在每个白昼结束时都会推翻我们。黑夜如同一股巨浪将肉体推倒在大地上。女人、母象、男人、水牛、犀牛、母熊、野牛的躯体——全都懒懒地倒下，躺卧。然后，每一次睡眠，在每一个倒于地上的躯体里，在黑夜的力量下，都是睡梦那荒谬的栖居地，而没有任何灵魂，没有任何记忆能够控制这睡梦。

过错吗？ 我们不会争论它，因为我们没有犯下它。大多数情况下，它会重落到早在任何开端之前就已开始而且不会再返回的时间中，而从来就没有人掌握过在造就一切的恒星的光芒中曾涌现的东西。

"我就是这么想的，"那时候，她叫嚷道，"那些出生的人，在他们开始的那一刻，总是太渺小、太虚弱，他们无法不屈服于猛烈的狂风、黑暗的暴力、洪水的涌流、死亡的顽强那突如其来的打击，他们根本无法预料那一切。在每一次诞生的那一刻，时间都会一次性地将所有难以理解之物全都堆积在那三磅重的痛苦肌体上，而它的哭声则大得跟它的大小实在不成比例。诞生之际，一切都是无法想象的。这一切，来自一个比这世界还更同质、更为温热的世界，涌现在被其光芒所照亮的小小面孔前的日光本身中，这一切一下子便冻结了，就像是树木的枝叶，在冬季，在清晨，尽管还有阳光在照耀，但那光线毕竟是那么微弱。

"于是，在一个小时后，一切冲动——我们全都是冲动——就在我们眼前瓦解成了被背叛的温柔。"

"但是，说实话，"玛丽·艾黛尔接着说，同时朝莫姆走去，"火把也好，桌子也好，纸牌也好，花色也好，人头像也好，搭档也好，分发也好，自我本身也好，都不能以分开的方式来被单独质疑。在我的一生中，我还真的什么都没有见过，我是如此盲目，被我心中的什么东西歪曲了目光，它抢先我一步，冲向我，把我赶出了家门。我不由自主。既然现在我就在埃斯考河的河畔，于是，您就认为我来自阿拉伯吗？"

"您总是不断地重复这一点。"

"在一条深沟中吗？"

"那永远是一处深渊。一个像别的洞一样的洞穴。"

"我是诺曼底人。我父亲名叫穆哈迈德。"

"这又怎样？"

她站了起来。她抓住他的那只手，它一直就放在铜板上，随时准备做蚀刻活儿来的。钢凿正在莫姆的手指间闪烁放光。她对他说：

"那时候，我真希望您有一天能变得活生生的。"

"是的，玛丽。对我来说，现在，我也一样，当我想到它时，想到我已经到了这个年龄，我真的很想变得活生生的。"

画家莫姆说过：躯体需要一个灵魂。但是在获得它之前，他要求有一个形象。他使它成为一个既习惯又神奇的居所。于是，这一居所，他称之为灵魂。

在安特卫普，在亚伯拉罕那又长又美的居所的大图书室中，莫姆对哈腾说：蚀刻画中所谓的硝镪水是一种沸腾的水。但是尖刀底下的图像带来了比这水挖掘和冲刷出的还要多的限制。对他造成痛苦的烧伤，对不幸的人来说是一座如此难以忘怀的房屋。它是如此灼烧如火，如此刺扎如针，在他的日子中就像一座灯塔。每个人都留在它的十字架脚下。每个人的印记都是他的痛苦。请看我的脸。在孩子死去之后，玛利亚又在哪里？人们当然会想到，她会是那么地爱这孩子。她走了。她毫无理由地走了。她甚至还推开了亚利马太的约瑟和尼哥底母[1]。她为什么走？她并没有去岩洞。在花园之后，她又在哪里呢？她甚至不踩花园的草。在通向以马忤斯的路上[2]，她又在哪里？她甚至不踩小路边上的沙土。我们全都被一块很小很小的炭火烧伤，在大中午时分根本就不可能辨认出它来，而这是我们的心。一块很小很小的炭火，重新喷发出了火焰，让人根本就预想不到。正是这一闪光，把众人强行留在了如此简单的场

---

1 《新约》中，亚利马太的约瑟（Joseph d'Arimathie）和尼哥底母（Nicodème）曾经为耶稣安葬遗体。

2 《新约·路加福音》第二十四章提到，有两个门徒，要从耶路撒冷到以马忤斯（Emmaüs）去，因为他们觉得耶稣基督已经受难，被钉在十字架上了，他们的指望没有了。而就在他们走在路上时，复活了的耶稣亲自走近他们，跟他们亲切地交谈。

景中，留在了睡梦从头到尾一直都持续不断的场景中。没有人离开他那莫名的伤口。这就是我的铜版画作品对我的意义。

　　安特卫普的那个男人，人们称之为亚伯拉罕的，曾是一个在意大利前线打过仗的战士。他是新教徒。他曾经是一个在萨瓦山区四处活动的杀手。并不是他彻底变得温和明理了：他只是有所改样而已。他在内心深处渐渐地承认的，并不是他曾犯下的谋杀，不是他曾从事的战斗，不是他在意大利前线曾证明的勇敢精神，也不是他的两次被抓入狱，甚至也不是他那不屈不挠的冒险越狱，而是那种哀伤的根源，它来造访他，然后就占据他，最终则把他变成了一个真正的文人。它构筑成了一种修道院，没有上帝，没有英雄，没有规则，没有敬意，只是霍博肯和安特卫普之间的某种避风港。某种带有配备了水利灌溉设施的菜园的修道院，水源来自埃斯考河的一条引水渠。在那里，他接待过毁了容的莫姆——当时，莫姆离开了布鲁日，又离开了罗马，放弃了绘画，更喜欢黑铜雕版画的腐蚀，还有它的座架。他照料了图琳，而当时，她抛下了哈腾，却没有给他半句解释的话，然后就第一次独自回到北方，她经过了安特卫普，并在那里发现了这一"庇护所"——在那里，她惊讶地发现了这个大公园，而亚伯拉罕则早就在这里头找到了庇护，并为他的一些朋友提供了魔力、安全、鲜花、蔬菜和甜蜜。是她当年的老师德·圣科隆布先生特地向他推荐的她。他接待所有那些逃离这一世界，或者那些跟国家、法律和神明发生冲突的人，只要他们还能表现出一点点的克制和自豪。他在他那位于连接埃斯考河的运河上的长长的居所中收留了她，而那时候，她简直就是个哑巴，什么话都不说，倒霉透了顶，她无论如何都不愿意接受他。不过，这个男人对人们的苦难就变得无动于衷了，但是，她并不想抱怨，也不表现出丝毫的软弱，甚至都不对自己解释说她为什么就那样一言不发地抛弃了他，抛弃了这个她其实还是很爱的人，并且不给他半点理由，而这一事实，如同一段往事的回忆，深深打动了老人的心。他不想在两个恋人之间做出选择。他不想在种种的绝望之间必须做出决断。实际上，在所有的作品中，甚至在人们的激情中，他看到的只是天空的背景，有时候，他会在那里觉察出它那些星座的痕迹。在秩序的背后，他看到的只是敞开的混乱。他买下所有出现在北欧的书籍。通过把剑从他的腰上摘下，他变成了一个图书之人。拳头仍然紧握住一个血色的物件，一本书的红色摩洛哥皮革封面。他是如此的喜欢种种问题——他是如此的喜欢它们，以至于他只是出于礼貌的习惯，才聆听人们给他的回答。但是，一旦结论说出了口，一旦论据得到检验，他就会回到已给出的答案所再次提出的问题上来。他认定，生命和自然在地球上所拥有的意义，比在它们所构成的一个荒谬的谜之中要小得多，而这一谜，在其终结中，甚至在他们的目光中，都不会比它在其一开始的强大乳液状一般的混沌中更有什么重要性。

2. 鸟儿们

　　弗罗贝格尔每天都要调好几次他的键琴。他拥有一只绝对准的耳朵。他更喜欢柏木的共鸣箱，而不是椴木的共鸣箱。他修剪了他那些叫作乌鸦喙的钳子，他总是随身带着一个小兜子来装它们。这还真的是一件奇怪的事，鸟儿们总是支配着乐器，它们也以同样的方式支配着作家们的手，用它们的羽毛管提取墨水，在纸上描出线条或者谱表来，小刀总在不断地削细它那空心的羽轴，使它重新变得又尖又锐利。一台斯频耐琴具有一种大大展开的鸟儿翅膀的形状，而一架羽管键琴则具有一把横卧的竖琴的形状，配有秃鹰或猛禽或大鹅或歌唱中的天鹅的喙。

　　雅各布·弗罗贝格尔是那个时期中唯一没有形象的音乐家。

每到一个城市，每到一处，他就把他的骡子或马托付给马厩童子，把他的行李托给小客栈的女老板，自己则马上就跑去浴室洗澡了。雅各布·弗罗贝格尔一边洗澡，一边在池边石阶上休息，在热腾腾的蒸汽中，他打量着男人们，并寻思着他的买卖。至少这是一个想象中的市场，更经常的情况下不会离开他心灵的隐私。然后，这一想象会在其夜间幻象的自发性中找到它的中继和完善。他在现实中面临的困难，就在于诱惑那些他梦想得到其拥抱的男人，因为他只成功过很少的几次。确实，他是一个努力想取悦于人的人。当他进入一个沙龙，当他钻入一个小酒馆，当他爬上一段大理石楼梯，他就会用他的身材、他的块头、他的权威、他的缓慢来迷惑人。这是一个肥壮的男人，拥有一个三角体型，年复一年的贪吃贪喝让他不停地变得笨重。他的脸没有丝毫诱惑力。他有着一些漂浮的、几乎没有表达力的粗大线条。整体具有一块占据着空间的岩石的形式。唯独他的双手，真正一件咄咄怪事啊，竟是那么细腻、娇嫩，仿佛完全独立于他的上身和他的肚腹的大块体积之外。它们垂挂在他的大肚子旁边，在胳膊的尽头摇晃着，像是巨大的白色鱼鳍。人们能看到的只有它们。在这一个叠加的双层琴键上，它们则是不可预测的、彻底自发的、精彩无比的。

晚上，在音乐聚会中，在火把的微光下，正是这样的一些白鲤鱼在杨木的黄颜色琴键和乌木的半音琴键上飞舞游移。

他在恋爱中遭遇的第二个困难是极难的；他得找到一个地方去放荡一番，但不要让别人撞见，不要让任何人来向旅馆老板，向值班的守夜人，向工厂的工人，向教区的神父抱怨，不要让人给抓住。抓住后要想放出来就得付十个德尼耶的赎金。诱骗是一个如此奇怪的词，假如人们相信它指的是诱惑的话。诱骗，就是把人引入牢房中，就是把人抓进监狱。爱情是多么可怕的奥秘啊，在爱之中，占有永远不会远离，而监禁则是一个怪异的梦，它威胁着一个个时日。有好多次，他的欲望把他引进了监狱。有好多次，利奥波德·腓特烈王子不得不亲自出面干预，让他获得释放。弗罗贝格尔深受这些挫折的痛苦折磨，它们让他悲痛，让他疲惫，它们一而再再而三地让他的灵魂充满了色欲，而这些色欲通常只不过是一些挫折，让他的肉体得到孤独的满足，而这满足说到底也只是平添一些忧伤。就这样，他创作了一些美妙的作品，想象他在讲述着一些英勇的壮举，而他实际上只是在补偿自己的恼恨。

这个穿着翻毛皮长外套的男人骑着马在雨中前进。帽兜耷拉到鼻子上。人们看不到他的脸。是约瑟在引导着耶稣，是埃涅阿斯在带领阿斯卡尼俄斯进入母野猪森林，他将在那里挖掘他的护城河并建造他的城市。[1] 是弗罗贝格尔带领年轻的公主茜碧尔前往百钟之城圣迪耶。

公主年轻时，在 1630 年代的末期，是一个缺乏风韵的大孩子，脸上长了很多痘痘，举止动作十分笨拙，内心很焦虑，却又书生气十足。她站立时稍稍有些弓腰。她的灵魂是一丝不苟的。无论人们对她说什么，她都会马上乖乖服从。在斯图加特鼠疫流行期间，她被关在宫里六个月，整整六个月里，她甚至都不想走出她卧室的门。她把所有的功课全都熟记于心，所有的乘法口诀表，所有的素数，所有各种树木树叶的形状、果实的形状、种子的形状，她的所有赞美诗，马身上的所有部位，所有的音乐曲目，全都牢牢记在心中。她很容易受人影响。她会把她看到的所有奇特的狂热立即变成她自己的。她整整一生中都严格地、很细心地尊重她必须承担的角色，只因为它们都是她的诞

1　在希腊神话中，阿斯卡尼俄斯（Ascagne）是埃涅阿斯（Énée）和第一个妻子克瑞乌萨所生的儿子。特洛伊城被攻陷时，他尚年幼，跟随父亲四处游历，辗转地中海各地，后来到意大利，并在距最后的罗马城址不远的地方建立起了阿尔巴隆加城。

生所带来的结果，都是她母亲反复灌输给她的结果。从她母亲（或她的女管家们，或她的女仆们）想要向她解释所有那些规则的那一刻起，她就对它们十分关注。她生活在母亲和义务的这一蒙影中，没有卖弄出毫末的反抗举动。[1]她将所有要敲钟宣告的节日都视为自己应尽的职责。她就像一只谨慎的蜜蜂，飞舞在她的歇脚处，在她的停靠站，在她的回归中。种种改革后的礼仪、种种游行、种种婚礼、种种葬礼、种种典仪，她都会随着时间的流逝，以一种从容不迫的平静和一种神秘地诞生并渐渐扩大的轻蔑来完成它们。就仿佛那是一种粗犷之舞的各个不同时刻，始终有着一成不变且非常沉重的舞步，就像人们在乡村舞会中那样，清晰地标志着节拍。她严格意义上的智性激情只用于器乐演奏。于是，所有的干涸与冷漠都离开了她，她乐于孤独一人留在琴键前无休止地练曲。她为什么讨厌人的歌唱声，就像讨厌小号声那样？她为什么要把所有的人声合唱，把所有的铜管乐器，把所有的鼓，甚至还有长笛，全都从音乐中驱赶出去？她为什么那么讨厌她的那些梦想？它们为什么会让她惊诧不已？她为什么每天早上都对它们

1　这一句子中，"蒙影"（ombre）、"母亲"（mère）、"毫末"（moindre）、"卖弄"（montrer）、"举动"（mouvement）等词的法语原文都包含有辅音"m"，显然是一种文字游戏。

如此反感？她为什么如此警觉地提防着其他的年轻姑娘，还有宫中所有的女人，而无论她们是什么年纪，也无论她们是多么万念俱灰、超凡脱俗、谨小慎微？她为什么在男人面前表现得如此矜持，无论面对的是襁褓中的婴儿，还是白发苍苍的老翁，无论是他们颤抖不已的手，还是流着口涎的嘴角？彻底的冰冷。婴儿们，他们的气味和他们刺耳的声音让她厌恶。即便当她结婚时，她对她的丈夫利奥波德·腓特烈王子也是一样，远在任何其他情感之前，就标志出了她的退避。除了宗教所规定的那些行为举止，她没有任何其他的怜悯之情。世界、上帝、战士、领主、牧师，全都是同样等级的舞蹈，她全都以最超然的姿态参与其中。除了在宫廷中的日课经上，在维也纳的皇宫中，在斯图加特的大公府中，在默姆佩尔加德的城堡中，在埃里库尔的巨大无比的要塞中，她总是独自一人待在她的套房里，而且常常卧躺着，读着乐谱，在心灵深处回荡着种种不同的乐曲，在它们自身的寂静中，在它们合适的节奏中。这不，眼下，她依然安坐在她的琴键前，没完没了地思考着并重复着她的音乐老师雅各布·弗罗贝格尔为她而做的所有指示。她俯身在她的墨水瓶上，手指头攥紧鹅毛笔或野鸡毛笔的空心羽轴，无休止地记录着她的乐谱，对师傅曾对她说过的话一点儿都没有忘记。但是，突然间，她就想要出门去，她想要快乐，她想要自由。于是她去了马厩。她离开了蒙贝利亚尔的城堡，穿越了田野。她来到了埃里库尔早先的封建要塞，她深深进入了有四座古老的塔堡所俯瞰的茂密森林中。她要求她的宫廷随从让她独自一个人留在那里，就在灌木丛中，在矮树林中，在湖边上，或者沿着阿莱讷河，在栗树和橡树那巨大的树干之间，在阴暗的、长满苔藓的岩石之间，而这些奇形怪状的粗糙岩石早在森林本身之前就存在于那里了。那里，有着她的另一种激情，她真正的激情，她肉体的激情。那里，在马鞍上，在她的母马约瑟法的背上，她的身体挺直了，公主突然变得几乎很美，仿佛摆脱了一切束缚。无疑，必须承认，茜碧尔公主真的不怎么喜欢打猎，她只是远远地参与了马儿前蹄的踢蹬、疾步奔走中的激昂、狩猎的铃声，她并不射杀猎物——尽管她从来就不会错过走出城堡围墙的机会。来到外面，来到树林中，骑在马背上，漫游在世界之上，这是她想不惜一切代价去做的。每当她去做有飞鹰相助的围猎时，她都会强调她希望得到允许远远地待在一旁，远离男人与猎狗——她会尽可能赶到他们前头，在犬吠声、人叫声和号角声中把自己定位好——就安坐在她那匹母马约瑟法的背上。此时此刻，这两个野兽——马儿和公主——都真正地放任自流了，她们不在任何人的注视下，她们什么都不梦想，甚至连想梦想都不想一下，她们早已离开了任何仪式，早已丢弃了任何言语，让所有的恐惧全都化为齑粉，碎成粉末，她们就那么呼吸着，在森林满地枯枝的沙沙声中。某种气魄回归了，扩张了空间，臌胀了肺腑，张大了鼻孔、眼睛。她们很开心。

3. 演奏高手

手指头越灵活，灵魂就越会忘记它们。

成为演奏高手，并不是要获得一种神奇的敏捷，而是要成为这种遗忘。

哈腾是个演奏高手。他坐下来。他把他的双颈诗琴（它也叫 tuorba）放在他的大腿上。两个互不相称的弦轴箱，一个指向着他的脸颊，另一个则指向着他的耳朵上方。他的躯干稍稍伸直，以便够到它们。他的耳朵也稍稍竖立起来去听它们。这一件双头乐器就像一头公鹿在它额头上方伸展开了犄角一样。在他指尖下诞生的旋律随即就飘扬在了他的脸孔前。他的眼皮垂了下来。他脸上长长的微光变成了他正在演奏的那个大厅里的空气本身。

突然，一只鸟儿的歌声在夜的心脏中响起。

这是某一种夜晚，是聆听音乐的女人们和男人们那紧闭着的眼睛所繁育的那种夜晚。

他的五官放松了下来。

额头，他那一片苍白的额头完全舒展开来，没有一道皱纹。他的脑袋变得非常明亮。

在精湛的演奏游戏中，灵魂似乎被打发到了它自身的生命活力中，到了一种它靠了以往的工作与机械训练而获得的自由中。

倾听中的灵魂，完全陶醉于仿佛因惊喜而诞生的突然迸发的旋律，有时候会用眼角连接到把音乐拨响的手指头：阐释出音乐的手指头确实在奔跑，像是在把它发明出来。

就这样，人越是灵巧，对灵巧性起源的失忆也就越是彻底，它所花费过的一遍遍练习也就越是不会被觉察出来。虽然只有获得的记忆才能分解人们所达到的熟练掌握程度，但身体的敏捷却忘记了它的来源。

这就如同飞行的诞生，鸟儿翻动翅膀末端的第一次飞翔，这是人们在世界的历史中所不曾想象的，而它却发生了。

巨硕的弗罗贝格尔是一位伟大的演奏家，经常即兴表演。他用他的手指头做成了他想要做的事。

茜碧尔公主一丝不苟地遵循着乐谱，并以最大的忠实度再现了它。她留意她的老师向她指示的所有节奏，她的速度是闻所未闻的，但她的敏捷完全是自愿的。

安娜·贝热罗迪并不是一个好演奏家。但她的嗓音是优雅无比的。

图琳是一位卓越的演奏家，有时会受到非凡的启发，但最神奇的是她的移调能力。

这一轻易性在世人眼中像是一种出生时就拥有的天赋，实际上却是只有通过无情和恒常的苦行才能得到的一种恩赐。

每个人生来都一无所有，某一天，他很偶然地从世界那无形和非人的深处冒出来，这就像在往昔，生命同样偶然地——出于一次异乎寻常的偶然——从大海中冒出来一样。

就像行走从游泳中脱出，就像腾跃从奔走中升起，就像飞行从腾跃中溢出那样。

人们可以定义演奏大师的身体：已经忘却了一切的躯体从自身中偏离出来；他表达他的感受；躯体脱离了自身，为自己创造了一个奇妙的替身；躯体已经很真诚地忘记了它的每一块肌肉都同意了的极端紧张；它对此已经不再有记忆；它甚至都不知道该如何回忆起它的那些不同运作方式；整个关联和传输的系统都不再是自愿的；灵魂所孜孜不倦地投入的所有注意力全都自行消失了，无论是在血液中还是在骨骼中，都没有留下任何痕迹。它不再是一种质量，也不再是一个重量，也不再是一次运动；这是一种纯粹的得意扬扬。同样，坐在白色桌布前的身体，也不再感觉到骨椎、体型、鳞片、肉冠、尖角、犄角，以及它所吞噬的肌肤的轮廓。

4. 乐手们

多么地，音乐家们以最快的速度沿着码头奔跑着。多么地，他们大步流星，疾步如飞，踮起脚尖，走在湿滑的小巷里。多么地，他们害怕鞋子上那乌黑的油色会脱落。时间压迫着他们的艺术，恰如它压迫着他们的身体。这是障碍的赛跑，灾祸的赛跑，对大多数人来说，它们来自他们头顶上的天空；但不仅仅是云，不仅仅是风，不仅仅是突如其来的暴雨、暴风雪；突然间，在最糟的时刻，他们在他们的假发上，他们的帽子上，他们的发夹上，淋到了一个桶里泼出来的尿、一条檐槽里漏出来的雨水、一口锅里溅起的水花；他们的一卷卷乐谱都湿透了；他们一边跑，一边用袖子的翻边匆匆拭擦着它们——或者，他们用上衣的下摆来保护那上面的墨迹；他们跑得气喘吁吁，但他们无法稍稍缓上一口气；他们加快步伐；他们试图迎头赶上；他们冲向已经处在安静中的客厅。

德·阿尔巴雷伯爵是一位狂热的音乐爱好者。他出席有人告诉他的所有那些音乐会，或者，他会在墙外听那些音乐的碎片。一旦在空中感觉到一声歌唱，他就会去寻找那道通向音乐的门。他拉响门铃。他掏出一枚金币。他前去找到那个让他感动的嗓音。那些前来巴黎表演的外国音乐家，他把他们安置在自己的家中，这些音乐家，他们或是寻求去往宫殿中，在国王面前演奏他们的音乐作品，或者，至少也要触动王子们的心灵，去隶属于他们的家族礼拜堂演奏音乐。他为他们提供饮食，他为他们清洗服装。当哈腾跟弗罗贝格尔一起来巴黎时，他就把自己的房间提供给了哈腾。至于弗罗贝格尔先生，他则居住在了布朗士罗什先生的家中。德·阿尔巴雷伯爵组织了一些晚宴，宴会上，一个接一个地，每个人都必须展示他所能达到的精湛技艺，以及演奏特点，他会导致的那种眼花缭乱，他在自己的追求中所寻求的激情。这便是我们历史上最初的音乐会。这便是各种各样的对决、角逐、挑战、决斗。观众们本身也在相互竞争。这些聚会中的一个甚至还专门为上学的学生们保留。这一音乐会说来还是很优雅的，它对所有的学徒全都开放，甚至还对他们的教师开放；它既可用来作为演奏家的排练，也可以用于测试他们的乐器，并有助于测量他们准备表演的厅堂的共鸣效果。人们把它叫作

"彩排"。其他的那些，则会献给爱好者和资产者，它们是有偿的。德·古伊先生是第一个让人为他每周举行的音乐招待会付钱的人。而老德·拉巴尔先生，既是他的弟子，也像他那样演奏管风琴，则完全沿袭他师傅的做法。这样做的第三个人则是帕扬夫人，她在她位于巴黎圣母院附近的小小家中开音乐会。图琳和圣科隆布在曼多斯家的厅堂中表演维奥尔琴二重奏时，是获得了报酬的。最基本的那些音乐聚会都在星期天上午举行。醉心于精巧音乐的痴迷者会去那里，就仿佛是在赶赴一场礼拜日弥撒。这些比武般的竞赛之所以深受人们的欢迎，不仅是因为其上演的精巧音乐的高质量，同样也因为那样的一种狡猾方式，即所有这些全新的音乐会为无神论者提供了参与的机会。于是，一个真正的神就在这里诞生了。一个独特的却不露面的真正的神。人们假装是去教堂，而实际上，他们要去一个遥远的教区，参加当时仍然被称为一场"奢华音乐会"的活动。

"一个叫福森。另一个则叫布雷西亚。"

"都是很漂亮的名字。"莫姆喃喃道。

"人们马上就知道他们是鲁特琴制造师。"弗罗贝格尔说。

由于当时鲁特琴还很吃香，所以人们把普通的制琴师都叫作鲁特琴制造师。

"这也许会是一些印刷图书的书商。"莫姆说。

"是的。不错。但他们是鲁特琴制造师，因为重音要放在第一个音节上，"弗罗贝格尔反驳道，"音乐就是这样。它就像宇宙一样。人们正是凭借着第一记声音的爆发才认出这个世界的。这就是接续（attacca[1]）。它是宇宙往昔的声音，还在混沌开始之前，还在这混沌倾泻到太空中，到构成其母体的漫漫长夜中之前。在图书中，我们从一个静默无声的句子开始。在奏鸣曲中，人们从仿佛在森林中的一记哭声开始。"

"但这可能是一滴眼泪，"哈腾补充说，"坟墓中的一滴水落在心脏的跳动中，它带出了它的波和它进程的冲动。"

乐手们的生活，关于音符错误的争吵，照明的问题，取暖用柴火的分配，作为礼品的鼻烟壶、色彩斑斓且又柔软的丝带、来自埃及或亚洲或希腊的浮雕玉石、金蛋中的微型雕画、在油灯或火炬的光芒下闪闪发光的戒指。

弄湿了的假发的臭味，变酸了的酒的恶臭，烟囱道中弥散出的烟灰味，烟草的烟味，熄灭了的蜡烛的油蜡味，

1　意大利语，为音乐指示语，指相邻乐章之间不停顿地接着演奏下去。

腋窝中散发出的酸汗味。

乐手们的生活就是很艰难的，因为他们整天都是坐在那里的。

它也是很勇敢的，因为他们的指尖一开始是流着血的，然后则变成了角质。他们的拨子就是利爪。他们的刮子就是鸟喙，他们的屁股中长满了痔疮，只要有最轻微的争吵、最轻微的羞辱、最轻微的解雇、最轻微的推迟，则会一下子就流汤。

每次聚会结束后，都会有装葡萄酒的小玻璃罐、锡罐、高脚杯、熟陶碗堆积在那里——但是，永远都是那些同样可怕的叫喊声来把他们久久沉浸于其中的歌唱声排斥走。人们始终会以为，心灵可以放松和休息。但是，没有任何什么能赶走女人心中突然的回忆。也没有任何什么能平息男人心中的记忆。没有任何什么。无论是女人，还是男人。没有任何什么。沉淀在他们身上的酒精更能温暖他们的血，而不是让他们从痛苦的折磨中分心。那种渴望，渴望给人们所嫉妒的人带去厄运，为伤害你的人的死做好准备，还有为生存而需有的愤怒，或者更确切地说，是为生存而需有的冒失劲儿，但是，也还包括因对种种激情只有如此少的同步记忆而导致的抽泣或哭泣，这一切，会随着醉意而上升，会让嘴唇颤抖，会弄湿他们的袖子，会约束他们的颌骨，会揪紧他们的心。

他们的眼睛在变厚，眼皮的边缘泛起了泪水。因在脂油蜡烛那无常闪烁的火焰中竭力破译乐谱中苍蝇爪一般的潦草字迹，他们的角膜有些灼烧。

当他们在夜色中摇摇晃晃，蹒跚而行时，他们的笑话变得陈旧，而且越来越愚蠢。他们只有一个欲望，他们跟跟跄跄的脚会把他们带往那里，那就是头朝下地倒下，趴在他们的床垫上，屁股朝天，一下子就进入到另一个世界中。

"对鱼儿，必须小心翼翼地保护好那些鱼鳃。"

"对所有的水族，无论它们是不是有银色鳞片的保护，都必须从刀尖底下保留这些原始的耳朵。"

"但是螃蟹呢？"

"不！说到螃蟹，永远都不要，绝对不要用叉子的齿去碰它们的大钳子。"

"这都是什么啊，你在圆圆的满月下给我们讲的这个故事？"

"正是在耳蜗中，听觉获得了它的性别。正是在耳蜗中，人们才能确定每个身体的性别。"

"人们不能伤害听力。"

"严厉禁止一个乐手吃能用来听的东西。"

"这是国王的份额。"

"离开耳廓后，人们就进入了前庭。[1]"

"人们进入前庭，人们来到耳蜗，人们经过鼓膜的鼓室，人们最终触摸到听小骨。"

"人们落到了地狱中。"

"这就是听觉游戏。"

"乐手的魔力。"

---

1 "耳廓"和"前庭"，在原文中为"pavillon"和"vestibule"，也可以解释为建筑中的"小楼"和"门厅"。

5. 音乐与死亡 [1]

很长时间里，音乐产生于非常特殊的石头乐器中，在罗曼世界中，那曾经是小教堂中充满黑暗的中殿，然后，在哥特世界中，则是大教堂中更为光明的巨大宽敞的过道。在死去之神身边的音乐一开始总是生出寂静来，围绕着垂死之际的最后词语，然后就上升到高天的雷霆。有时候吓人。有时候下雨。有时候安慰。至少，所有的乐手都相信它，然而，它是错的，一开始，音乐在暗中所召唤的寂静结束之后就**给出**死亡。弓之弦所造出的声音是如此密集、如此干涩、如此纯净，那是猎物倒在远处的信号，它是如此遥远，以至于一条狗必须求助于视觉，奔跑，跳跃，为的是给弓箭手带回那曾经奔走的、曾经飞翔的、现在已经

1　在上文《仙境般的绝望》那一章节中，作者已经提到了"爱情，海洋，音乐，死亡"，这几个词均以辅音"m"为基本音，显然是一种文字游戏。其中，"爱，海"已经用作了本作品的书名。此处，则又把"音乐与死亡"用作章节名。

死去的猎物。狗的嗅觉，如同人的目光，都在为沉沦了的东西而激奋不已。饥饿，或者更确切地说是饥荒，是所有占有了我们的欲望的核心，无一例外。响亮的幽灵游荡在空间中，就在它们的尸体、它们的毛皮、它们的顶角、它们的门牙、它们的胫骨的上方。人们下到洞穴中，为的是首先听到自己在黑暗之中的心跳。这真的是第一声歌唱。恰如人们在海滩的边上，通过把海螺贴在孩子们的耳朵上所听到的那样。这些如此深暗的珍珠质或方解石的拱顶，在形成专门奉献给回声的壁垒之前，也曾是积蓄寂静的储藏库。教堂已经取代了古老的洞穴，充当了众多越来越令人难以置信的美丽之音的共鸣器。当太阳神拿起第一把里拉琴时，那是他高高举起来的一个空洞的乌龟壳，种种预兆全都聚集在它的背脊上，他在阿卡迪亚[1]边界之地洞穴的门槛上就把它给翻了过来：他把他杀死山羊之后保留的肠子绷紧在翻过来的乌龟壳上。琴弓这个简单的词几乎没怎么隐藏他所发起冲动的弓。[2]音乐一路通向地狱，然后，它就驯服了它突然一下子在另一个世界中发现的贪婪的鬼魂。

---

1 "阿卡迪亚"（L'Arcadie）是希腊的一个地名，是古代希腊传说中世界的中心位置。这是一个风景优美的地方，是一处乐土。这个词也有"世外桃源"的意思。
2 这里的"琴弓"和"弓"，在原文中为"archet"和"arc"。

在那里，那些曾教音乐的人就在他们自己的祖先身边避难。于是，牧羊犬，看门狗，最早还是狼的时候就熟悉了它的那些家伙，便放弃了它们的吠叫，躺在由地狱那大大张开的下颚所形成的巨大的门前。在刻耳柏洛斯[1]那不计其数而又敏锐无比的眼睛的注视下，俄耳甫斯一边走向前，一边不断地演奏着里拉琴。他爱着的那女人的幽灵被他调出的四个音节所吸引。当他穿越黑暗之门时，她始终轻轻地、一步接一步地跟随着他，被他的名字、他的嗓音、他的里拉琴的共鸣所紧紧包裹。如果说她突然间就离开了他，却并没有告诉他，那是在眼睛的一瞥之后——那是因为，这乐手已开始在寻找视觉、视线、瞭望、目光、光线。[2] 幻听的声音就如同梦中的幽灵，全都嫉妒地呼吁紧闭的眼睑和漆黑的夜晚。不是确切的姿势，不是心爱的风景在黑暗中唤醒了他们：而是一些破裂声，一些神秘的爆响，一些用来召唤的钟声或锣声，一些拍打着礁石的浪涛声，一阵突

---

[1] 在希腊神话中，刻耳柏洛斯（Cerbère）是看守冥界入口的恶犬，长有三个脑袋和蛇的尾巴。

[2] 在希腊神话中，俄耳甫斯是太阳神阿波罗和司管文艺的女神卡利俄佩的儿子，他的琴声和歌声能迷惑百兽。妻子欧律狄刻死后，俄耳甫斯前往冥府解救妻子。冥王、冥后被他的音乐打动，答应让他妻子返回人间，但有一个条件，即在走出冥府的路上，他不能回头看欧律狄刻。俄耳甫斯在即将踏出冥府前回过头看了妻子一眼，导致她再度死去。

然沙沙作响的声音，碰触到了窗外的岸畔，就在迎接浪潮的阳台底下，那是种种旋律，仍然挂在头盖骨的空腔中，留在神秘的囊包中，迷宫般的密室，细微的隐蔽角落，地下墓穴，侧旁的小礼拜堂，就在这被屏住的奇特气息内部的通风口，那是每一个人的灵魂在颤抖。彼此跟随的种种声音就是思想。那是激情在回荡。奇特的缠绕，困扰着内心的情绪，就像它们所暗示的那样。这是种种责备、种种曲调的神秘供品，它们循环播放，犹如复归的鬼魂，鸟儿的哀鸣，悲从中来。

6. 鲁特琴的消亡

在老戈尔捷之后，当时最伟大的鲁特琴演奏家就是布兰克罗彻了。德·布兰克罗彻先生（夏尔）、弗罗贝格尔先生（雅各布）和德·拉盖尔先生（米歇尔）1652年7月26日曾经在巴黎一起演奏，跟他们在一起的，还有安娜·德·拉巴尔、樊尚先生、哈腾先生、康斯坦丁先生、管风琴手德·安格勒贝尔先生、库伯兰先生（路易）。接下来的那个月，就在火之日的第二天，布朗士罗什从皇家花园回来之后奇怪地暴死，就死在圣托马小姐的眼皮底下，当时在场的人还有德·泰尔姆侯爵。德·拉巴尔小姐安坐在大扶手椅中。哈腾先生和哈诺弗尔先生坐在折叠椅上。所有人都看到了他倒下，跌落，翻滚在楼梯上，而他本来是要上楼去寻找那把必要的鲁特琴的，而那位巨硕的弗罗贝格尔正趴在他那羽管键琴的双层键盘上，认真地为它校音，正忙于调换其中的一个拨子。德·拉巴尔小姐在她坚持用拉丁语写的日记中写道：Dominus Frobergerus videns periculum cucurrit pro doctore.（弗罗贝格尔先生看到了危险，赶紧跑到街上去找医生。）伟大的鲁特琴演奏家的姓名是变化不定的。弗罗贝格尔在他的乐谱中记的是：布朗士罗什。库伯兰记的是：布兰克罗彻的悼亡曲。在他死后，他妻子在他的账册日志本中写下：夏尔·德·弗勒里，布兰克罗彻的爵爷，死在了我们位于圣厄斯塔什教区的好孩子街上的房子里。

收集了若弗鲁瓦·莫姆所有版画的米歇尔·德·马罗勒，还有身为数学家兼物理学家的布莱兹·帕斯卡[1]立即动身，前去聆听在他死后第二天就被创作出来的那四首悼亡曲。

雅各布·弗罗贝格尔在乐谱的抬头上亲手记下的确切标题是这样的：《为布朗士罗什先生之死而在巴黎作的悼亡曲此曲须极慢地随意演奏而不必遵守任何节拍》。他标明日期为 1652 年 10 月 2 日。而逃亡中的年轻国王返回到巴黎城中的日期则是 1652 年 10 月 21 日。但是，10 月 21 日，

_____

1　布莱兹·帕斯卡（Blaise Pascal，1623—1662），法国神学家、哲学家、数学家、物理学家、化学家、音乐家、教育学家、气象学家。作为作家，他写有《致外省人书信》（1657）和《思想录》（1670）。

弗罗贝格尔已经走掉了。画家让－巴蒂斯特·博纳·克罗瓦[1]先生，还有版画家若弗鲁瓦·莫姆先生，当时在安特卫普，住在亚伯拉罕家中。正是在那里，朗贝尔·哈腾带着他的鲁特琴，轻松自然地前去跟他们会合。

　　而正是在这一时期，在欧洲北部，在宗教战争的心脏，在想要成为太阳王的专制君主的统治下，在他于圣康坦池塘和路维希安森林之间建造了他的围猎行宫之后，鲁特琴过时了。

　　奇怪的是，世界把路德[2]当作了借口。

　　主教、神父和教士们使用了一个可怜的文字游戏，将这种乐器作为受迫害宗教的一部分从他们的王国中驱逐了出去。

　　蒂东·杜·蒂耶先生，国王的军事专员，这样写道："法尔科先生，参议会那些先生的秘书长，夏尔·布朗士罗什先生的学生，请我前往他的府邸。一开始他总是久久地哭着，让我实在有些摸不着头脑，然后他向我吐露说：'在

1　让－巴蒂斯特·博纳·克罗瓦（Jean Baptiste Bonne Croix，1618—1676），弗拉芒画家和雕塑家，以城市全景画和海景画而出名。
2　"路德"和上文的"鲁特琴"在法语中分别为"Luther"和"luth"，这里明显有文字游戏。

巴黎只剩下四个路德派教徒了！'"

蒂东先生总是定期去找法尔科先生。后者则从来就没有过超过一个月时间不让前者进他的家门。他就坐在书房中一把古色古香的、质地非常硬的黑色扶手椅上，紧紧地靠在扶手上，假装像尤利西斯一样牢牢地依附于他舰船的桅座，连续好几个小时地聆听这位老先生在书房里演奏他的鲁特琴曲。

军事专员先生"打量着法尔科先生，见他总是神情紧张，脸颊凹陷，不时在他握住的乐器的木头上流下无声的泪水，可以说，他是连木头带泪水一起把它们握在手中的"。

但是有一天，秘书长先生站起身之后就匆匆离去，为自己没有请他吃点心而道歉，因为他心里实在太难过了。

军事专员先生顿时陷入了沉默中，大吃一惊，回到了自己的府邸。第二天，法尔科先生派人告诉他说，他曾经想到，时不时地在一个行家面前演奏一下鲁特琴会平息种种回忆的痛苦——但实际情况并不如此。鲁特琴的时代结束了。前一天，秘书长先生在蒂东先生面前演奏时，已经意识到，这一时代结束了。现在，他有一种要从高高的悬崖上跳下去的心情。

就这样，鲁特琴消亡了。曾是布朗士罗什先生师傅的老戈尔捷，当他真正变得很老很老时，就隐居到了他兄弟的家中，那是在一个叫内弗的小村子。内弗位于罗讷河右岸，离里昂有两法里的路。尼农的父亲德·朗克洛先生，一位伟大的演奏家，也是伟大的决斗者，得知他隐居于此，渴望能来拜访他。他们开始回顾起了往昔，以及对那些乐手的回忆，这些乐手，他们喜欢挑战，有的迎接胜利，有的面对失败，有的已然消失，有的早就死去。随后，他们诋毁那些他们多少有些了解的人，并嘲讽了他们两三个时期的遭遇，而实际上这些遭遇曾对他们造成了极大的伤害，他们并没有停留太长时间就转向了他们嫉妒——它们依然萦绕在他们心头——的原因上来，随后，他们又相当粗暴和不公平地谈及了他们如此喜爱演奏的乐器。最终，当他们说得实在太多了之后，他们就闭嘴不说了。一旦陷入沉默，他们也就缓缓站起身来。亨利·德·朗克洛先站起身，老戈尔捷紧随其后，他们走近了套着鲁特琴的那些套子；他们剥去了琴上的罩布；他们为它们校音；他们演奏了"在一起三十六个小时，根本就没有想到还要吃要喝"。

德尼·戈尔捷的样貌可以在《朋友的聚会》中看到。但是，《朋友的聚会》绝不是武埃先生的一幅画，就如同在金色的画框上所标明的那样。没错，人们在那里看到了一面很美丽的旗帜，它让人联想到他的风格，它也解释了人们为什么会弄错。《朋友的聚会》应该出自勒叙厄尔先生之手。[1] 吉耶·德·圣乔治先生在他的回忆录中指出，德·尚布雷先生，战争部的司库，当时住在克莱里街，曾打算画一幅他的朋友们的肖像画。他们中的每一个都由其自身激情的象征物来再现。勒叙厄尔先生迫不得已把自己也画了进去，当时他很是不情愿，手里拿着一支画笔。没有人知道那个猎人的名字，但他的猎兔犬长得很漂亮。戈尔捷先生曾是当时最优秀的鲁特琴演奏家，在布朗士罗什先生（而他曾经是德·尚布雷先生的音乐老师）拿着他的鲁特琴出现在巴黎之前。那把琴配备有十九根弦，九种和弦，还有最细的第一弦。

---

1 绘画作品《朋友的聚会》（*La Réunion des amis*）的作者是法国画家厄斯塔什·勒叙厄尔（Eustache Le Sueur，1617—1655）。

7. 布朗－罗谢夫人和她的幻象

很久之后的某一天，德·布朗－罗谢夫人对在凡尔赛与之相聚的图琳和德·拉盖尔小姐说了这样的一番私密话：

"有时候，我相信我那失踪的丈夫没有死。那些我几乎难以讲述的梦是残酷的。我大汗淋漓地醒来。我的屁股全是湿漉漉的。那些时刻，我看到他跟一个女人在一起，但她不是我，我在我的梦中就痛苦不已。当然，在我的梦之外，我也很痛苦。但是，我的疼痛在睡眠中要更剧烈。我的痛苦很难说得清楚，因为每一次，好奇心都超过了我的痛苦。我躲在一根柱子后面。我藏在一丛灌木的荆棘后。我窥伺他。我追逐他，在森林的树木枝叶中，在岩石丛中，在无穷无尽的小巷中。我很愤怒，但也恐慌。我远远地窥探他，就像是一个影子嵌入到了墙壁中。我感觉墙壁就在我的胳膊上，我感觉潮湿墙壁的硝石粉就粘在我的脊背上。就像一只猫头鹰在光天化日之下所做的，它在它的树皮上刻出凹痕，它散发出橡木的强烈气味，它就安息并熟睡在其中。瞧瞧，他抓住了她的胳膊，我可以断定他跟她一起背叛了我。这是肯定的。我想这是肯定的，因为那是如此痛苦。为什么我会有这些可憎的图像，那么地伤害我，那么地给我带来苦痛？在他死去那么多年之后，在我对我自己所做的这些再现中，为什么我会如此疑心重重，那么激动，那么警觉，那么不相信？为什么它们会一而再再而三地回来，为什么它们会那么坚持，为什么它们会不断地警告我，让我心跳加速？为什么我自己的脑袋总是要告诉我一些嫉妒的故事？那是专员们的一些调查，然后，突然就变成了围猎。还有更糟的呢：对我来说，等我醒来后，那就成了可怕的小说故事，我既不能再对自己解释其狂热，也无法对你们转述其中的恶意和粗俗。难道是音乐亲自前来寻找我的丈夫吗？他关于音乐的如此固定的想法，他曾对我反复灌输的这些想法，它们依然寄寓在我的心中吗？音乐的寓言将会降临到这个世界上吗，就像人们在画家们的绘画中所看到的那样？但是，在那种情况下，这一寓言为什么会有那么美丽的乳房，还有一件如此迷人的长裙呢？为什么我丈夫高大的身躯总是从我身边离开，而我却在夜幕降临后会如此关心他的热情、他的悲伤、他的饥饿？一个人该怎么做才能控制住或回绝掉这一可怕的巫术，以及如此不真诚地把自己奉献给他的欲望或者甚至去刺激拥有这一欲望的那些女人？他如此荒谬地逃离我的生活，过于飞快地走下一段楼梯的台阶，但实际上，我觉得他还活着，他继续着一种从来就没有献给过我，而是发生在别处的生活。图琳，那是怎么一回事，死人的脸难道还会以这样的方式摆脱死亡本身，而在死去很久之后，还会被一种如此美妙的香味所围绕，并带着一种如此不可思议的新鲜感吗？一旦离开了地狱，离开了颓丧的淤泥，死寂的积水，可怕的灯芯草之后，所有这些黑乎乎的阴影，这些长满苔藓的荒凉的坟墓，这些奏鸣曲，还会以如此随意、如此新颖、如此残酷、如此神奇的方式再次变绿吗？这些歌声还会喷涌出来，这些贪婪还会消散在世界上吗？"

"我恐怕不会这么说，"图琳回答道，"我同样也受制于我身边的这一难以理解的存在，它离我如此之近，离我曾有一天抛弃的那个人如此之近。"

"我自己从来就不了解它，"德·拉盖尔小姐说，"不了解您让我发现的这个充满了不可思议的幻象的世界。我很幸运从来就不做梦。或者至少，我有幸免于接触对它的记忆。然而，在我看来，您的那些鬼魂似乎比能吓到我还要古怪。"

"那是因为大多数时候它们都充满了欲望。所以，在醒来时，它们会显得有些可笑，或者有些令人震惊。"图琳赞同道。

"这一发作是恶魔般的。"布朗士罗什夫人说。

"至少，这一发作是无法控制的。"图琳承认道。

"这些梦从何而来？"

"从来没有人知道它的功能或目的。"德·拉盖尔小姐突然宣称道。

"有些夜晚，我入睡的时候，我害怕自己的灵魂会在睡梦中谋划些什么。"

"我倒并没有那种担心，但我猜想，我怀有某种针对我自己的愤怒，以及那种挥之不去的耻辱，毕竟，我第一次离开他时根本就没有对他做过任何解释。"

从某个年龄开始，女人会将一种口红涂在她们的嘴唇上，而它则会弄脏她们的老年。

当哈诺弗尔前来找她时，她已经把脚放在长凳上，正剪着脚趾甲。

"快把您的缝隙隐藏起来。"

"在您爱着她而她也爱着您的那个女人身上，没有什么可隐藏的。"

她的脸是粉红色的，很迷人。她说话时的口音很甜美动人。这位来自爱尔兰的年轻女子把她的手伸进了水罐中。她把大腿张得更开。她伸了个懒腰，开始用一把黄杨木梳子梳理起了她的毛丛。

他惊讶地看着她。

"我对女性的裸体没有兴趣。"他喃喃道。

"那是您的故事。但您不想把它告诉我。就我而言，我是很干净的。您就从来不洗吗？"她问她的新丈夫。

"我不会当着您的面做的。"

"您觉得我会拌上一点点大蒜，另外再加几片洋葱，然后把它给吃了吗？"

"也许吧。我又怎么会知道呢？"

"或者，用切成小块的牛肝菌，再加上一小块黄油？"

"也许吧。我怎么会知道？"

"您的生活很奇怪。"

"它并不奇怪。只是，在我小的时候它就被损坏了，我为自己仍然悲痛欲绝而感到后悔。"

8. 茜碧尔爱情满满的青春岁月

缰绳绷直，衔口拉紧，公主猛烈地勒住了约瑟法的嘴唇，让它动弹不得。她终于做到立即将母马固定住，连她自己也愣住了。

她们让一队野猪崽在母猪的带领下依次通过，而它们则对她和母马连瞧都不瞧一眼。

马儿的四蹄仍然牢牢地钉在了地上。

它不乐意再出发。

公主任由它去。

母马更喜欢自行前去马厩。当它终于来到城堡时，茜碧尔就跳下马来；约瑟法在城堡院子中的盆里喝水；然后，它就直挺挺地躺下在院子的石板地上，晒着太阳，甚至都没有想到要去马厩里找它的草料。

显然，这次会面并没有让它很高兴。

很可能，茜碧尔公主爱过她的音乐老师，但她并不知道自己爱着他。而且，由于那一位对来自世界各行各业和各种条件的女性都没有表现出任何兴趣，这些身体之间也就不存在任何诱惑，它们带着快感重新找到自身，但并没有想象到什么快感。她爱，但她连一秒钟都没有猜想过她在爱。也许，有一股热情在她心中升起，但它始终是那么不确切，它在她的日子里没有让任何可察觉的火焰闪现，它不照亮她生活中的任何什么，它只是让她着迷于学习的时刻，却并不需要进一步调查。她把自己能够处在欣快或优雅的状态归结于音乐的功劳，归结于她能从小就跟着他学习音乐，因为她一生下来就在他的身边，两人只相差四岁。自她走出童年时代起，她就从这一学习中获得了如此多的满足感。渐渐地，她也开始脱颖而出了。但是，他刚在这里待上不久，就会再出发，前往世界的某个地方，在默姆佩尔加德的城堡，在埃里库尔的要塞，在维也纳皇宫的套房，在梵蒂冈的禁城，在纳沃纳广场的宫殿，在伦敦的威斯敏斯特修道院，在巴黎的沙龙，在好孩子街的大厅。假如说，公主会对他所教的课感到遗憾，对他的那些建议、那些看法感到遗憾，她却不会把那样的感觉、那样的忧伤归咎于他的不在场。她演奏他的作品，并且几乎只演奏那些，她留在他身边，却并不觉察到对他的这一需要。很有可能，茜碧尔公主从来就没有清楚地分辨过某些时刻的烈焰燃烧的源头，也不清楚她所面对的萎靡不振或者持续时间或长或短的昏昏欲睡的原因。可能，假如她差一点就要感受到它们了，她便会很不愿意从她的艰辛中汲取出激发它们的可能的动机来。她不希望从这一纯美学的崇敬中——从这种谨慎的、日常的、强迫性的、费力的实践中——抽取出被庇护在其中的密切的亲密关系来。没错，她是公主，她没有权利产生带这一倾向的想法。没错，如果她承认了这一种爱，她是会被它给吓坏的。

　　练习完羽管键琴之后，她去喂她心爱的母马。

　　在埃里库尔，总是有一盏小灯笼挂在圈栏上，因为马厩总是很昏暗。

　　马儿们听到公主小跑着走近的特殊脚步声，便发出轻柔的嘶鸣声。她跟它们说着话。她就待在它们旁边，直到它们咀嚼完它们的饲料。

　　约瑟法经常会坐在它的隔栏后面等她。

　　茜碧尔总是微笑着，手里拿着一两根胡萝卜，用手轻轻地拍它，抚摩它那长长的面额，它那美丽的鬃毛，爱抚它。

　　于是，约瑟法就站立起来。

她让她的马疾驰。到了室外，她们便合二为一，构成为一只唯一的华丽而又巨大的野兽。

　　突然间，茜碧尔感觉到一股不可思议的推力把她带走。

　　她整个地屈服于那一股从她臀部底部一直上升到她腹部中央的令人不可思议的推力，她们俩一起跃入了森林的昏暗中。

IV

歌 唱

1. 地狱

　　1652 年，皮卡第地区的某些村庄整个地消亡于饥馑。然后，城镇中也有一半的居民毙命于瘟疫。人们开始像烧死替罪羊那样，烧死那些污染空气的流浪者。埃及人被烧死。女巫被烧死。新教徒被烧死。浪荡子被烧死。冉森派[1]，至少是所有那些被灭绝者，从地底下被挖了出来，人们把他们的骨殖扔进火堆。新国王希望阻止神圣修道院继续成为一种在围绕着新城堡的田野中朝圣的机会，而这新城堡正是他所设计的，为的是能居住在远离巴黎的地方，能让自己远离骚乱之地，能远离喧哗与叫嚣，能永远地远离那些设置路障用的种种大桶、种种交通堵塞，以及封锁住了

1　冉森派是 17 世纪上半叶在法国流行的基督教派。创始人为荷兰神学家冉森（C. O. Jansen，又译詹森），信奉的教义与作为新教的加尔文教派基本一致。

从沙朗东的磨坊一直到圣母院桥的那段塞纳河的种种锁链。[1]

在巴黎，小孩子们摇转起他们手中会嘎嘎作响的棘轮，以标明他们在阴影中的位置。另一些孩子滚着他们的铁环过来。夜幕降临之际，他们聚集在了孔蒂滨河街上。灯笼闪闪烁烁的光晕勾勒出黑暗的轮廓，那便是饥饿为人们最短暂的快乐所提供的东西。月亮和星星照亮了人的面孔，那是孩子们一片片低语的嘴唇，是他们一阵阵欢乐和笑声，隐约显露在成年人的暴力之中。

哈腾讲述道，有一天，他看到两个小姑娘把一个被绳子勒住了脖子的婴儿拖往柴火堆。他不禁呕吐了。他艰难地讲述着这个故事，因为牧师们肯定，儿童的暴力实在是太神奇了，因为它是纯粹的，它跟红衣主教、主教、教皇本人所组织的那一种暴力正好相反。

但是，哈腾肯定道，儿童杀手比他们的士兵父亲要更糟。

他还补充说，最糟中的最糟，是那些母亲在推动着他

1　法国国王路易十三 1643 年去世时，王子路易十四年仅五岁，当时的皇家行宫位于巴黎的卢浮宫和西北郊的圣日耳曼－昂－莱宫内。1664 年路易十四完婚后决定将皇家行宫迁往西南近郊的凡尔赛，即在父亲当初修建的狩猎小屋的基础上建造大型行宫。

们去战斗，在激发他们的斗志。没错，哈腾先生的确既不认识他的父亲也不认识他的母亲。

刚一看见远处升起了浓烟，哈腾先生就赶紧躲了起来。在没有月亮的夜晚，他一看见一道微弱的光亮游荡在树木的枝干之间，创造出了若干阴影，他一相信自己看到了一线火焰在一块岩石下面摇曳，就赶紧跳下马来。他喜欢阿登地方的马胜过任何其他品种的马，因为它们的耐心、它们的恒心、它们的个头、它们的谨慎、它们的寂静。[1] 他趴在地上，埋伏起来。因为这是一个喜欢大地胜过整个世界的人。这是一个喜欢自然果实超过大主教和君王们价值的人。由于在他的经历中没有人曾对他忠诚过，他也就不认为在他的同胞之间会有什么忠诚。到处，他都在试图躲避光的侵入。一听到一种人类的嗓音响起在空中，在远处，在树枝后面，在围墙背后，他就会把自己更深地隐藏在他那灌木丛的黑暗中，在他那深深的夜色中。就这样，不再信教的哈腾先生在历次宗教战争中绕开了所有的战场。就这样，他在三十年期间成功地躲避了那些烧杀掳掠的军队，

---

1 "它们的耐心、它们的恒心、它们的个头、它们的谨慎、它们的寂静"的原文为"leur patience, leur constance, leur taille, leur prudence, leur silence"，除了"个头"，其余的四个名词韵脚相同，是为刻意的文字游戏。

斐迪南皇帝的、瑞典国王的、法兰西首相的、西班牙君主的军队，那些衣衫褴褛的、雷鸣般叫喊的、凶残的军队。他没有参加任何战斗。没有经历任何小冲突。他很少会借道一条石板路。他会在可玩槌球游戏的林荫大道前犹豫再三，即便那里有浓浓的树荫。他从未加入到商旅者的车队中去。他从未骑着马进入游动小贩的行列中。他从未在夜色降临之后闯入城墙的内部。他向前进发，就像蝙蝠飞翔在黑暗之中，它们只信任带有空缺的墙壁，它们会猛地弹飞起来，而从不发出丝毫可被察觉的声音。他等待黑暗侵透大地。令人心静的黑物质，比阳光还要古老得多，其本质只能被听见，让他的心灵宁静下来。夜晚就像是他保留下来的关于他时日之源的某种幸福的唯一记忆。一旦黑色出现在那里，他就会在空间中做出奇怪的 S 形动作来，就像一条蛇在山上的燧石丛中透迤腾挪。或者，他就像一只在树林中跳跃不疲的狍子。他始终都把他那柄插在鞘中的剑挂在马鞍上，就在他的左侧，而把总是装满了灰色弹药、随时准备击发的手枪别在马鞍的右侧。弗罗贝格尔不常杀人，但他没有迟疑，连开了两枪。而哈腾，他，则从来都没有杀过人。如果他看到人们聚集在十字路口，在通道上，他仿佛就看到出现了邪恶的面孔。他就会赶紧后退，他就会远离聚集的人群。他就会找到一个办法，走得远远的。

他说，在社群中，总会有一条浅滩、一个交叉口、一条裂缝，可以逃避人的面孔。

2. 弗罗贝格尔的兄长的故事

一天晚上，当他作为一个第一小提琴手，在总督府的晚宴上演奏了三个小时之后，他前去厨房喝酒，并在那里稍作逗留。他们全都喝了又喝。他们全都谈到了他们的生活，也就是说，他们全都为它而哭泣，因为，一种生活的奇迹，甚至包括它的恐怖，都是难以抚慰的。

当他返回到宴会厅中，返回到为音乐演奏和共鸣之需而搭建的上面覆盖有一种黄色印花布天棚的木头小棚子时，他的同伴们都已经走了。他从椅子上抓起他的小提琴盒。他回到了自己家中。伊萨克·弗罗贝格尔那时候二十九岁。他度过了一个密度很稠的夜晚，尤其因为他喝了很多酒。到了次日早上，当他打开他的提琴盒准备练习时，他发现，盒子里放的不是他的小提琴。那是一把全新的小提琴，他马上就认了出来，那是小洛里奥的那一把，那位乐手是诺曼底人，老家在卡昂。这是一把质量上乘的小提琴，但跟他自己的那件乐器完全不同，他的那把小提琴是由阿马蒂在维罗纳制作的，价值不菲，是他父亲巴西利乌斯惨死之前留给他的，发生在斯图加特的特大瘟疫让他父亲丧命后，又夺走了他母亲和他姐姐的性命。当年，巴西利乌斯是从施泰格勒德那里买下的它，而后者曾是雅各布的管风琴老师。一见自己的小提琴被调了包，他浑身的血液顿时就沸腾了。他匆匆穿上衣服。他前往了洛里奥的家。他推开门，在心中怒火的驱使下，他把那些女仆统统推到一边。他径直奔上楼去。洛里奥还躺在床上，他妻子熟睡在他的身边。

"把我的小提琴还给我。"大弗罗贝格尔一边叫喊着，一边掀开了被单。

"你怎么了？"洛里奥叫嚷道。

他头发蓬乱。

他妻子在他身边被惊醒，开始尖叫起来。

"快把从我这里偷去的小提琴还给我。"

"我没有偷你的小提琴。"

愤怒攫住了大弗罗贝格尔。他把乐手从床上拽起来，后者，尽管赤身裸体，也开始还以老拳。而洛里奥的妻子，虽然跟丈夫一样也是赤身裸体，却猛地掀开了窗扇，朝小巷子里大喊救命。女仆们也紧跟着声嘶力竭地叫嚷起来，有的聚集在门后，有的跑到了楼上，另一些依然守卫着孩子们睡觉的大厅。大弗罗贝格尔一把抓住洛里奥的肩膀，猛地把他推向窗框。窗玻璃碎了，然后，窗框塌了下来，然后，乐手整个身子就落到了街上，他是倒栽葱地落地的，脑袋顿时就摔破了。大弗罗贝格尔一把抓过他的小提琴，下得楼去，发现邻居们开始在流着血的尸体周围聚集起来。他们一个个面带凶相，女仆们用手指头指着他尖声急叫，工匠们弯下了腰去抓石头。他则猛地一转身，背对他们，就钻进了一栋房屋，爬上了屋脊，站立到瓦片上。随后，他沿着一家又一家的屋顶，一直来到了城门边上，然后，跳入壕沟中，前往了科隆。在科隆，伊萨克给他的弟弟寄了一封信。弟弟雅各布立即就给他汇去了一些钱，并告诉他改姓换名，刻不容缓地立即逃离那里。于是，他登上了一艘前往威尼斯的船，而这艘船，又从威尼斯驶往了拜占庭。

3. 玛丽·艾黛尔孩提时的故事

大雨倾盆，狂风大作，已经完全清空了厄尔街。他们正在睡觉。他们听到从他们宅邸的门外传来一阵沉闷的敲门声——盖过了风雨之声。突然，砰的一记响，门倒塌的声音把他们从床上拉了起来。女仆们跑动起来，衣冠不整，蓬头散发。所有人都一起叫喊着。此时，三个陌生男人早已冲进了主卧室，他们说着德语，脸上被烟熏得黑黑的，还滴着雨水。其中一个手上捏着一柄火把，另外的两个则举着加有铁箍的棍子。他们击打着在火光中移动的一切。一个蓝眼睛——蓝得像两颗美丽的绿松石一样——的小女佣溜到了床的华盖后面。她看到了那个举火把的人。她后来说，他是从日内瓦过来的那些人中最年长的人，她还模仿了他那带着拖腔的浓重口音，她说他只是在脸颊上抹了一层黑色的油脂。他殴打任何一个胆敢在他的狂怒之下自卫的人。不过，把来自巴约的天主教徒妻子和丈夫往死里打的，却是另一个瑞士人，而那两夫妻则一直就跪在床上，因为那是在夜里，因为他们很害怕，因为他们在求饶，因为他们突然就带着哭腔轻声地呻吟起来。

只有痛苦、尖叫、流血、突然破开的伤口、难闻的气味。

来人中最年长的那一个在墙上用血迹画着十字。

之后，很长时间，在很长的时间里，是一片很深的寂静。

后来，邻居们小心翼翼地、很有人样地、鬼鬼祟祟地从门缝里钻了出来，脚步轻得像老鼠。

很久以后，终于，在黎明的雨中，警士们到达了。是他们发现了那个蓝眼睛的小女佣在华盖的帷幔底下恐惧得瑟瑟发抖，不敢从她的藏身之处中出来：她像是被封在了墙上，被对突然发生的暴力一幕的记忆吓呆了，被死亡的呼喊声震得耳聋。他们给了她一点儿苹果酒喝。她是唯一的幸存者。她的名字叫玛丽亚姆·阿卜戴尔。他们给了她一点儿白兰地喝，他们抚摩她，他们安慰她。

孩子断断续续地讲述着，这就标志着，她所说的是真相。

但她所讲述的让人很不开心。

于是，警士把她带到了市政厅的法庭。在那儿，她仍然颤抖不已，她没有睡觉，那里很冷，她孤独一人。此后，每当太阳退去，每当阴影推进，每一个夜晚的出现和倾盆大雨的声音都会让她感到恐惧。她噩梦连连，一个又一个。那天早上，过来了一位修女，温柔地安慰她——但同样也向她说教。这修女被派来照料她，跟她交谈。修女身上的气味很好闻，她做了美味的黄油糕点，糕点上面还覆盖了一层糖粉，她促使女孩在头脑深处抹除掉她所看到的东西。人们每天都来询问她。每一天她都要说出那些来自阿尔卑斯山、来自日内瓦湖的人的名字，他们带着那长长的拖腔，还有他们那粗鲁的举止，那富人的派头，那罪人的狡猾，那岩石般的坚定。她不想松口。那些执政官很是尴尬，在市政参议会之前，他们就前往了那些为红衣主教效劳的流亡者那里。整个瑞士家族的人，全都肩并肩地聚集在大厅里，男人女人都一样，全都穿着一身黑，戴有褶子明显的白色皱领，庄严地接待了他们。他们为他们的邻居服丧。不，在这一番杀戮中，在这些挂在墙上的十字架中，他们什么都没有干。是的，他们已经放弃了在各州肆虐的圣战。是的，完全是的，他们没有受到那孩子以可能很无辜但又很不公正的方式将这一罪孽归咎于他们的伤害。女仆接受了一钱袋金币和一件衣裙。玛丽亚姆·阿卜戴尔从此更名为玛丽·艾黛尔。她乘上一辆车厢的皮帘已经放下的马车，被送到迪南主教区，在那里，她时而做佣人，时而做默兹河边的洗衣女，后来又做铜匠，再后来还做铜版微型画家。一切全都平静了下来。十一年岁月过去了，她遇到了画家莫姆——但是，那时候他已经离开了绘画行当。有人因嫉妒而泼到他脸上的硝镪水早在很久之前就彻底毁了他的面容。不得不说，他眼睛周围的那一层了无生命的皮肤让他的脸看起来一副怪样。

4. 埃里库尔饮水槽

埃里库尔城堡的院子里，有一个装满了清水用来饮马的水槽。有一次，一个贫穷妇人用它来给她的孩子洗洗涮涮。公主打猎回来后就用马鞭死命地打她。当她发现这女人弄脏了母马约瑟法要喝的水时，她就再也控制不住自己了。她一顿痛打，直到年轻女子倒在要塞院子的石板地上，没了气息。婴儿被送往了救济院。公主并没有立即就后悔。但是，在接下来的几个星期里，她做了很多噩梦。弗罗贝格尔先生说，正是母马约瑟法自己在夜梦中过来指责了她。两个季节还没过完，她就请她的布道牧师为她祈祷，她还向弗罗贝格尔大师定制了一曲名为《为在饮马水槽里给孩子洗涮的贫苦女，此曲演奏时无须注意节拍》的乐曲。

弗雷罗尔，这是在战火中如此长期陪伴弗罗贝格尔先生行走于欧洲土地上的那头母骡的名字。它驮着他的行李。它并不顽固，倒是有那么一点点冷漠，那模样看起来颇有些不知所措。弗雷罗尔（Frelaure）是东部地方方言中的一个老词，它那时候常常用来指"迷茫"。弗雷罗尔虽是法国人爱使用的一个词，但它来自德语动词"丢失"（verloren）。当人们说到一个流浪汉是一个弗雷罗尔时，人们就认定，在已知世界的任何一个城市中，都没有任何希望能让他恢复他的工作。

一头逃亡的野兽是一只再次变成猛兽的动物。

一个迷茫的人是迷了路的人，因为他不再知道一条道路可以是什么。

一个流浪者是以游荡为职业的人。

所有这些人都进入了河流的芦苇丛中，进入了穷人的野蛮中。就像雅各布·弗罗贝格尔本人一样，在他那迅速的摇撼的快乐中，迅速地摇撼在树篱的后面，躲藏在阁楼的干草堆中。

然而，有一天，在乐手身边吃草的弗雷罗尔走上了堤岸，滑倒在了草丛中，越来越快地滑落，被莱茵河的水冲走。所有的行李也都被吞没了。

那是在最初的那几次宗教战争期间，当哈腾先生真的被孚日和阿尔萨斯的所有天主教徒追捕时，他匆匆跑进了符腾堡州雅格斯特河畔贝尔盖姆的教堂。他在阴影中停留了好一阵，就站在一根柱子后面，以确信没有任何西班牙人跟随着他。

他仍然在徘徊，在阴影中，在告解座和窗帘的后面，以确信没有来自贝尔盖姆小村的人跪在教堂的中殿中祈祷。

没有人在圣器室忙碌。

纯粹的沉默。

于是，悄悄地，他绕过石柱，登上了廊台。

他来到管风琴的踏板前，取下了盖扇。

人们还处于战争的中心，而他则进入了音乐的核心。他滑到管风琴的木壳底下，把木头板拿了出来。

他就睡在了那里。

他被一个叫弗罗贝格尔的非常年轻的德国管风琴师和一个叫舍诺涅的法国管风琴师吵醒，后者伸出拳头捶打着他：

"您是谁？在我的管风琴里做什么？"

哈腾先生叫喊得比那两个管风琴手还响亮。他的叫声是那么响亮，以至于对方都停止了击打。他们把他从管风琴的木壳中拉了出来。

"请等一等，"他总算开口了，"我要对你们说。在拉罗谢尔城市被烧毁，居民被吞噬之前，我是那里的一名管风琴鼓风者。"

于是，弗罗贝格尔先生的心就软了下来。

"请您在我的身旁坐下。把您的故事告诉我。"

但是，舍诺涅先生认出了他。

"您是哈腾！您是汉斯·哈腾。"

"不，我是朗贝尔·哈腾。"哈腾说。

5. 绝对之歌 [1]

一天，里拉琴演奏家哈诺弗尔先生前去芒特的途中，他的马突然就失了前蹄。他拉紧了缰绳。他竖耳谛听。

他一动不动，在寂静中，他察觉到不远处传来一种呻吟一般的歌声。

他朝岸边走去。

一个俊俏的小女孩被扔在池塘中，脖子被勒得发黑，肚子上满是血，小小的生殖器官被撕裂。不过，她还活着。至少，在芦苇和睡莲的环绕中，她还在呼吸。小小的身体正靠在睡莲那又大又厚的叶子上。她那稚嫩的嘴不再呻吟了：她的小胸口咳嗽得透不过气来。她紧紧抓住了一小簇鼠尾草的枝叶和花朵。琴师飞快地催马下到水里，轻轻地把孩子从池塘里拉了出来。他回到了岸边的地面上。他把

1　原文为拉丁语"Cantio assoluta"。

她久久地贴在自己的心口上，安抚着她，他让她轻轻地躺在马的臀围上，把自己的呢绒大外衣为她盖上。他推开了一家小旅店的门。旅店主的妻子自发地来帮她，她知道如何护理她，她知道如何治愈她，她知道如何喂养这小姑娘，她立即就找到了需要的东西，给她抹上药膏，给她穿上衣服。孩子活了下来。哈诺弗尔侄子给出了他随身所带的钱，还把他在凡尔赛的地址留了下来，在那里，他从此将在国王的身边演奏里拉琴，希望能成为国王的室内乐演奏家，甚至还怀着想成为国王的有头衔的音乐家的希望，以此来为他自己的童年复仇。他骑上马走了。她长大了。她变老了。孩子忘记了她的苦难与她的救主。她变成了一个如此美丽的年轻姑娘，她应承了她的信仰之诺。那是一场美丽的婚礼。晚上，她的丈夫来到她跟前，那么幸福，那么兴奋。当她发现他的性器在双腿之间雄姿勃发，她认出了某种她一直就没有记忆的东西。他骑上她的身。当他插入她时，她就用两根大拇指掐住了他。后来她说，她不能不这样做。她突然想起了曾经发生过的一件事。是一个神掌控了她的双手。人们相信了她的话，因为人们保留了对她当年的痛苦的回忆，人们记得，那时光，她被带到了小旅店，人们把她擦洗干净，包扎起来，并给了她祝福。于是，人们派了一名骑兵士官去凡尔赛，为的是让哈诺弗尔先生能过来提供证明。就这样，这位里拉琴演奏者来到法庭，当着她的面，回顾起了他当年所做的那一番水中的打捞。人们不能责备这位年轻女子，因为她的记忆根本就不想留住他。当她听到救命恩人的讲述时，她的神情显得更加迷惘。人们释放了她。于是，她徘徊在她那重复痛苦的孤独中，在她有时令人发狂的痛苦中。奇怪的是，她就如她的拯救者一样喜爱音乐，因为她的拯救者就是乐手。她把那些主题跟那些形象混淆在了一起，并且渐渐地滚动它们，让它们变形，让它们变薄。她变成了一首歌。她离开了法国。当她在教堂的廊台中站立起来时，她的嗓音震撼了一切。她在米兰的圣安布罗焦大教堂成为绝对者。

6. 宗教战争

　　宗教战争时期该如何进行创作呢？当每个工作日都要沉浸在尖叫和混乱中时，又如何专注于自身心灵的沉默和封闭？当所有本应受到掌控监管的时刻都受到恐惧的限制时，该怎么办呢？当所有的夜晚都无望地陷入忧虑，所有的梦想都陷入恐惧，又该怎么办？在法国，圣巴托洛缪之夜[1]即便在整整一个世纪之后仍然会让人在睡梦中不寒而栗。在德国，在芬兰，三十年战争已经留下了一种烟雾味，在山岭中，在山岭的金雀花丛中，在山坡上所有那些排列得整整齐齐的葡萄藤中，在那些超越了这一切的松树林中，那么远，一直远到波罗的海诸岛的海岸，或者萨摩耶人、古代萨姆人的营地，那是一种非人道的味道，始终紧紧地

1　所谓的圣巴托洛缪之夜（la nuit de la Saint-Barthélemy）于1572年发生在巴黎，特指法国天主教暴徒对国内新教徒胡格诺派发动的恐怖暴行。继巴黎之后，其他一些法国城镇也发生了屠杀胡格诺教徒的事件。

揪着人们的喉咙。如何在混沌中思考艺术？

凡是那没有升华的，都总是那么强烈。

野蛮人便是如此。

不要在法国海岸线上的种种废墟中选择被英国军舰轰炸的港口，不要选择科沙林、哥本哈根、伯格斯维克和塔林被烧毁的港口。[1]

直到拉普捷夫海，直到楚科奇人的海。[2]

更进一步，在鹿角小屋的拐角处，在无畏的歌唱中被肆虐被掠夺的日本诸岛，在中国海，在浩瀚无垠的太平洋边上。

港口歌唱着它们的抱怨，它们的塞壬。

德·奥坦夫人三十来岁的时候，曾嘱咐哈腾把她脑子里已有了想法的一出音乐悲剧依照提纲写出旋律来，她还当着他的面口头展示了这一主旋律。她唱了几首她自己构想出的乐曲，它们虽然并不怎么样，但构成其本质的想法还是立即就深深地打动了哈腾。种种形象已经突显了出来。

---

1 科沙林（Koszalin）在波兰的西北部，哥本哈根（Kobenhavn）为丹麦的首都，伯格斯维克（Burgsvik）位于瑞典的哥得兰岛，塔林（Tallin）是爱沙尼亚的首都。
2 拉普捷夫海（Laptev）是北冰洋的陆缘海之一。楚科奇人（Tchouktches）主要居住在俄罗斯的马加丹州，属蒙古人种的北极类型。

他想象的那些和弦并列让他甚是开心。他用他的那把阿奇鲁特琴把它们演奏了出来，而它的效果让那些他为其展示并让其欣赏的人颇为高兴。图琳也推动了他一把，她在其中投入了自己的全力，她帮他记录下那在夜晚期间、在黑暗中突然迸发出来的旋律，而它们则大大地改善了德·奥坦夫人曾经标明的那些旋律线条，甚至还让它们变得格外迷人。图琳立即就用她的维奥尔琴把它们演绎了出来。在前两幕中，作品讲述了回声女神厄科与那喀索斯在刻菲索斯河边上的不幸的爱情。[1] 然后，在接下来的两幕中，它以相同的主题但并不相同的情节发展反映了这爱情的绝望和痛苦。这是一出连续音乐的歌剧，就像布洛的关于阿多尼斯的歌剧[2] 那样。德·奥坦夫人只是借取了马洛的文本，而在这个文本中，他如此悲惨地死去。越来越丰富、越来越自由的音乐重复了它们，并把它们转加进了赫洛与勒安得

1　在希腊神话中，那喀索斯（Narcisse）俊美异常，厄科（Écho）向他求爱，遭拒绝后化为回声女神。那喀索斯爱上自己的水中倒影，憔悴而亡，化身为水仙花。

2　指的是英国音乐家约翰·布洛（John Blow, 1649—1708）创作于1683年的三幕歌剧《维纳斯与阿多尼斯》（*Venus and Adonis*）。关于维纳斯与阿多尼斯的爱情故事，古罗马诗人奥维德创作的《变形记》第十卷就有记载，而莎士比亚也写过关于这一题材的叙事长诗。

耳在赫勒斯滂海岸边上的不幸爱情故事[1]中。那喀索斯的脸容埋在了水中，就如勒安得耳的脸容潜到了水中。是水的深底在它的上面投射出一面镜子，而镜子中，种种轮廓和种种倒影无法融合到一起，双手甚至四肢在一种唯一的痛苦中彼此分离开去，然而，就在这一痛苦中，他们尝试着快乐地彼此重叠。在这些不可能的拥抱、这些奇怪的变形最终结束时，回声女神厄科变成了一座令人感觉眩晕不已的悬崖，而赫洛则变成了一只巨大的海中之鹰，它慢慢地拍打着翅膀，盘旋于躺在滩岸上的勒安得耳那残破遗体的上方。嗨，可惜啊，面对着所有这一切分裂成两半而不能再统一的爱情，他很有可能会晕头转向的。马洛没能成功。哈腾没能成功。也许，他的想法过多，把他淹没在了它们的动荡沸腾中。也许，他有些害怕，面对着一种连续音乐的限制，这一强加给不同咏叹调的主题义务、作品的广度，面对着这一越来越带动着图琳的兴奋、这一压力，他是有些害怕，而这压力，德·奥坦夫人也试图通过把它深埋在她越来越不成功的即兴创作、她的建议、她的上行音阶和

1　在希腊神话中，俊美青年勒安得耳（Leander）住在分隔欧亚两洲的赫勒斯滂海峡的亚洲一岸，美神阿佛洛狄忒（即罗马神话中的维纳斯）的少女祭司赫洛（Hérô）则住在对岸。每天晚上勒安得耳都会泅过海峡去与赫洛相会，赫洛总是燃起火把为勒安得耳指引方向。在一个暴风雨之夜，火把被吹灭，勒安得耳遂溺水而死，赫洛在岸边见到勒安得耳的尸体后也跳水自杀而死。

她的黄金之下，从而施加在他的身上。这个音乐师无法驯服在他身上大量涌现的种种音乐理念。突然，它们就开始逃离他。无论图琳做了什么样的努力，他都感到如此失望，即便他实际上对计划兴奋不已，同时，她也会试图让哈腾在音乐界更有进取心，对自己的艺术更有信心。的确，这是一首笨拙的诗，没有节拍，没有秩序，夹杂着英语单词，没有韵律。他就在这难以捉摸的浪潮中迷失了自己。

图琳和玛丽·艾黛尔，在埃斯考河的尽头跳入了北海。

她们脑袋冲下，一头扎进越来越高的冰冷的巨大卷浪。海浪从两个女泳者的上方涌起。

一个是如此苍白和修长。

另一个如此棕褐，如此健壮，有着美丽非凡的眼睛。

在海的边缘，一切都显得更有气味了。那里的空气更浓更稠。嘴唇上，一切都是咸的。一切都是油腻的，像是有某种碘液粗脂涂满了手指，覆盖在脸颊上，沉沉地压在乳房上，黏在大腿内侧，与发根相混杂。

她把脑袋向后稍稍仰了仰。她摇晃着她的头发，让水滴落下。她那向后撩去的头发让她湿漉漉的、瘦削的苍白前额完全暴露了出来。她向后猛地一倾，脖子一弯，让头发就那样又垂了下来，然后她伸手去拧，拧出水来。

她的整个身体倾泻而出之际，她的乳房就在胸前充分展开了，甚至有些变平。

人们只看到她鼓胀而又裸露的腹部。

她那向后甩去的头发都触到了房间的地板。

她感觉到火的热度触及了她仍然湿漉漉的前额。它从她的鼻梁上经过。它从她的眼睑上滑过。然后，图琳睁开眼睛，脑袋还后仰着，她看到了在画布的一角描绘得如此细致的场景。猎人连续追了好几个钟头猎物之后，精疲力竭地倒在灌木丛中，累得气喘吁吁。他刚刚坐下就赶紧重又站起来。汗流浃背的他突然就那样静静地站在了黎明初始之际生成的微风中。

寂静中，他举起投枪，因为他听到身后的灌木丛中有一头野兽折断了细枝嫩叶。

人们勉强看到她那张美丽的脸现露在枝叶丛中。

于是，就在他所爱的那个女人证实了她所爱的那个男人在任何情况下都不会对她不忠时，她看到了投枪飞掷而来。

她只是睁开了眼睛，朝向这虚无，朝向死亡。

7. 纸牌中的图像

　　这就叫作洗牌，然后，这就叫作切牌，最终，人们把纸牌收拢起来，人们在毡垫上放下一小叠像一本书那样厚的长方形的厚纸。

　　大卫王穿着你的金色长袍，手捧你的竖琴，人们把你翻过去。

　　大卫、亚历山大、恺撒、查理曼[1]，当人们把你们的胸像翻转在游戏桌的绿色呢绒台面上时，实际上你们并不那么就是国王。

　　密涅瓦、朱诺、拉结、犹滴[2]，女神、女殉道者，奇怪的女王，你们也并不完全就是女王。

1　在西方流行的纸牌中，大卫、亚历山大、恺撒、查理曼这四个人物分别为黑桃、梅花、方块和红桃的 K。

2　在纸牌中，黑桃、梅花、方块和红桃的 Q 通常被认为应该是雅典娜、阿金妮、拉结和犹滴的形象。这里说的密涅瓦（Minerva）是罗马神话中的智慧女神，朱诺（Juno）则是罗马神话中的天后。有些纸牌会选她们作为 Q 的图像。

赫克托耳、奥吉耶、兰斯洛特、拉希尔[1]：在任何情况下，你们都不是什么仆役、农奴、跟班、家丁。

但是，这些形象持续存在着。

你们就继续永存吧，而人们在玩牌时，并不总是对此有一种确切的意识的。

人们在玩牌时，并不会想到要回忆起他们的际遇来。

正是在 1650 年，也就是鲁特琴消失的那个年头，巴黎的纸牌绘制人为你们的形象固定了线条，回顾了你们的功绩，命名了巴黎纸牌的不同人物形象，指定了捏在你们手中或者系在你们臀腰边的标志物的属性，并以最终的方式确定了你们的长袍、你们的长裙的颜色。

人们推倒了所有这些名字已被遗忘的面容形象。人们推开了他们的座椅。人们离开了游戏室，人们转开身，把脊背朝向那炭黑的火炬的烟雾，朝向从日韦的陶土烟斗、从萨瓦或艾因的欧石楠木烟斗中升腾起来的烟雾。

现在，不信教者哈腾走下河去。他的眼睛仍然在黎明

1　赫克托耳、奥吉耶、兰斯洛特、拉希尔则往往被认定是纸牌中方块、黑桃、梅花和红桃 J 的形象。

的曙光中燃烧——然而他周围的黎明是一片如此的玫瑰色。空气和冷风洗涤着虹膜和瞳孔。他把他那匹胖大的阿登马留在了河边渔夫家门口的栅栏前，这样他就可以再次出发，而不会有人怀疑他去了什么不当的地方整夜玩耍。一天，一个他心爱的女人就那样一言不发地离开了，朝向比弗里西亚群岛还更远的北海的一片海滩走去。

他始终未能从这一不太可能的离去中恢复过来。

在他面前，停着一条船，朝向一片青草。

他听到了一阵水的响声。

从牲口棚的木头壁板后，他瞥见一个站着的女人，两条腿张开着，正在一堆干草的上方小便。完事之后，她挺起肚子，微微弓起腰，用她的衬衣擦了擦下身。他看到了，她是多么年轻和美丽。她的屁股是小小的、白白的、圆圆的。在他看到这一切之后，在他有了胆量观察她之后，他却不敢大声说话，不敢打招呼，不敢叫喊，不敢让她来认识自己。他不敢开口问她要点儿什么，哪怕只是要一点点大麦的麦秸，来喂他的马。他也不敢向她讨要哪怕一点点的山羊奶喝，来醒醒他的酒，因为，他整整一夜中喝了很多很多酒。他悄悄地离开了。他逃逸在眼下已变得灰蒙蒙的黎明中。漫天阴云密布。他走向附近的那一道城门，手牵缰绳，拉着他的那匹阿登老马。这是莫城。这乐手在他碰上的第一家旅馆租了一个房间，那家店的店招是他在大街上看到的第一个摇晃的标记。一个女人撒尿然后用她衣袍的一角来擦下身这一视象让他激动不已。这个身影让他彻夜难眠。整个上午，他一直就在不可抗拒地想起它。这还是他第一次想着一个不再是他所爱的女人。下午，他又返回到河边。只见她就坐在房子前面的板条箱上。她正在室外忙着补一张抄网。他便走过来在她的旁边坐下。

　　"我昨天看到你撒尿来着。"他对她说。

　　"这是可能的。每天我都会撒好几次尿。"

V

爱

1. 爱的最初一刻

位于布鲁塞尔中心广场右侧的市府官署中举行的音乐会结束后，当哈腾和图琳在倾盆大雨底下第一次手拉着手、手指头勾着手指头行走，当他们已经来到通向水井和麦芽酒厂的那条小巷的尽头时，她突然抽出双手捧住了他的脸颊，他们一下子沉默了，像是被死死地钉在了砌石路面上，他们彼此注视着。

在浓黑的夜色里，在倾盆大雨下——也许是在他们听到的并流淌到它灵魂中的所有雨滴的歌唱的滑动中——爱把他们紧紧围绕住了。

爱——它从不属于一个唯一的身体——花了必要的时间来把他们围绕住。

为了在他们目光彼此觅见的地方，在大雨中，即兴创作出必要的沉默。

雨水浇湿了他们的脸，也淋湿了他们那突然握得很紧很紧的手。

他们不再说话，他们已经紧紧搂抱在了一起。

在音乐中，兴许就如在爱情中一样，至少必须有某一种遗憾。一种比愉悦所带来的快乐更大的怀旧之情。一种激活它的回忆。必须有某种东西超出它，并且根本无法控制住自身。某种东西，依然会在欲望的睡眠中想入非非。某种东西，会在身体的深处等待。某种东西，即便当一切——身体、时刻、力量、优雅、年龄、恐惧——都还欠缺的时候，它依然会继续期望。

缺少的那一切需要一道东方之光。

在鸟儿的鸣啭中，那是很容易找到的，那就是太阳。

鸟儿们在每天给出的功课中都对自己充满信心。它们是断然毋庸置辩的。一种不转变为即兴创作的表演就不是音乐。

那是黎明。

笼罩在女人的饥饿和男人的干渴之间的所有敌意，主宰着种种方法并炮制着种种目的的所有欲望，在各个世代之间——从一个年代到另一个年代，让人不知道究竟何时才会停止，既不在往昔时间中，也不在未来时间中——传递着种种不幸的所有挫败感，还有从性别差异中自发诞生的所有的野蛮敌对，各种各样的欲望、敌意、苦恼、对抗、嫉妒，突然一下子，猛地一下子，顿时一下子，就在语言中断的这一瞬间全都被切断了。

就在苍天敞开的那一瞬间。

雷霆霹雳的那辰光：天空倾泻大雨的那一刻。

被雨淋湿的身体上方这突如其来的电闪，取代了以往诞生之际所发现的那一道猛烈光芒。它打败了第一个世界。它以一种可比较的暴力表现出了那个半闭半开的肉体，而人正是通过性器官从那里头出来的。正因如此，此时，一个性器在挺进，正因如此，此时，一个性器在张开。

任何男人，任何女人，只要为爱放置一个目标，就不爱。任何人，或任何动物，只要为爱设定一个目的，就不爱。谁若强加一个内容，就不爱。谁若梦想一捧炉火、一座房屋、一个孩子、一些黄金、一种奖励，就不爱。谁若追逐名誉、社会地位、车子、荣耀，就不爱。谁若瞄准了竞赛的锦标、宗教的廉正、食物的清洁与美味、地点的秩序、花园的照料，就不爱。那个声称要进入一个他本不隶属的群体中的人，即使只是为了实现那些最可靠的目标——男人中的母亲、女人中的外祖父——就不爱。那个寻求文化、技艺、勇气、经验、自豪、学问的人，就不爱。在拥抱中，**上帝和我死去了**。

但是，声称要把黑夜之阴影所隐藏的东西揭露给日光，那是多么疯狂的举动啊。

要将黑夜那巨大的蓝色物质所保存的东西扔到光明中，难道不是发狂了吗？

人们不会公开泄露他们只敢秘密做下的事。

图琳自言自语道：有什么心灵不被它小时候形成的那一不幸视象所束缚呢？哈腾，你可不知道，在雨中我用双手把你的脸捧住之前我都经历了什么。然而，正是这个深渊在困扰着我。当我父亲死在峡湾那冰冷的海水中时，我所遇见的恰恰就是这个呀。当我拿着前往伦敦的船票试图把你拉出苦海时，我所碰上的正是这一深渊，它本不是什么别的，就是我的深渊。

如果我们最初生命的外皮是一个影子，那么爱的外皮就是它再次呈现的面纱。人们就在后者所隐藏的气味中做梦。人们在这长袍的褶皱中哭泣，而它则会渐渐地浸透最古老的爱。每天晚上，人们都会在灯盏旁掀起的这条被单所产生的阴影中做梦：赤裸的肉体会向里头滑入它那长长的腿脚，还有它长满毛的性器。人们做着梦，就在由床罩的帷幔，由帷幔所构成的这一顶帐，由床单被单的这一帐幕所增加、所集中、所加重了的那种气味中，梦想着那它将会庇护的幸福，那没有任何词语能回顾的回忆，那由最初的肌肤做成的长袍，而人们当初就靠这肌肤为衣着，然后才有了衣裳。人们没完没了地做着梦，就在被黑夜的面纱留在了嘴唇边上的这一气囊中。它并不隐藏：它保护。解脱[1]这个词提供了一个何等奇怪的名称啊！正是这一小截被单被人拉到了他的脸上，要不，人们就轻轻地呼叫，一直到他的鼻孔边上，要不就在鼻孔的中间，为的是让眼睛闭上，让人潜入到睡眠中，酣然入睡。

于是，后来，梦就出现在它所覆盖的裸露的四肢中间，但在做梦时，它却并没有完全固定不动。

瞳孔正在眼睑底下全速地活动着。

---

1 "解脱"的原文为"délivre"，它也有"胎盘"的意思。

2. 图琳在庇护所

　　图琳来自北方的岛屿，来自北方那些海洋的深处，来自波的尼亚海湾。她的父亲是一个船东，一艘航船的船长。她曾登上过他那船队中所有船只的甲板，她对遥远西方深处的一切了如指掌，对德国的、石勒苏益格-荷尔斯泰因的、弗里西兰群岛的、哥得兰岛的深处的那一切了如指掌。对瑞典的入侵和施暴期间[1]她所感受到的所有那些恐怖，她只保留了私下的、秘密的音乐，还有它那新生发出的抱怨所具有的不可思议的强力。首先，她只感受到这里头的悲剧情感、困难与恐惧。她是一个维奥尔琴演奏家，在北欧一带很有名，名气一直传到俄罗斯人的主要港口，一直到梅拉伦湖深处的斯德哥尔摩群岛，一直到丹麦的维堡。这个

1　在历史上，从1362年开始，芬兰长期被瑞典占领、统治并殖民。1809年，瑞典在俄瑞战争中失败，不得不把芬兰转让给俄国。

女人，容貌美丽，身材高大（身高一米八五），长了一个海鸟的脑袋，生来就注定为音乐而操劳。

也正因为如此，她才那么自发地喜欢哈腾这个人：这个受诅咒的人。他不再相信上帝。他为了音乐而离开了上帝。

她前去安特卫普，到了亚伯拉罕的家，那是一座宫殿，位于港口围墙之外的一座很大的隐修院，人们喜欢把它叫作庇护所。

她展开一幅由博纳·克罗瓦先生（他签名时会不加区分地写成 Bonne Croix 或 Bonnecroye）绘制的油画，上面仍散发出涂抹的混合着清漆的油彩味。

她借助于一块羊绒布，小心地把这油画展开。她不想用自己的手指头弄脏它。她在揭开它的同时轻轻地拭擦它。她用手掌把它摊平在桌子上，她那把大大的红色维奥尔琴的涡螺和琴颈就扣在桌子上。

这一次，还当真不是一幅夜景画。

首先，人们看到一团雾气笼罩着一条从鹅卵石中流过的小河。那是在夏天。那是夏天，因为蓝色山岭上所有的树都结了果子。

人们看到的正是早先出生在芬奇村的那位天才画家[1]笔底的景象，雾气正在河边的田野上衰退、消散，而在画布的最左侧，如果人们眯起眼睛来看，就会注意到一个充满了欲望的赤身裸体的男子的小小身影，他在蓝色的光芒中正跑向柳树林，就在那颗把它那金黄色球体高高地托起在世界之上的星辰的东方。男人的胳膊伸得直直的，想去抱住刚洗完澡从水里出浴的年轻女郎。现在，那仙女，那如此闪亮、如此修长、如此赤裸、如此水淋淋的凌波仙子，用她的一条胳膊遮掩住她洁白的胸脯；她用另一只手的指头遮挡了她那性器上暗色的毛丛。她浑身湿漉漉的，有些发呆，站立在离岸边只有两步远的水中，正处于重新变得色彩丰富的光线中，在夜雾那丝丝缕缕的面纱正渐渐退去、渐渐消解的碎片中。男人的性器昂然挺立在肚腹前，就像一根树枝从他的身上长出。在前伸的胳膊的尽头，他那两只手大大地张开，正寻求着要把高个子的、亮闪闪的、湿漉漉的裸体女人紧紧搂住，而她的双脚，则连同脚踝陷入了淤泥以及水面的雾气中。然而，他要抓住的并不是这个水泽仙女：他一把抱住的，是沼泽中的五根芦苇。当他的手把它们收拢并捏住时，他的欲望就在它们中间蔓延开来，

1　指意大利画家莱奥纳多·达·芬奇。

突然间，他的气息，就在他的牙齿边上生出了一种小小的歌唱，它脆弱而又细微，却很是美妙，就从被他的手压住的那些长短不一的细柔的芦苇秆中间发出，而他却还以为捏住了一个女人那又长又柔和的赤裸身体，一峰在黑暗中快乐地膨胀起来的乳房，一个圆润而又光滑的脸颊，一片放松的并微微跳动着的光滑腹部，一丛正在张开的粗粝的苔藓，渐渐地，开裂，渐渐地，流动。这个正在叹息的神名叫玛息阿[1]。他的叹息声可以交换为"绪任克斯"[2]那嘘嘘作响的词语。他也正是这样称呼那迷失在湿漉漉的淤泥般身体底部的那个仙女的残留物的，而它也就那样一路鸣响着，沿着河流、杨树、桤木、水潭、柳条而去。女人已经不再可见。可怜的芦苇却还在歌唱。这奇怪的悲伤，诞生于一场睡梦在夜晚的最后时刻所催生的虚假拥抱之后。这只是一根空心的手指头在哭泣。

---

1 在希腊神话中，玛息阿（Marsyas，又译马西亚斯）是个色鬼，傲慢自大，但同时也是个音乐高手，善演奏各种管乐。
2 绪任克斯（Syrinx）是希腊神话中月神阿尔忒弥斯的跟随者，后因被农牧神潘所追求而不愿，遂请河神将自己变为芦苇，并因此衍生出一种美妙的音乐声。

3. 不信教的人

　　有一天，哈腾先生前往圣母院桥上，去那里买一顶新帽子。德·奥坦夫人说，哈腾先生是在库塔尔先生的店铺中买的那些华美的毡帽，面料采用柔软温暖的精梳羊毛，带有条纹驴的商标招牌。他有生以来第二次与图琳迎面相遇，只见她穿着貂皮大衣，沿着河边行走，一直前往教堂，去听晚祷时库伯兰先生演奏管风琴。他赶紧走近她。尽管戴着水獭皮的帽子，他还是让她给认了出来，而后整整九个月里，他们彼此一直就没有怎么分离。他们不是仿佛素不相识，而是仿佛两个人都回到了荒野自然世界的中心。就仿佛他们重又跳进了另一个世界，但这次是从原点开始，也就是说，永远地。

　　就这样，在塞纳河畔，在巴黎如此清澈如此稀薄的空气中，图琳做了所有女人都喜爱做的动作。她用手指头碰了一下他的手。

突然一下子，他的皮肤，还有皮下的肉体，全都苏醒了过来。

他抱住了她。

他的膝盖碰到了她的膝盖。

他说话时，她的手指触到了她现在正看着却不再听着的嘴唇。她把自己的嘴凑近了。嘴唇被轻轻吻了一下。她把一小段湿漉漉的舌头放在那里。她那根手指被他的手指头用力地握紧。一切都是为了另一人的另一个，因为另一人的另一个比它自我更无限，也比每个灵魂在其自身的振响中更不为人知。

大拇指离开了已变得如此厚实和坚硬的乳头。这位如此高大的女子，是那么值得人渴望。在纯净的空气和寂静中，她又是多么美丽。

看到人们熟稔于心并那么喜爱的肉体的重新出现，真的是一件乐事，比起对人们一无所知的一种肉体的或焦虑、或矜持、或胆怯的发现来，这一快乐远要更为令人激动。

真的是幸福啊，发现它是那么似曾相识，散发出同样无与伦比的、不可抗拒的、活泼的、温热的、自信的、崇高的气味。

真的是欣喜若狂啊，承认它是如此独特。

狂喜啊，盘绕于其中。

兴许，正是在这里，音乐与爱情交汇在一起。

音乐既不说话也不意味。它加密而后又解密。

它使迷失在头颅阴影深处的迷惘者复活。

它后退一下，然后又向前跳跃，它一个动作接着一个动作地移动，缓慢地，突然又快速地，重新赢得曾经移动过的东西。

人们是如此喜欢突然奔跑在大海边，以便投入到所爱女人的怀抱中。

音乐就如疯狂的感激，令人异乎寻常地激动。就如跟我们不再期望能在世界之前的世界中恢复的东西震撼人心的重逢。

他们互相之间从来就没有回顾过以往曾在他们脚下开辟出的一道如此的深渊般的破裂。

再一次，他们将自己从亲朋好友以及世界的义务中剥离出来，就像以往，在他们彼此相遇的第一天，那是在弗拉芒大广场上，在倾盆大雨底下，在麦芽酒作坊的那条小巷的尽头。他们在其中再次互拥互抱的那第一家旅店，以其房间隔板的单薄——在它那喧嚣的强劲回声中——又一次令人如此扫兴，而他们则在黎明初露之前就离开了那里。再一次，他们又跑向大海，在那里洗涤自身，拥抱彼此。再一次，他们在布兰肯贝赫奔向北海。在图琳的心中，这是一种条件反射。她只要看到了汪洋大海，就会跃入其中。他们奔跑，他们互相搂紧，他们反复徘徊，他们在风中前行。他们朝着浪花的方向不断前进，从一家旅店走向另一家旅店，顶着在强大的风力下把他们的脸打得精湿的飞沫，一路走向把她的发髻打散、把他的头发吹乱的阵阵疾风的源头。他们不停地冲向童年之海与黎明之圈的方向，却并不久久地安顿于无论什么地方。恋人们在这一自行逃避开他们目光的世界上真的就是孤独者。众城市、众大师、众朋友、这时代、众父亲、众母亲、众国王、众王后、众仆从、众英雄、众神明，在他们感觉到另一人肉体的皮肤那一刻，在他们把自己的脸贴上去并埋进去，去嗅闻对方脖子或肩膀的气味的那一刻，所有这一切就在他们的周围渐渐远去、渐渐变小、渐渐消失。他们尽可能地远离所有其他的女人，还有所有其他的男人。他们的利己主义是一道光彩。他们双手的围屏，他们的路障，他们的亲密，他们无懈可击的幸福，这就是他们在这一世界上找到的宝藏，他们会满心嫉妒地守护着它。他们身体的正中央，就是他们所保护的源泉。当他们离开他们租住的房间时，当他们离开接待他们的公寓时，他们会手拉手地沿着滩涂走上好几个钟头，前额湿透，眼皮也湿漉漉的，在再度升起的大海的喧嚣中，在重新吹乱他们的围巾，把他们的记忆一扫而空的风中。它是一种魔法，对包围住他们的宇宙和围绕着他们的自然都不是不可渗透的：它只会对某个掺和进来要强行分离这两个突然试图融合到一起的不同身体的第三者产生嫌恶。他们跳进比他们自己还古老的事物中。这一魅力无比的狂喜，只有在人类世界，在它的宗教、它的寺庙、它的语言、它的灭绝、它的十字军东征前面才会止步不前。

4. 双颈鲁特琴

　　哈腾是鲁特琴演奏者。实际上，他接受的是一个管风琴手的训练，但他会使用一把双颈诗琴来作曲。他来自瑞士，他的童年是在米卢斯的伊尔河畔度过的。不过，他却像在意大利那样，把双颈鲁特琴说成"tuorbe"。而说到这种琴，图琳则会称它是一把 archiluth。在罗马，至少是在梵蒂冈城里，一把 tiorba 指的是双头的鲁特琴，带有两个琴颈，两个卷弦轴。人们一开始都很简单地用外号改革者来称呼哈腾，然后，就把他叫作不信教者哈腾了。他只是对此表示很厌恶。有些人会叫他汉斯，另一些人则叫他纳坦，还有的干脆就叫他朗贝尔。他只是一道悲伤的航迹，不知道在前面驶过的是什么船。他就像一缕青烟，离开了它的炭火：他就像它那样消弥散去。有些时候，它会横飞，相当平坦，平平静静。另一些时候，它则会升腾，愤怒，扭曲，旋转着。但是，最常见的，在重又下降的空气中，它是一种脆弱的运动，像是一波动荡的浪。这是一曲蜿蜒曲折的萨拉班德舞曲，那么易碎，那么敏感。最初收留他的那个家庭是萨克森地方的一户人家，就居住在伊尔河和多莱尔河之间。然后，它就把他当作一个叛徒那样给丢弃了。他的恶习并不在于在反抗中拒绝称呼上帝之名——这本不代表一种相当大的危险——而在于，他在头脑中已经产生了永远不去做礼拜的念头；不去遵守斋戒的禁忌；不去遵循四旬期的戒律；不在复活节里领圣餐；不在死人面前画十字。他希望能忘掉任何共同狂热的仪式。他变得越来越凶猛。他变得像是那些仇恨光明的小猛禽，它们在废墟中背向着白日，人们把它们叫作仓鸮。叫作仓鸮，并不因为它们很吓人——叫作仓鸮，因为它们被太阳的光芒与人的叫喊声吓坏了。[1]它们有着巨大的眼睛。他也正好长有仓鸮那样的一副毛茸茸的长脸，金色的皮肤或说是外衣，如此柔滑而且几乎发白的丝绸。这是一位如此杰出的抄谱员，以至于整个欧洲土地上的所有乐手，无论来自哪个部落，或者哪个宗教国家，也无论他们说的是什么语言，都会保护他，如同保护一块无价的珍贵宝石。他也许曾是巴

---

[1] "仓鸮"的法语原文为"effraies"，而"吓人"则为"effrayantes"，"被吓坏"则为"effrayées"，词形相似，这里有文字游戏。

洛克世界中最博学的和声专家。所有人都会掩饰自己的无神论，但他却不。他作曲很少。他不发表作品。他的乐曲旋律是根据一种如此特殊的模式而制作的，以至于人们会立即就认出它们来，而如果人们还稍稍地研究过它们的话，那么，人们第二次或第三次听到它们时就总是会情不自禁地流下眼泪。图琳把它们看得比什么都高。而在这一高峰之上，她只放上了升 F 大调前奏曲[1]。她根据它改编出一种维奥尔琴二重奏的移调作品，她还把它给公开发表了。茜碧尔公主把他的创作只列在弗罗贝格尔的组曲和悼亡曲底下，而又恰恰排在弗雷斯科巴尔迪和路易·库伯兰的作品之上。安娜·贝热罗迪并不怎么喜欢它们。但无论她的技艺有多么精湛，她还是比不上茜碧尔公主。有一点尤其明确，要接近它们就已不单单是困难二字所能形容的，而它们的调号简直就是无法表达。他无缘无故地使用了所有的谱号。他简直是在加密，而不是在谱写。种种变奏，假如人们考虑到它们走向之地，那么，初读之时，它们可就不仅仅只是显得大胆，而且还很深奥了。它们会通向一些奇特的寂静时段，而不是走向终结。这是一些必须阅读的作品，尽

1　升 F 大调前奏曲（le prélude en fa dièze majeur），巴赫也作过这样的作品（BWV 858 或 882）。

管它们的表面几乎如同象形文字。必须通过搜索、通过挖掘来从中觅见的，是一些歌曲，然后，才能通过回忆它们而让它们复活。因此，那些贵族老爷、那些市民阶层爱好者、那些神职人员、那些音乐协会对他的呼声如此之高，只是因为他抄写的乐谱整洁干净，因为那上面还有精美的装饰图案，因为他在其中补充了和弦，因为他那谱表结尾处的装饰之美，仅此而已。

关于这一玄奥大师的生平，人们能讲出一千种传说，这个又瘦又长的身体，和蔼可亲却又难以捉摸，而且令人费解，总是穿着黑色的套裤，衣服上有蓝色的肋形胸饰，那么平滑，那么难以捉摸。能肯定的是，他最终离开了图琳——他逃离了，突然就丢开了那位年轻的瑞典女艺术家（她实际上是芬兰人）声称为确保他在其他乐手那里的名声而给他的建议。是惠更斯[1]先生打发哈腾先生到了蒙贝利亚尔，到了符腾堡的宫中。正是在那里，弗罗贝格尔又发现了他。是茜碧尔公主把他推荐给了帝国的皇宫。正是在维也纳，尽管有着十五岁以上的年龄差距，哈腾跟年轻的弗

---

[1] 惠更斯实有其人：康斯坦丁·惠更斯（Constantijn Huygens，1596—1687），荷兰的政治家、诗人、作曲家。

罗贝格尔还是结下了一种深厚的感情，甚至可说是一种彼此间的情投意合。即使他们的艺术领域各不相同。即使在某些方面，他们的价值观和品味根本就不可调和，他们还是绝对地互相钦佩。当然，还有，绝对地独立于他们的宗教信仰之外。弗罗贝格尔曾经是宗教改革派，但后来就不再是了。大瘟疫之后，弗罗贝格尔先生就匆匆赶赴了罗马。当他的大多数同胞在疫情中死去后，他以一种跟哈腾先生同样的热情、同样的决心，皈依了天主教，要知道，当初，哈腾先生在面对内战的景象时也曾带着相当的热情和决心离弃了任何宗教。

弗罗贝格尔、卡普斯贝格、基歇尔、哈腾诸先生穿越了蒙贝利亚尔的新城堡。符腾堡的王子和王妃在他们前面带路。他们前往利奥波德·腓特烈刚刚让人镶了玻璃窗的大画廊。他把它展示给他们看。他对他们解释说，他觉得很有必要为它遮风挡雨，以保护他的那些画作。

就这样，他以意大利人的方式，以法兰西国王在枫丹白露大森林中实施的方式，构想了这一长长的走廊。

曙光初生。

太阳在远处升起。

他们欣赏着它在地平线上的光耀。然后，他们欣赏着那些绘画。他们欣赏着落在绘画的清漆上、回荡在画框的金色框边上的最初一线朝晖。

然后，王子就向他们致意。他来到了位于王府底部的练剑厅，他的手下人正在黑暗中等着他，只想着要在白天割断某些天主教徒、某些西班牙人、某些法兰西人、某些摩尔人的脖子。

只有大厅壁炉炉膛里的火光照亮了他们的眼睛和悬挂在他们腰边的武器。

他们呼求上帝。他们重新宣誓。他们经过小礼拜堂，一个一个地轮流跪下来，画十字。

他们穿过遍地覆盖了雪粒的院子。

当夜幕在圈栏里完全散开时，他们去了马厩。

哈腾先生由于受到了人们加诸他的种种评判的伤害，很久以来——从1630年代初期以来——就既没有再拿出来过他的序曲，也没有再拿出来过他的萨拉班德舞曲和他的低音配器。他的名气是一个能欣赏性地阅读他人作品但性格又有些怪僻的音乐家的那一种。人们让他来了。跟他一起来的，是几个拿着火钳的人，像是要拨弄壁炉中或烤炉中的炭火似的。他以一种非凡的力量诠释着更为年轻的作曲家的作品。他从中添加上一种唯独属于他的优雅旋律。因此，人们并不会说他是在阐释，而会说他是在阅读。他在阅读，他在宣读朋友们的音乐。所有的音乐家无一例外地认定，哈腾先生用他的阿奇鲁特琴很好地突显了音乐中的情感，没有任何其他人能做得比他更好，即便他们会采用一种器乐合奏的形式，即便他们会采用求助于管风琴的所有手法。尤其是，他善于让每一个能发出音来的空气涌流产生：他将它投射到每一件真正的作品都会前来在它面前打开的虚空中。甚至它们自己的作者也会从中发现他们曾创作过的作品，因为他在作品中添加了独特的运动方向，因为他早就在其中揭示出了它。有时，他会想象到这种冲动，并将它借给它。有时，他只是局限于提一下建议而已。他会偷偷地把它放入他正在破译的乐谱中。他从另一个世界带回了这一不可思议的行进乐章，这一神秘的行板，而它也构成了每部音乐作品的秘密歌唱。正是这一种发挥，立即的、生动的、动物性的、活力满满的、爱意满满的[1]，是它让图琳在第一次听到它时感觉意乱神迷，首先是在基尔，在波罗的海沿岸，然后，则是在安特卫普。在他们的爱情诞生之前，她到处跟随了它整整三年。她也是一位异常强

---

1 "生动的、动物性的、活力满满的、爱意满满的"的原文为"animée, animale, animante, aimante"，词形相似，为明显的文字游戏。

大的乐手，一个弓法极其出奇的音乐大家，演奏时生动得令人难以相信。她本身也是一个很好的和声家，能对人们给她的一切都天才地加以移调。17世纪时的很多乐谱，日耳曼的、弗拉芒的、意大利的、英格兰的、法兰西的，全靠了米卢斯的哈腾之手，才幸运地得以留存下来。德·圣科隆布先生保留下来的作品的唯一抄本就来自他之手。它们是在巴黎抄写的，凭着他对他在比耶弗河畔的家中聆听过的演奏所存的记忆。他独自一人生活，独自一人工作，在一个单独的房间中，即便当他跟弗罗贝格尔一起旅行时，即便当他陪伴图琳时。在斐迪南皇帝去世后，或者不如更确切地说，在父亲离世的第二天，他突然就离开了那里，去到了伯尔尼那边。他偷偷地作曲，但不想展示任何作品。处于青春期终结阶段的年轻姑娘图琳唱歌唱得很美妙，但她本人并没能做到在公共场合演唱：因此，她就运用维奥尔琴来保护自己不受听众的影响，并通过让一根弦在她的琴弓底下震颤发声，设法歌唱了起来。他和她，两个人本应该融洽相处，但他们彼此相爱了。他们更愿意彼此相爱而不是彼此理解。兴许，他们是有道理的。但他们当真是有道理的吗？他们在一起生活了两段九个月，非常幸福。他们本应该永远生活在一起。他做了很多很多工作。

VI

马尔马拉海

1. 纸牌之手

弗罗贝格尔先生会在他的纸牌前一连待上好几个小时。他会在游戏桌的呢绒台面上掷象牙雕的骰子，一连待上好几个小时。他会一连待上好几个小时，不说话，不动窝，不撒尿，不眨眼睛，不颤动，不表现出丝毫的不耐烦，只为等待一丝幸运的迹象。他一生都在注视着一个他根本无法预见然而却会扰乱一切的事件，它会辐射出时辰，会证实所有困扰他的欲望，而这些，在真实的日子里很少有任何结果。赌戏提供了这一空间，并且，随着每一手牌的分发，它让这一希望重新诞生。这并不确切就是一番祈祷：它是一种对纯粹状态的期望。弗罗贝格尔异常地迷信。人们把这些纹丝不动的玩牌时辰叫作耐心通关。或者，人们把它们命名为孤独通关。整整好几个小时地不吃一口饭，而他平常却是一个饕餮大食客。整个游戏过程中，这一尊赫拉克勒斯神像腰背挺得直直的，古风犹存，神情紧张，牙关紧咬，猛禽似的眼睛瞪得滴溜圆，管风琴家的手突然不再灵巧或敏捷，而是笨拙、麻木，像是猛禽的爪子，更习惯于树的枝条，而不是水的波浪，更习惯于最高岩石的棱边，而不是沙丘上的沙土。他那完美地隆起并几乎呈钝圆的前额，正伺机而动，难以穿透。就像是某种鸢类，或更确切地说，像是某种秃鹫，让大大的翅膀就那么半张开着。然后，玩过游戏之后，就在桌子的暗绿色呢绒上，他把他那又长又白的双手翻过来，像是打开之后空空如也的贝壳。这位维也纳宫廷的乐手在埃里库尔城堡的饭厅中玩纸牌，很像是带着阴影的两滴水把它们的祭献放在了埃及的壁画上，而机遇、沙土的流动、对古代器物的激情、对遥远探索的激奋，开始把它们从沿着美丽的尼罗河而延伸开去的冲积层中挖掘出来。他偏爱的纸牌游戏是丢弃和逆转。[1] 他在维也纳当唱诗班的指挥时，曾经跟克里斯托夫·赫尔曼·冯·罗斯乌姆[2]和蓬佩奥·弗兰吉帕尼[3]一起玩过整整

---

1 "丢弃"（écarté）是一种两人玩的 32 张牌的纸牌游戏。"逆转"（reversis），或者更罕见的说法 "réversi"，是一款非常古老的花样纸牌游戏，起源于意大利，后来传入西班牙和法国，通常由四个人一起玩。

2 历史上实有其人：克里斯托夫·赫尔曼·冯·罗斯乌姆（Christof Hermann von Russworm，1565—1605），出身于萨克森的贵族，奥匈帝国军官。

3 历史上实有其人：蓬佩奥·弗兰吉帕尼（Pompeo Frangipani，？—1638），意大利贵族，侯爵，路易十三时期的法国元帅。据说他发明了一种从杏仁中提取的香水，用它来给手套加香。后来，糕点师用它来给奶油调味，是为杏仁奶油。

两天又两夜，后者是意大利的贵族，将他的姓名留给了一种美味的杏仁奶油。

在他离开这个世界后，有什么存在物可以推定他在世上留下的东西？

每天，当白日抽身而退时，它会留下什么仍然被人所感知？

只要我们还活着，那么，无论我们积累了什么，无论我们忏悔了什么，或假装承认了什么，我们都不知道我们事实上呈现给时日的是什么本质、什么躯体，甚至，什么步骤。

无论我们采取什么方式，无论我们希望从自己的生活中获得什么，我们都会误解它的方向。而当结局逐渐消失时，它甚至都没有发现这一方向。

这一偶遇机会是一个无法观察到的秘密。

而构成存在本质的一切都从他身上被偷走，这也许是一件了不起的事。

每个灵魂都不为自己所知。

人们对弗兰吉帕尼先生一生中爱过的那个女人，或者那两个女人，或者那三个女人都没有任何概念，也不知道他爱她们的时候在她们身边遭受了什么样的痛苦。

人们对他最极度的幸福也一无所知。

人们只记得那种粘在牙齿上的半甜半苦的糊状物，而那个成为国王或不成为国王的蚕豆[1]就藏在它里头。

当年轻的约翰·雅各布·弗罗贝格尔在罗马城里向弗雷斯科巴尔迪先生学习音乐时，有一天，他前往阿塔纳斯·基歇尔的使节宫，在黎明的金色光芒中，他遇见了一位法国画家，此人就是尼古拉·普桑[2]先生，正在做每天早上必做的散步。黑暗结束之际，在太阳还没有完全升起之前，在画坊中充满了必要的光线之前，在他的助手们开始动手之前，在他得以重新全身心地投入到他的画作之前，这位画家总是习惯于去古集市场的废墟那一带散步。他去那里是为了洗他那脆弱的肺，它们都已被香精和油的气味给毁坏了。然后，他也是为了去那里呼吸一些留在时间中、留在历史中的更古老的东西，它们在那里留下了一些美丽的磨损，一些古怪的颜色，一些奇妙的形式，一些美味的

1　所谓"成为国王的蚕豆"指的是西方宗教传统中为纪念东方三王前来朝拜初生的耶稣而设立的一个叫"主显节"（Épiphanie）的节日，它在每年的 1 月 6 日。在这一天，人们要做一种糕点，在糕点里头藏一粒蚕豆，一家人或朋友间分享节庆糕点时，谁若吃到这一粒蚕豆，谁就成为当天节日中的国王或女王。
2　尼古拉·普桑（Nicolas Poussin，1594—1665），法国巴洛克时期重要画家、法国古典主义绘画的奠基人。普桑出生于法国诺曼底莱桑德利，后移居意大利罗马。

诗句，一些崇高的传说。除此之外，他还会随手捡取一些小苔藓，或者一些蘑菇、一些小玫瑰，他把它们放在他的帽子里带回去，而它们也将会进入他给自己做的摊鸡蛋中。他会在其中混入一些花儿，送到画坊，或者送到他妻子的房间，或者很简单地就把它们摆放在厨房的桌子上，假如他发现他的鞋子边上有一些可爱的、精致的花儿。当他诞生于他此后就再也没有回去过的诺曼底时，那是在宗教战争打得最激烈的时候，而他的父亲则是个军官。高大、凶猛、野心勃勃、技术娴熟、麻木不仁的军官。他有点儿像帕斯卡先生的父亲，后者总是成倍地增加柴火堆，而他的心灵则总在惊叹那些痛苦的喊叫，就像众多有益的喧哗和虔诚的恳求。普桑先生的父亲曾是一个对新教徒大加掠夺的人。他依靠着罗马教廷的恩惠，在展开的灯芯、火药桶、铁球和雷声中大发横财。他的独生子是一个在父亲的部队所丢弃下的残垣断壁之中、在童年特有的孤立无助的寂静之中成长的孩子，而那种孤寂感，本质上是由于心灵的无知、身体的虚弱、对大人们的恐惧、令人眼花缭乱的纷乱环境造成的。一个被眼前的景象惊得发呆的孩子，那一动不动的死尸，那粉身碎骨的孩子，那开膛破肚的马，那在沉默中崩塌的石头。这是当时唯一一个喜爱拉丁语——这一死人的语言，同时也是古人的语言的法国画家，唯一一个读完了维吉尔所有作品的画家，他对《变形记》中储藏的所有变化全都记得滚瓜烂熟，他对《黄金传奇》中所有那些可怕故事情节的拉丁语典故了如指掌。同样是以往，维吉尔，在菲耶索莱，在罗马共和国的最后时刻，自己也是一个废墟中的孩子，他的家庭被一些老兵剥夺了故乡的房产。普桑在莱桑德利，维吉尔在菲耶索莱，全都抬起了眼睛，看到了同样的贪婪和残暴的面孔。那是一些同样的剥夺者。那也曾是一些同样的破坏行径，同样的溃败，同样的疯狂的风俗，同样的沟渠中的呻吟。这曾是同样的命运。维吉尔从未同意在奥古斯都扩建其宫殿的城市中定居。普桑也从未决定在法兰西都城的城墙之内安顿下来。如果说画家最终还是选择了罗马，那是因为，罗马帝国和天主教的故城，已经变成了时间之岸上一个陌生而又温暖的村庄。前往罗马，那就是离开最近的、诺曼底的、湿漉漉的、冷得瑟瑟发抖的、散发着生涩煤烟和酸苹果味[1]的废墟，而前往长满了鲜活的花和蓝色薄荷的花蕾，还有沐浴在太阳之星光芒中的接骨木花簇的那古老的废墟。

1 "散发着生涩煤烟和酸苹果味"的法语原文为"sentant la suie et la pomme sure"，而后文中的"接骨木"的原文为"sureau"，显然包含有音形相似之词的文字游戏。译文中便用了几个带"s"音的字。

2. 高山

　　蒙马特尔高地、肖蒙小丘、红丘、夏约岭、圣热纳维耶芙山，人们简直快要相信，法兰西的都城巴黎几乎就是一片山地。

　　德·圣科隆布先生：当我在 1640 年代去巴黎时，我会去看鸭子下岸并游动在巴士底狱古堡附近的巴黎沼泽中，而就在那里，德·圣埃夫勒蒙先生和德·拉罗什富科先生两个人曾被残暴地关押。是莫兰先生陪同我去的。那些夹杂在雾气中的柳条，它们是多么美丽。鸟儿的那一阵阵噼里啪啦声。树林中的那一道道光柱。这一切是那么好闻。我们的靴子都湿透了。一天早上，博然[1]先生和博纳·克罗瓦先生在黎明之前就起了床，来跟我们一起散步去，在他

1　吕班·博然（Lubin Baugin，1612—1663），法国画家，以静物以及宗教神话题材的画作而闻名。

们的绘画本上匆匆记下猛禽狩猎的草图。

　　有一天，孑然一身却变得幸福的图琳，去拜访完她的老师之后从比耶弗河的沿岸返回，只为在围绕着新的凡尔赛宫殿的那些精美无比的花园里和树林中随便走一走，当年，布朗士罗什夫人离开好孩子街之后就搬去那里居住了，图琳得知，哈诺弗尔已经去世，而他曾经被提名亲自前往国王的寝宫中，在国王起床时为他演奏里拉琴。最后，哈诺弗尔侄儿终于获得了他曾梦寐以求的职位，但那只是为了把它让出来给另一个人。他当时听闻了这一消息，为之十分高兴，他便去喝酒了，结果他着凉了，最后他死了。至少，他曾感受到了其中的喜悦。事情发生在十个星期前，是当时大冷的天气把他给带走的。

3. 哈诺弗尔的生平

那是在 1647 年的 11 月，弗罗贝格尔先生去咨询了蒙贝利亚尔的外科医生，打听关于他的一个在丹恩森林中被士兵们打伤的学生的情况。更准确地说，他是在一局法罗纸牌之后，腹部挨了刀剑的几下刺。他叫作哈诺弗尔侄儿，二十四岁。他原本是巴黎城里的人。他是戈尔捷先生和德·尚布雷先生那一时代中一个十分有名的鲁特琴演奏家的侄儿。年轻的音乐家当时坐在一把天鹅绒面的长凳上，套裤已经脱下，垂得很低很低，他脸色苍白。外科医生正俯身朝向他，正在缝合他侧肋上裂开的伤口。弗罗贝格尔先生握住了这个假装并不感到疼痛的年轻人的手。他面无血色。他的性器很美，像是一朵小小白色郁金香。师傅与弟子，当后者痊愈并平复后，连续相爱了七个月。在 1653 年，哈诺弗尔侄儿乘坐一艘拖网船离开了勒阿弗尔－德－格拉斯，前往英格兰，去那里学里拉琴。人们看到他登上了航船的甲板，这一去整整四年杳无踪迹。后来，当他通过海路回到法国的土地上，到达圣马洛城之后，他疯狂地爱上了一个比他年轻二十岁的奥地利小伙子。

就在里拉琴演奏师哈诺弗尔得到宫廷的提名并去世之前的两年，他返回巴黎时，发现了他叔叔（老哈诺弗尔，鲁特琴演奏家，德·尚布雷先生的朋友）的坟墓被毁坏了。翌日，当他跟石匠一起前往墓地，想看看该如何修复墓碑之类的东西的时候，他遇到了一个守寡的女人，她丈夫的坟墓也一样，在夜间被毁坏了。在黑色的面纱下，她泪流满面。棺材被打破了，那些金属饰品和十字架都被偷走了。她是爱尔兰人。她有一段弯弯的长脖子。她个子很小，但很漂亮，脸颊红润。她说法语说得很蹩脚，于是他们就改用英语交谈，因为他精通那种语言并且很开心能使用它。他跟她一起去了行政长官的家。她为更好地说话，就摘去了她的寡妇面纱。这年轻女子的皮肤真正是淡玫瑰色的，一种半透明的玫瑰色，她的脸上长有两三个雀斑，其中一个就长在鼻孔上。她穿着一件很漂亮的深绿色上衣，扣子一直扣到了脖子上。

"谁敢这么做？"

"一个不爱他的人。"

他们来到西岱岛，向警察署报告了情况，出了警察局后，他们就前往鲁特琴制造商帕尔杜先生的家，他也算是哈诺弗尔的一个朋友吧。多娃荽特[1]单独接待了他们，他们对她述说了自己的故事。当另外两个人说得稍稍有些难懂时，哈诺弗尔就充当一下翻译。作坊空荡荡的，显得很神秘。哈诺弗尔先生并没有发表意见。帕尔杜夫人的神态并没有让他那样去做。她请年轻的爱尔兰寡妇喝菜汤。帕尔杜夫人说：

"一定是某个人嫉妒生事了，您得把他给抓住。"

于是他们轮流去墓地里蹲守。

一天夜里，正当他们轮班换岗时，来自爱尔兰的年轻女子的双手迷失在了黑暗中。他们尝试着在一起度过一整夜。从黑暗中出来时，他颇有些茫然不知所措。

"这一下我算是明白了，迄今为止，每当需要稍稍来点儿肉欲时，我为什么总是更喜欢男人来的，"他对她说，"原来，我真的是不知道，女性的高潮是如此湿润。说到底，我们原本就起源于极度湿润之处呀。女人表达自己欢乐的方式，真的是某种喷涌而出的泉流。"

1　在作者的另一部小说《世间的每一个清晨》中，多娃荽特是主人公维奥尔琴演奏家德·圣科隆布的小女儿，她嫁给了小帕尔杜先生。下文的"帕尔杜夫人"亦指多娃荽特。

他当即就重新彻底恢复了过来。他对跟他一起度过了整整一夜的那个年轻寡妇解释说，并非是她肉体的美丽，也并非是她头脑的灵巧造成了他的迟疑，因为，他毕竟是那么地喜爱她的陪伴、她的美丽、她的嗓音、她的眼睛、她的性格，甚至于还有她所说的那种语言的美，还有她给予所有那一切的强调，不，造成他迟疑的本不是什么别的，就是她的性器。他必须好好地区别开性别和性器，女人的性别在吸引着他，激励着他，而她的性器，他则在逃离它。他对她承认说，他的趣味向来都是好战的，而直到这一夜为止，他始终都在表现出一种偏爱，偏爱铁腕，一只坚定的、紧绷的、有把握的和敏捷的手，它属于一个造就得就像他那样的存在物。听了这番话，她撇了撇嘴，他则看出了那里头的厌恶多于怜悯。在她的眼中，甚至还有些十分愤怒的东西。他觉察到了这一点，并向她介绍说，男人们彼此之间更能了解他们快乐的那种种仓促和种种捷径。于是，那个年轻的女人便显得很有些沮丧。哈诺弗尔先生则深为自己的推理而感到尴尬。

"只要您愿意的话，就让我们尽可能地展示出，我们是一起在这个世界上的，但我们不要在黑暗中分享任何亲密。"

然而，这个来自爱尔兰的年轻女子，其玫瑰色的皮肤、其幽默、其语言、其自豪感都是那么独特，却已经爱上了他。她对这个答案并不满意。她不仅用她的爱去追求他，而且还对他倾诉了更糟糕的事。

"我感到很惭愧。我得告诉您一件事。是我把您骗得这么惨的。实际上，当时，我看到您的时候，是我自己毁坏的我们那两座坟墓，希望由此能与您相结合，我是那么孤单地落在这一忧伤中，或者不如说，落在了随着我丈夫的去世而来临的这一倦怠中。这一孤独实在让我无法忍受。"

但是，一旦他在蜡烛旁看到有长长的头发垂落下来，耷拉到肩膀上，一旦他听到一件衣裙被解开，落到房间地板上时发出窸窸窣窣的声音，他就在他的想象中看到了某种无形的水坑，他的整个身体就在其中失去了实体感，只觉得自己正在被什么东西吞没。这一不适让他稍稍退却，然而，他也好，她也好，谁都弄不明白，这种偏见对他而言是如此难以克服。他喜爱她在他身边的在场，他很珍视她的谈话，还有混在她嗓音中的那种奇特的歌唱，他很喜欢她的气味、她的温柔，但他到晚上会小心翼翼地避免上她的床，生怕会消失在世界的尽头。年轻的爱尔兰女子突然生出要创作一个角色的念头，尤其是要让一个理发师制作出一顶假发来，并由此剪去自己的头发。于是，就在她修剪她自己一头红发的那一刻，爱情诞生了。她产生了一种自己得到了特别许可的想法。她对他承诺，她不会做一个男人会做的任何事，而就他而言，他则完全可以避免做一个男人能允许自己对一个希望繁殖后代的女人所做的事，更何况，这也是她一点儿都不希望做的事。他们找到了一种独自尽情享受快感的方式，彼此相邻地到高潮。他们甚至喜欢彼此对视互瞧。他们改进了呵护他们奇特幸福的过程。

　　在她第二次丧偶的时候，她看到图琳在凡尔赛的花园中散步，就对图琳说：

　　"关键是不要总是一个人睡觉。我跟小哈诺弗尔或说是哈诺弗尔侄儿一起过的日子——当然啦，他并不像他的称呼所表示的那么年轻，他也更不是侄儿，就如同您也并不是子女绕膝那样，他只是一个里拉琴演奏家，因为他的确演奏得十分精妙——我们俩的生活是我从来就没有成形过的某种梦幻，它显得，兴许吧，要比假如它是来自我的梦的话还更美丽。这有点儿不像话，却很甜美。这是一种夜间冒险，愉悦中的距离令人惊讶。我发现我的生活实在令人惊叹，离开乌海姆后前往伦敦，离开伦敦后又前往巴黎，离开巴黎后又前往凡尔赛，最后，在那里，我安顿下来，就住在布朗士罗什夫人的家和年轻的寡妇库伯兰夫人的家之间。"

　　图琳在凡尔赛宫的大露台上跟布朗士罗什夫人交谈。

她突然离开了她。她朝大水池那边走去。

远远望去，在大水池的尽头，有一个身材高大、非常漂亮的女人，身穿一件蓝色的大衣裙，两摆是绿色的。

今天，天下雨。

图琳靠近已经跟雨水混合在一起的喷水柱。她伸出手去。真的是太奇怪了。

在这个世界的各处，在吸引它的水流边缘，在大海的岸边，那是一个梦，其航迹就是一个在水中消解的男人，而没有人看到任何东西在船尾。

他溺水了。

他甚至没有呼救。

也许不是哈腾。也许是她的父亲，是她自己的父亲，他也迷失在了海湾中，正在下沉。

现在，雨中的身影已经变成了堤坝尽头一只疲惫的蹒跚而行的海鸥。

白色的胸甲变成了一件绒毛白背心，包裹着它的前胸。

即使大雨倾盆而下，这里依然是一片寂静。

哀悼是如此奇怪。

然后，是一件带有淡蓝色天鹅绒条纹的紧身衣，它会沿着那条大运河迷失在树林中。

哀伤甚至是无法预料的。布朗士罗什夫人向来是一个心境平静而无可指责的母亲，一个井然有序的家的女主人，一个温良宽厚、体贴周到、神情忧郁的妻子，一个节俭的厨师，从丈夫去世之日起，却突然就变成了一个疯狂地爱着其死去丈夫的女人。他倒下了，她则穿戴得更好。她重又崛起。她让所有曾经认识她丈夫并跟他做过生意的人都深感惊讶。她丈夫从好孩子街家中的楼梯上滚下来之后的那个星期，她就要求弗罗贝格尔先生离开这个家，并停止一切事务，她说，若做不到这一点，她就将把他告上法庭。哪怕只是看到这个高高的身影，听闻他的名声，兴许，哪怕只是提到他的民族，她都无法忍受。根据她四处散布的某些悄悄话，她确信雅各布·弗罗贝格尔是从首都维也纳来的，是要来从她丈夫这里偷走他为演奏好鲁特琴而带来的所有装饰音和重音，以便搬用到他的大键琴上，并为之感到自豪。

哈腾先生也遭到了她的指责，她说他偷了原本属于她丈夫收藏的乐谱，并在阿塔纳斯·基歇尔的监护下，或者更确切地说是在此人的授权下，用他的大车把它们运到了维也纳，到了斐迪南皇帝的宫中。

弗罗贝格尔先生则为自己辩解，否认自己是他朋友那天下午跟德·圣托马小姐一起从皇家花园返回后死亡的直接原因。

　　他对布朗士罗什夫人反复做出的显然针对他的那些责备，简直是一点儿都听不明白。她还指责他为她去世的丈夫所创作的悼亡曲。这首曲子取得了巨大成功。它立即就获得了比路易·库伯兰先生和德尼·戈尔捷先生的悼亡曲更大的声誉。而哈腾先生的那首悼亡曲是专为布朗士罗什的私人鲁特琴而构思的，实在是令人难以捉摸。它实际上根本就无法演奏，除非由他本人来亲自操琴演奏。而弗罗贝格尔先生的那一首描绘性作品则已多次被演奏，多次被称赞，多次被颂扬和转抄。它已经跨越了各国的边界。这首曲子见证了他的痛苦，并完全地包容了它。

　　"但是，那是我的痛苦，先生。那可不是您的。"

　　"从直接的结果来说，它就是我的，我亲眼看到他从楼上摔下来，跟您一样。"

　　"它不属于您。"

　　"不，夫人，您绝不能说您所自以为的那一切。悲伤属于那些有悲伤的人。痛苦是不可分割的，所有当时在场的人，看到他滑倒，然后突然就像一只网球那样滚下来，直到摔破身子并死去，他们同样也都是他的悲剧见证人。这种痛苦是直接且共同的。他去世的情况甚至还触动了库伯兰先生和戈尔捷先生，尽管他们俩当天并不在场，同样，

"这也惊动了您本人，或者德·拉巴尔小姐，或者德·圣托马小姐，而你们的的确确都是在场的，你们亲眼看见了他在你们面前咽下最后一口气。"

"您从他的个人作品中窃取了一些只属于他的特征，并将它们零零星星地撒在自己的创作中。"

"是的，夫人。我在其中投入了我的全部关注，我必须渲染的是他的肖像，因为我创作的是他的悼亡曲。我用能体现其特殊方式的所有那些特点、那些装点、那些文饰、那些动机，塑造了他的肖像，以便于人们能整个地辨认出他来。"

"死亡并不是一种装饰。哀悼也不是一种您可以独揽的装点。您似乎并不明白，艺术，尤其是音乐，可以让人所亲历过的一切重新又变得活生生的。您不明白我有多么不幸。"

"我构思了它，但是，抱怨一直伴随着抱怨。由于记忆提供了留住回忆的功能，音乐就有助于让痛苦继续回荡。艺术就这样挖掘出了一段距离，偏离了它的原因，让它从中得到缓和。我甚至还认为，它可以迷住迄今为止只是痛苦和恐慌的东西。也许，它甚至还能消除晕厥，把它转移到别处，以完全不同的方式冲洗它，以便将它一点一点地投入到一个令人不那么难忍的景观中。"

"艺术将永远不会减轻我感受到的哀伤。艺术不能安抚我们世界上的任何东西。创造不会给任何被创造出来的生命物带来和平。"

"好吧，如果您说的是真的，夫人，那我就不在乎了。我嘛，我，我实在忍不住想要创造。"

"而我，我再也不想听到您说什么了。请您再也不要踏入我家一步了。我不能容忍任何人为我唤起让我遭受痛苦的生活，以便从中获得什么好处。"

"假如这就是您想要的我们不得不制作的抄本的好处……"

"不。正是让人们来装点我的叫喊声这一点伤害了我。请把我生命中的男人留给我吧。请您从他死得如此惨烈的这个地方走开吧。请您回到您的高山上去吧。请您带着您的小车乘坐您的船穿越莱茵河吧。假如您愿意的话，甚至就游水穿越它好了，并且为出发去寻找您的金羊毛的水手们[1]谱写一首游水之歌吧。您就前往我们的敌人皇帝的宫殿中去吧。就把我留给我的死亡和它的遗物好了。就把我留给寂静吧，我有权得到它，它对我是那么必要。"

1　在希腊神话中，伊阿宋带众英雄乘阿尔戈号前往科尔喀斯，历尽艰险，夺取珍贵的金羊毛。

她抓起他那件用貂皮和狐狸皮制成的长大衣，朝他扔去。她的脸充满了一种精彩的愤怒。她因孤独而变得如此美丽。她因痛苦而变得瘦削。她的头发变白了，她的脸颊变瘦了，她的额头变宽了，焕发出一种全新的光彩。她把他推出她家的门，她把他扔到好孩子街的街面上。他裹在他的毛皮大衣中，显得如此巨大，摇摇晃晃。甚至，她还以一种叫人无法解释的方式，赠送给了他她丈夫的一把鲁特琴，但她提出的交换条件是，他永远都不再回来打扰她。他向她发誓，答应了。回到住所后，弗罗贝格尔就把鲁特琴给了哈诺弗尔，哈诺弗尔是他的情人，或者，至少，当他们在这里或那里相遇时，他会成为他快乐的助手。但是，哈诺弗尔说，必须把它给哈腾，因为，说到他自己，他已经变得对里拉琴充满了激情。"请您理解我，我离开了老哈诺弗尔，丢下了关于我那位叔叔的善心的记忆，但愿，当年他跟戈尔捷先生合作演奏时他的伴奏部分所显现的那份荣耀会回归到他身上。"

　　十多年后的一天，那是3月份的一天，在弗罗贝格尔身上，在他的整个身体上，某种东西开始放射出光芒来。

　　当一个身体的表面开始放射出光芒来，那就是说死神已经侵入了身体的内部。人们真正看到了死亡从肉体的黑暗中慢慢上升。这是死神最终露现之前的步步逼近。

身上的肥胖以及脸上那扁平而又惯常的红斑消失了。

某一种黑洞在挖空着身体，这一黑洞在皮肤表面上散发出一种优柔寡断的、易腐烂的、混浊的、奇怪的光。

身体开始变成一个幽灵般的影子。

正是在美因茨，这个影子开始从身体中出来。

被新皇帝废黜的一个乐手提前走向了衰老，剩下的就只有他那双眼睛依然在奇特地放光，那是一种朦胧的、模糊的、脆弱的微光。

那是在 1665 年。

别了，巨大、灵活而又洁白的双手。别了，宽阔、带皱纹而又光滑的皮肤，里头隐藏有如此迅速灵动、简直难以预测的关节。

他一直演奏到最后一天的黎明，那是在 1667 年的 5 月，但是，它们的能量和它们的清晰已经枯萎。它们的敏捷虽没有犹豫，但它们的连贯性已变得断断续续。他的脸一天天地越来越凹陷下去。然后，在他于丹恩森林的归途中，疾病就把这力大无比的赫拉克勒斯变成了一根奇怪的细绳子。某种松弛皮肤的丝带，在路径的丝带上游荡徘徊。他游荡徘徊于埃里库尔城堡的吊桥上。茜碧尔猜到了一切，小心翼翼地避免去问他，但又命令他从此就居住在她附近。

他游荡在古老而又巨大的要塞中。他游荡在四个碉楼之间，吉戈特碉楼、西班牙碉楼、灯笼碉楼、胖子碉楼。他沿着本应保护他们免受法国人入侵的壕沟游荡。她把一切都安排到位，让他在这里走向生命的终结。那么多年都过去了。符腾堡公主那一向那么不优雅的小脑袋上的皮肤本身，也完全长满了皱纹，或者就像一只棕栗色的小鸟那样蜷缩了起来。一只小小的斑鸫。那就是一束美味的纹理。布满了死亡雏菊的皮肤完全就像是小小乐手斑鸫的肚子。乐手们是如此特别地喜爱斑鸫的歌声。那些歌唱的特点就是，它们抛射到空中的每一串音都会重复两遍，然后，立即，又重复四遍。这是一种非常美的效果。当变得肢体纤弱、瘦骨嶙峋的老乐手回到家中，当着她的面深鞠一躬时，他的眼睛会湿润起来。她抓住他的手——它们变成了长长的、脱了节的蟹爪子——握在自己的手里。她把她从维也纳、斯图加特、蒙贝利亚尔的古老宫殿厅室中带回家来的那些画作和挂毯一一指点给他看，它们现在装饰着她兄弟让给她的这个如此简朴的要塞中的画廊和客厅。

她让人画了一些新的油画，还让人从表现种种湖泊、泉水、森林、狩猎、骑马、池塘、猎野鸭场景的旧画出发，复制了很多挂毯。

她把所有这些图像挂在了旧厅堂的所有墙壁上，也挂在了蜿蜒伸展的楼梯上，这些画色彩鲜艳，因为它们都是崭新的。

他对她说，大自然以绘画的形式进入了这一要塞。

这话让公主十分开心。

于是，他问她，是不是可以把其中最美丽的一幅画借给他。

她回答说这会让她非常开心。

他指了指一幅以佛罗伦萨人的方式在石膏上绘制得很长的垂直型壁画，那是一幅画幅巨大的蓝色单色画，表现的是穿着阿尔忒弥斯全白色女祭司长袍的赫洛，她正张开双臂，跳入湛蓝湛蓝的无比之蓝的马尔马拉海上方的虚空中。她在飞翔，她在蔚蓝的空气中游弋。

"我没想到您会选择一个飞翔的女人。"她对他说。

他则回答说，她会让他回想起他那个生活在那边的兄弟，他就住在赫勒斯滂河以外的王子群岛。

"我记得他。"

茜碧尔立即就把那幅画赠给了他。

他把它固定在他房间的墙上，面对着他摆放他那些键琴的长长的支架。

他只要一抬起眼睛，就会有一种印象，觉得自己还在旅行，在跟家人重逢，或者，见到了他们所留下的东西，唯一留下的一件东西。它的颜色是如此美。那是一种如此美丽、如此浅淡的蓝色，就仿佛只有意大利北方才能构想出它们来，或者，仿佛只有在它那些山岭上的天空，才能呈现出它们来。就这样，它留在了他兄弟的身边，作为对他为之效劳直至最后一日的哈布斯堡王朝皇帝斐迪南三世的记忆，就在金色的礼拜堂旁边，在对他父亲巴西利乌斯的回忆之中，在他那拉得一手好小提琴的兄长的身边，就在一把来自意大利的乐器上，它就是一颗纯粹的宝石。

有一个老人住在河流的另一侧，在圣母院大教堂的对岸。他曾是弗罗贝格尔的父亲即那个叫巴西利乌斯的人的朋友。他居住在蔷薇街上。他当年曾生活在喀尔巴阡山那一带。老人成天就坐在他的那个轮子前，在他的那些整枝剪、大剪刀、小剪刀和凿子中间。

正是这个老铁匠把那个当哥哥的叫伊萨克的人的信交给了收信人雅各布。伊萨克从此就生活在了一个岛上，它叫希腊人岛，就面对着君士坦丁堡。为了更好地隐藏下去，他给自己取了他父亲的名字，只是稍稍改动了一下，用了它的希腊形式：巴西勒乌斯。

老铁匠请乐手喝了一杯用小米粒酿制的一种极烈的烧酒，酒就倒在用挖空的木骰子做的小杯子中，那酒辣得弗罗贝格尔流出了大颗大颗的眼泪。

弗罗贝格尔很喜欢这种可以追溯到时间之初的小米糟烧。

埃里库尔的乐手原本是这样死去的。那不是在楼梯的阶梯上。那是在一间厨房中方格棋盘般的石板地上。最初的那番证词出现在一个市民的一本账册日志本中，日期为1667年5月8日，此人来自萨尔地方，并不直接属于公主身边小圈子中的人。最后，有两封信来自公主那里，其中一封记述了事情经过，另一封则表达了她的痛苦。他死在了埃里库尔要塞中，在饭厅里。茜碧尔老公爵夫人写信给惠更斯先生说：但愿上帝原谅我只是您那亲爱的、热心的、可敬的约翰·雅各布·弗罗贝格尔大师家中的一个无足轻重的小小女学生。在上帝允许我出现于这世界上的四年前，他就已经来到了我们的世界。我是在他的注视下诞生的，而我的游戏很早就混在了他的游戏中，或者不如说，它们是在模仿他的那些游戏。他教会了我所有游戏的规则。然后，就在我庆贺我十岁生日之际，他成了皇帝陛下的御用管风琴师，而就在距今整整七个星期之前，如平常天天所做的那样，在厨房中打完纸牌后，五个小时过去了，正当晚祷的钟声响起时，他站立起来，却不料被一记脑出血发作所打倒。当时跟他们一起玩纸牌的男仆们说，他就在唱祷歌的那一刻站立起来，手里还拿着一张牌，不料，他整个人随即就向前倒了下来，像是一块大石头，倒在了黑白相间的格子石板地上。人们赶紧跑来叫我。人们尽可能地把他拉起来，靠在墙上。然后，他就在我的怀里艰难地恢复了呼吸，然后，他四肢再也无法动弹，就靠在我的胸前轻轻地睡去了。整座城堡的人全都在场，为他生命的终结感到悲伤，就像我自己所感觉的那样。

以下则为康斯坦丁·惠更斯先生的转述：那位伟大的乐手正在厨房的桌子上打牌。当他听到晚祷的第二首赞美诗歌唱时，他站了起来。Memoriam fecit mirabilium suorum.[1]（他把大自然变成了一种对他奇迹的纪念。）这是他在十七年之前的 1650 年创作的歌，当年，他从罗马返回。而眼下这一刻，他的眼睛开始翻白。他奇怪地流泪了。他松开了手中所握的那张牌。他身体微微拱起，向后摇晃，似乎就要后仰倒下，但结果恰恰相反，他向前倒在了砌石地上，面朝下，像一个要跪拜的人。他一直就没有恢复意识。他的肉体石化了。人们抓住他的肩膀。人们试图让他靠在饭厅的墙上坐下。他吐出了他最后的一丝气息，而此

---

1 拉丁语，意为"他行了奇迹，令人纪念"。语出《旧约·诗篇》(111:4)。

时，人们还能听到晚祷的第二首赞美诗的歌唱：不信教的人啊。

4. 关于大力神赫拉克勒斯之死

塞涅卡[1]在他关于赫拉克勒斯之死的长剧中创作了一首令人钦佩的合唱曲。

哦，我的神，请在我快死的时候还让我活着。

谁若看到他的时日跟他的幸福同步结束，谁就与众神平等了。

Par ille est superis cui pariter dies et fortuna fuit.[2]

O God! May I be alive when I die.[3]

哦，朱庇特！当我的气息就将离开我这两片浮肿的嘴唇时，请让我还活着，

如此少见有人在其年龄的深底仍有快乐相伴。

---

1 塞涅卡（Sénèque，约公元前 4 年—公元 65 年），古罗马政治家、斯多葛派哲学家、悲剧作家、雄辩家。
2 这句拉丁语的意思大致是："在这场竞赛之上时日与幸运是平等的。"
3 这句英语的意思大致是："哦我的神啊！愿我将死去时还能活着。"

Rarum est felix idemque senex. [1]

Rarum est felix idemque senex.

那个免遭小船、等待、沼泽、灵薄狱[2]之苦的人有福了，

千倍地有福了，

死水滞留在地狱那油腻而又恶臭的灯芯草丛中，

肮脏的旧唾液，姓名和倒影沉睡的地方，

胆怯的影子在自己的回忆前停下，

快快地，火焰，

我不想忘记任何东西，在记忆垮掉之前，

在疼痛把它俘获之前。[3]

如此少见有人在其年龄的极点仍有快乐相伴。

只不过：我还是倒下了。

没有任何战利品。没有任何奇异幻象。没有任何话语。

快快地，最快地，寂静。

快快地，强大的波浪把试图对抗它的身体推翻。

1　这句拉丁语的意思是：“很少会有那样的一个老人如此幸福”。下一句亦同。

2　灵薄狱（limbes）是基督教教理中凡人死后灵魂居住的一个地方，在天主教原本的教义中，它是指天堂与地狱之间的区域，亦被看作“地狱的边缘”。

3　原文格式如此。

你什么都不要抓住。

只要潜入高高挺立的卷浪的内心。

5. 弗罗贝格尔的弟子

巴洛克世界那位伟大音乐家的两个最有学问的弟子是两个女人，他把他所有的秘密，以及写有他作品的笔记本都留存给了她们。

一个是茜碧尔·冯·符腾堡公爵夫人，在她位于埃里库尔的要塞中，然后，十年后，从1677年5月开始，在她那位于斯图加特的城堡中。

另一个是安娜·贝热罗迪夫人，在她那位于罗马旧集市之上的城堡中。

主在世代之初有十二个弟子，至少也有十一个，他们全都是男子。在内战和宗教战争时期，最伟大的羽管键琴演奏家则有两个弟子，那是两个有精湛演技的女人。

她们使自己成为极其隐秘的使徒，彻底忠诚，绝对嫉妒。

皇帝斐迪南三世宫廷唱诗班的管风琴师那些如此奇异古怪、如此不可预测的作品后来所剩无几。留下来的只有一些零星残骸，而她们并不想把这些遗迹跟她们俩在师傅的命令下激烈地、彼此独立地封存的卷册结合在一起。从弗罗贝格尔那里留下来的这些悼亡曲和音乐段落，就像是连鸟儿都懒得去吞吃的小径上的白色鹅卵石。那些鸟嘴只渴望去啄食被孩子弄碎的面包屑——而那孩子，就是父亲母亲都想要把他丢弃在森林中的那一个。然后则是在河岸上。只有那些鹅卵石，某些宝贵的石子，留在了阿尔卑斯山的山路上。茜碧尔公主从来就没有同意过让人们来复制弗罗贝格尔仰面倒在厨房的石板地之后就留在她那里的那些作品。他给惠更斯先生的拒绝信是那么断然决然，纯粹而又简单地排除了他的作品可能会有的交流——而惠更斯先生的反驳，则提到了奥古斯都皇帝面对诗人维吉尔的劝告时所做出的榜样，尽管诗人的劝告是那么坚定、那么令人心碎、那么执着，皇帝就是躺在那不勒斯海湾自家的床上，那么明白易懂。无论他要求什么，即便不是抄写，至少也是阅读，茜碧尔公主始终就坚定不移地毫不动心。

而安娜·贝热罗迪夫人则总是粗暴、严厉地拒绝他，坚持不给出她在罗马自家的宫殿里所拥有的乐谱。

幸运的是，1650 年，在德累斯顿，在马蒂亚斯·韦克曼[1]的家中，当弗罗贝格尔演奏他的《对我未来死亡的沉思，词曲须缓缓地谨慎演奏》时，韦克曼记录了它，舒茨[2]抄下了它。

Wir wandeln durch des Tones Macht froh durch des Todes dürste Nacht.[3] 我们在音乐的力量中欢快地行进，穿过昏暗的死亡之夜。

阿勒曼德舞曲、悼亡曲，还有所有的赋格曲，都被哈腾记了下来，零零碎碎地散布在各处，就像他自己创作的那些序曲和萨拉班德舞曲一样。

只有最后的那两首曲子出自他的手。这就是 1662 年的《为符腾堡公爵蒙贝利亚尔王子利奥波德·腓特烈十分痛苦之死而作的悼亡曲》，以及 1663 年的《受难曲，此曲特为符腾堡公爵夫人蒙贝利亚尔公主茜碧尔夫人而缓缓地谨慎演奏》，这两首曲子都安放在斯图加特大教堂的宝藏库中。

茜碧尔比雅各布要小四岁。他们一起在厅房、楼梯、露台、城垛沿线、河岸上度过了他们的童年。他们一起奔

1　马蒂亚斯·韦克曼（Matthias Weckmann，1616—1674），德国音乐家。

2　海因里希·舒茨（Heinrich Schütz，1585—1672），德国作曲家。巴赫之前德国最重要的作曲家之一。

3　这一句是德语，下面，作者紧接着用法语重复了一遍。译文现只翻译法语的那一句，两句是同一个意思。

走在雅格斯特河上方的树林中。他们玩过童年的所有游戏。就躲在柠檬树木的货物箱后面。就在塞夫尔出产的大瓷瓶后面。

她知道她那个大朋友的所有秘密：他甚至都已经成为了她的**良师益友**。然而，她对他除了尊敬之外，始终还有那么一点点畏惧。这是巴西利乌斯的儿子。这是君王即她父亲的唱诗班指挥的儿子，而那两个都长着大胡子的人会让她害怕。刚一进入最初的青春期，这个喉咙大得实在有些贪得无厌的年轻管风琴师就开始变得像一个管风琴的大木盒。她最崇拜他的，超出任何其他品质之上的，是他连一秒钟都没有怀疑过自己对音乐的激情。当她还是个小姑娘时，她有时候会带着她的那些玩伴女孩跟随他，去看他在附近城堡中的演奏。他们彼此间总是表现得极端保守和礼貌。公主对男人们表现出了多疑，恰如那位音乐家在女人面前表现出了小心谨慎甚至畏葸不前。他们是世界上最好的朋友，但同时也是最刻板拘泥的人。他们彼此充满了尊重，就仿佛他们永远在保护着对方，但同样也永远得到对方的保护。

在石头的或木头的码头上，弗罗贝格尔先生很喜欢坐在一大堆绳圈上，一些柳条箱上，一根系泊柱上，一柄推车的拉杆上。他瞧着半裸体的壮汉们，只见他们发达的肌肉高高隆起，正在卸下船上的货。他被一阵阵嚎叫声所引导，被叮叮当当的锤子敲击声所吸引，他走了过去，抬起鼻子，向着音响，向着声响，向着击打，向着军火库，向着毗邻那里的所有不同工地。当他来到海边时，他很开心地看到了架子木匠们正在建造船只。在城里，他观望了泥瓦匠们正努力垒砌石头，以求建成小巷的街墙或者房屋的外墙。在那些锻炉中，还有什么比那些努力干活的年轻学徒更美的呢？他们赤身裸体，汗流浃背，只围着一条大皮围裙。

弗罗贝格尔先生很贪嘴，很能吃。他前往港口那些高声叫卖鲜鱼的鱼铺，倒不是为了看看有什么便宜卖的东西，而是想知道是不是能买到一条珍稀的鱼。他很喜欢鲛鳒、北极红点鲑鱼和鲥鳕。一旦他瞧上了某一条鲜鱼，他就当即买下它，把它拿回去给厨娘，跟她们讨论该怎么来烹调。他会和公主一起吃他所创的奇迹美味——在正常的餐饭时间之外，而且，立刻，一切事情全都放在一边。

当他回到埃里库尔的古城堡，当他临近死亡的季节时，他以奇迹般的精准回想起了自己的家人。他在自己的灵魂深处又看到了他们。他们在他快要睡着的时候凑近了他。河岸上的光在哪里？我们烧毁的财物在哪里？那为阻止瘟疫扩散而百叶窗被兵士们关得紧紧的里面冒着烟的四个大房间又在哪里？我的母亲！我死去的母亲被拉着腿拖走！在你死去的那一刻我竟然看到了你那精赤裸裸的肚子！从我们房间中找到的所有物品都被拿到了柴火堆上焚烧，就怕它们带来瘟疫的传染。让自己对失踪家人的要求忘恩负义并非易事。然而，当发烧和恐惧困扰我们时，这是很必要的。我们并不出自它，就如它在我们自河岸边出生之后让人相信的那样，也如我们自己像一缕青烟消失在符腾堡森林上空之后所梦见的那样。我们只是都从这一动物性的和孤独的肚腹中钻了出来而已。然而，即使是在海上飞翔的鸟儿，也会年复一年地记得它在悬崖上为自己的幼雏挖的巢穴，那是它们的祖先以往就安置好的，那是它们用自己的唾液和自己的粪便涂在上面，用自己的反刍物垒砌起来的。并不是贝壳在构成它们的回忆。即便人们讨厌它们，还是有一些连接无法拆解掉。最糟的连接，人们当真没有选择的那一种，人们当真不会挑选上的那一种，依然是一道魔法护身符，心灵会在最糟糕的时刻求助于它。最能囚禁我们的绳索，会是将我们与肌肤、与最肮脏的气味、与最隐秘的也是我们最希望的黑暗联系起来的绳索，就如它们会在我们体内升起无法满足的饥饿。

他去世时，手里拿着的是那一张绳女王[1]的扑克牌。

1　绳女王（La reine aux cordages），可能是在影射约翰·D. 巴藤（John D. Batten，1860—1932）为约瑟夫·雅各布斯（Joseph Jacobs，1854—1916）的作品《奇航之书》（*The book of wonder voyages*，1919）而作的插图。

爱，海

L'AMOUR LA MER

（下）

PASCAL QUIGNARD

[法] 帕斯卡·基尼亚尔 —— 著

余中先 —— 译

GUANGXI NORMAL UNIVERSITY PRESS
广西师范大学出版社

· 桂林 ·

VII

森林

1. 森林边

符腾堡的公主只有骑在马背上才漂亮，那时她仪态万方。

而茜碧尔·冯·符腾堡在约瑟法的背上尤其显得仪态万方，只因她和它彼此相爱。

她们很幸福。

她们是多么幸福啊，她们俩，她在它的背上，令人难以想象地傲慢和美丽。

当约瑟法重又孤独一身时，无论是在草地上，或者是在马厩中，又或者是在院子里，它是暴躁易怒的。随便一点点不起眼的什么就能惹毛它。它耳朵竖得高高的，热切地攻击。所有其他的马，还有所有的马夫和骑手，只要他们一想到自己可以毫无畏惧地接近它，它便会奋起攻击。假如他们不经茜碧尔的准许就打算骑上它的背，那么，情况就会更糟。它只爱公主一个。不爱其他任何人。它内心的愤怒，甚至内心的阴影，在看到她的那一瞬间，会顿时从它的眼中消失。

茜碧尔走进了圈栏。

她们交谈一会儿。或者，她们彼此磨蹭着额头。她们用嘴尖互相亲吻。

然后，她们出来，来到要塞那宽阔的圆形院子里，院子里的地面上没有铺砌石。

夏季里尘土飞扬。11月时泥泞不堪。

一来到院子里，公主便轻灵地飞身一跃，一下子端坐在了马背上；她的两腿夹住了约瑟法；她的背挺直了；她的肩微微下垂并张开；她的脸高扬起来；突然，她就感觉到，她的整个身体，她整个完完全全的身体就变成了另一个身体；来上一溜小跑；她们合二为一；然后，她们就朝丹恩森林而去。

母马的蹄子踢溅起一束束闪亮的水花。疾驰过后，它停了下来。它跟正在它的蹄子下流淌的溪水玩耍。

茜碧尔公主并不讨厌马尿、鞍具、干草、湿皮革、蜡的气味。还不止如此，每次她去要塞中那个如此昏暗的马厩时，狂野孤傲的气味、粪便的气味、烧焦的蹄子的气味、潮湿的石头的气味、水槽的气味，都会让她心境平静。她喜欢每个圈栏中如此饱和、如此不同的空气。尤其是约瑟法的那个圈栏。她从中找到的这一浓重、鲜活、粗俗、真诚的生活，立即就让她摆脱了讲究礼节的奴役。

甚至，它也让她从她那么喜欢的音乐中摆脱了出来。她师傅的音乐是如此深有学问，脱离它倒也成了一种幸福。

突然一下子，就再也没有了寂静，没有了音乐，没有了语言，没有了宫廷。

有的是森林，是它那模糊、新鲜、杂乱的歌声，如此古老，而且异常地多变、无形。

约瑟法并不美丽。它那一身皮毛是灰色的。一道厚厚的白色条纹顺着它的脊背滑过。是它的脑袋显现出一种崇高，充满了一种跃跃冲动的气势。好一段壮美的前胸。它多疑，它敏感，但茜碧尔欣赏它的目光。这是一种不可思议的目光，一种人类并不拥有的目光。

如此深沉的眼神。却又是一种如此简单的深沉。

当它朝它的女主人抬起脸来，恳求她带它到森林里去时，它是令人震惊的。

于是，公主的心融化了，她就轻轻地松动嚼子，拉动缰绳，带它走了。

她越来越频繁地抛开德语。她用法语跟它说话。她称它为约瑟芙[1]。

室外，雾霭中，母马的四蹄依然踏在硬土地面的院子里，但一看到外面，它就变得神圣了。那是一种狂喜中的圣女的目光。

因为自由是一种狂喜。

突然，约瑟芙一动也不动了。它环顾四周。它轻声嘶鸣。

一大片浓浓的白色水汽笼罩着它巨大的长方形脸庞，然后，这整整的一片白色都垂落在了它长长的鬃毛上，并无声地碎裂。

音乐师伸出他的手去，帮助她从约瑟芙的背上下来。军官们待在一旁。

康斯坦茨湖上空的空气非常清澈。

他接过船夫递给他的已经开了壳的牡蛎。他往灰色的牡蛎肉上滴了一滴黄柠檬的汁，为的是看看这小动物是不是会剧烈收缩。然后，皇帝的乐师便把开了壳的牡蛎递给了戴着黑珍珠面纱的公主——她刚刚成为享有亡夫遗产的

1　约瑟法（Josepha）和约瑟芙（Josèphe）都是约瑟夫（Joseph）一词的阴性形式。

茜碧尔·德·默姆佩尔加德公爵太夫人。那是在 1662 年。他们刚刚从维也纳回来。

"它还活着。"他对她喃喃低语道。

她把带壳的牡蛎捏在中指和大拇指之间。她细细地看着它。

"这枚珍珠母贝有多么精致啊。"她喃喃道。

"看它的心！"他喃喃说。"牡蛎最好的部分，"他又说道，"是还在呼吸的淡绿色的小小的肺。"

"您让它恶心到我了。"茜碧尔公主当即回答他说，一边将冰冷、块状、灰色的小贝壳还给了他。

他立即哧溜一下将它吸进嘴里，含在舌头上，尝了尝味，然后吞了下去。

"很好吃。"

他从海藻层中又选了另一个。

"海藻边上的阴影中，有半开半合的牡蛎的一丝歌唱。它过滤着从那里流过的水。这是一曲极度甜蜜的歌唱，纵情地呼吸着幸福。"

2. 迷宫

在蒙贝利亚尔城堡，那些男女歌手和乐手正借着玻璃窗的反光整理着他们的假发，一时间里，他们被留在了公爵按照意大利人的方式而布置的新画廊中，正等着有人把他们引入已为皇亲国戚们摆好了大桌子的大客厅中。

有些人，鼻子紧贴在窗玻璃上，试图从隔开他们的玻璃的凸出处辨认清楚那些小小松鼠在他们面前的树枝上奔腾窜跳的身影。

也有一些乌鸫正一边瞧着他们，一边歌唱着，或模仿着歌唱。

只见有一个捕鸟的人，穿着他那绿色的紧身短上衣，从一个树枝走向另一个树枝。他手里拿着粘胶棒。

但是，跟它们隔着玻璃窗的那些小提琴手、维奥尔琴手、鲁特琴手，手里握着乐器，却听不见鸟鸣。

乐手们已经很久没有听到鸟儿的鸣啭了。

有些乐手，把他们的乐器罩布摊放在地上，喝着汝拉山区出产的葡萄酒。

另一些乐手，则抽着他们的烟斗。让烟雾从他们的嘴唇边吐出，升腾到他们的脸上。盘旋的烟雾离开人们的一张张脸，远离一顶顶假发，飞入树木的枝条间，模糊了它们自己的倒影。那是一条在空气中绵延而去的白色的阿丽亚娜之线[1]。这是一个迷宫，是在一个迷宫中的一种等待。

以往，鹅棋游戏就是一个迷宫。以往，鹅棋游戏曾被叫作听力游戏[2]。心灵跟随耳朵的螺旋，一段时间后就迷失在了它所做的选择中。一味地把注意力加在从儿童时代起就傻乎乎地听从的建议，到头来它也就迷茫了。在拉丁语中，听从，就是听到的意思。[3]在这一如此特别的听力游戏

1　阿丽亚娜（又译阿里阿德涅）之线（fil d'Ariane）源于希腊神话，阿丽亚娜是克里特岛国王米诺斯的女儿，依靠她赠送的一个线团，雅典王子忒修斯得以成功地走进迷宫杀死牛头怪，并沿着线找到来路逃出迷宫。
2　"鹅棋游戏"（le jeu de l'oie）和"听力游戏"（le jeu de l'ouïe），两者在法语中词形和读音都相似，这里有文字游戏。鹅棋游戏是一种跳棋游戏，中世纪末期盛行于欧洲，游戏者依照所投骰子的点数决定走棋的步数。棋格一共 63 格，每格分别画有鹅、旅店、骷髅、桥梁、盘陀路等图案。每走到一格时则按照格中图案所指示的方法走步（旅店表示停一轮，骷髅表示从头另起，鹅表示进两步）。先到第 63 格者胜。
3　在拉丁语中，"听从"与"听到"分别为 obedire 和 audire，法语中则为 obéir 和 entendre。

中，有一条十字形的道路，上面的各个站点都是不可预测的，要么是有利的，要么是危险的，要么是被囚禁的，要么是邪恶的。有人说，鹅棋游戏的螺旋线复制了米诺斯王在克里特岛上的古老迷宫。说实在的，这一知识只有当你面对一头公牛朝你劈面冲来之时才有用。第31格是井中之景。这也是我们历史上的第一次。人们掷骰子，人们前进，人们后退，人们静止不动。桥梁，旅店，监狱，死亡。桥梁是诞生，旅店是童年。监狱是爱情。死亡是终结，当玩家身处于伊甸园时，游戏就结束了，因为那是每个人真正的居所。

快感也是一个迷宫。女人的性器是一个迷宫的大门。女人拥抱她渴望中的男人，在他的衣服中搜索。而那男人则紧紧搂住她，把她的裙袍高高地撩起。他触摸她大腿内侧的皮肤。他那如此赤裸的手则在她的内衣底下解开吊带，松开有丝带和刺绣的内裤。它进入一个令人振奋的世界中，那就像是一段记忆，充满了弯路、拐点、溃败，还有曲折或神秘的障碍。

隐藏在织物底下的任何真正裸体，都显得要比人们在梦中梦见它的样子还更令人不安。

谜团仍然隐藏在它的荆棘丛生之地，它没有打开，因为人们把它命名了。它只有在它奋力冲出、迷失方向并突然倾泻而下的寂静之地才会自行解开。

在 1640 年，人们并不会说表演"于空无"，人们会说让一根弦振响"于开放"。

3. 森林边缘的樵夫

不知道是母马还是公主的主意——因为她们俩中的任何一个都不领导她们所构成的这一对——反正，约瑟芙和茜碧尔在阳光明媚的山坡上折身返回了。

她们离开了小径。在一种被称作侧对步的马步中，她们沿着藤蔓间没有杂草的凹地慢悠悠地走去。

她们小心翼翼地沿着排列整齐的葡萄藤前行，惊起斑鸠一只接一只地从葡萄园的迷宫中飞走。

然后她们离开田野，攀上山岭，朝树林而去。一个二十多岁的樵夫，又瘦又脏，正待在那儿，就在森林的边缘，他什么事也不做，只是瞧着她们转悠过来。不过，他长得还算很帅。一副瘦长的身材，一张姑娘般的脸。他恳求一般地举起了手。他的右手少了两根手指头。

"您有烟吗？"他问茜碧尔公主。

"我没有。"

236

"那就随便给我点儿什么东西吧。"

"我的马鞍口袋里有一块面包。"

"好的。"

一团蒸汽，那是一团热气，从他的胸口，从他胸口的肋骨处传来，从他的衬衫里冒出，进入到寒冷之中。她看着樵夫两个瘦弱的小胸脯，只见它们正在冰冷的空气中冒着气。还有他肚脐的可怜巴巴的隐迹。在他身后，他试图砍伐的那棵树的枝叶上覆盖着冰霜。她打开挂在马鞍上的包包，把面包撕开，递给他一大块。他接过面包。他当着她的面就吃掉了这一整块，慢慢地嚼着，开心地吃着，同时死死地盯着她的眼睛。然后，他转身离去，重又回到那围绕着埃里库尔四座庞大而又奇怪的碉堡的森林中，那巨大、奇妙、满是猎物的森林的边缘。

随着母马变得越来越老，它的爱也变得更强烈，变得更激进，甚至变得对所有其他的爱都很嫉妒。某些突然的急转身、某些尥蹶子是破坏性的。曾有过一个马夫自以为可以冒险闯入它的厩栏，没有听从别人的劝阻，结果就在它面前吃了亏。的确，所有动物一旦经历了在人类照料下度过而未被惹恼的童年期，都会变得嫉妒满满。小猫崽、前胸上满是小小棕色斑点的爱唱歌的画眉、小幼儿、小鸟鸦、小马驹、小狗仔，都很想要一种特别的却又总是难以忍受和持久的关注。所有这些小家伙在它们发出的召唤中有一种神秘的信任，而在爱中，这一信任突然就认识到了它的回归。它们需要一只单独和唯一的手能为它们准备食物，往桶里装满水，清理垃圾。它们需要单独的同一声喃喃低语，来对它们诉说被它们的爱所笼罩的命运的旅程。它们想要一只独一的手专注于它们的脖颈、它们的脑袋、它们皮毛的丝丝缕缕、它们的面额、它们光滑的嘴喙。母马渐渐地拒绝除她之外的任何人骑它。它只等待着茜碧尔。不管她以什么身份，小公主、妻子、寡妇、太夫人、公爵夫人、公主、音乐家、演奏家：她就是女人这一个轻轻的分量，高高地耸立在它的背上，尽可能每天都跨骑在它身上，紧紧地抱定着它。成了寡妇后的公主常常会在去庙堂之前先去马厩转上一圈。亲手喂一下马，给它一块方糖或一口干草，拍拍它的全身，她们就这样用法语说话，彼此之间充分交流。这是多么奇特的天意啊，它所爱的那个女人的手变成了球节、腕弯、距毛、蹄子。多么奇特的转移啊，这从胸口上长出的乳房，这脑袋顶上的发髻，这脑门上的黑色无边女帽，这小腿上的靴子，还有这靴子尽头的马刺。殿下大人问大母马天气将会如何，问它对当天的事有什么建议，问它的健康如何，照料它的伤痛，担心它的脾气，还问它白昼之神[1]属于什么脾性。

"我任由缰绳飘扬，"公爵太夫人茜碧尔说，"我的爱追随着树林间的微风。"然后，一旦来到树荫浓遮底下，来到隐隐阴影之中，约瑟芙就会被水流之歌所引导，而它总将汇入其中。

她跟随着河流在树枝下形成的那些奇怪而突然的迷宫。

到达林中的空地后，约瑟芙喜欢看池塘上空的那些鸟儿，只见猛禽俯冲而下，燕子掠过闪着光亮的水面，在反光中一跃而起。

突然，她们俩的耳朵都在颤抖，她们谛听着水声发出异乎寻常的颤音。

她们对彼此的爱是相互的。但是，只有约瑟芙从蹄脚到心脏给茜碧尔带来了一种只有通过它才知道的能量。她必须骑上它才能变得活生生的。

归途中，在最后解开它的肚带之前，茜碧尔给了它一

1　白昼之神（le dieu du jour），大概指的是希腊神话中的赫墨拉（Héméra）。她体现了大地之光，因此代表了白昼。

路的爱抚。她把马鞍放在干草堆上。她检查了一下它的蹄脚。她重又站起来，用草把擦了擦它。一来到马厩隔栏的私密处，在熟悉的气味和亲密的阴影中，她们就不停地交谈。茜碧尔一边把之前就在水桶里洗去了泥的胡萝卜递给它，一边继续回顾她们一起走过的路上的奇事奇物，一边还对她们的奇妙反应表示祝贺。大多数时候，约瑟芙都在好奇地倾听，一边还不停地咀嚼、欣赏、赞同。

4. 乌鸦

　　9 月的一个早晨，公主独自骑马出行，曙光东升已经有一个钟头了，在第一缕阳光中，在极度的清爽中，在幸福中，在森林中，当约瑟法的蹄子踢到树桩上时，她翻身从马上摔下。

　　茜碧尔·德·默姆佩尔加德试图在腐烂的树叶中重新站起来。但她根本无法站立，因为她的脚立即就软了。她的脚踝倒是没有脱臼，但她所承受的疼痛却变得那么强烈，简直就如针刺一般。它根本就支撑不住她。

　　公主甚至也不能靠抓着那湿漉漉的苔藓来匍匐前行。

　　由于实在拖不动身子，她最终只好坐在了蘑菇和发黏的叶丛中。

　　她的母马在哪里？

　　她叫唤它。

　　没有回音。

这时，在一片寂静之中，一只乌鸦飞来，落在了她身边。

乌鸦落在了她的手背上。

她瞧着它，很是惊讶。

"不，你弄错了，我的肉可并不好吃。"她对它说。

她还敢轻轻地抚摸它的喙尖。

"我还不是一个死去的女人。"她重复道，同时凝视着这只鸟那浓黑的眼睛。

于是，乌鸦离开了她的手，在她的嘴边拍翅扑腾。它玩得很开心。然后它就离去了。她看到它突然快速飞向丹恩森林的高高树冠。

在高高的乔木林中，约瑟法垂头丧气，慢悠悠地回到它女主人的身边。

它因把她摔在了地上而颇有些恼恨，就把嘴凑到她的手上来；茜碧尔在它的鼻孔间揉了很久；母马咕噜咕噜地哼哼着，然后就在她身边吃草。

乌鸦也很快回来了，现在，它落在了茜碧尔的头上。它啄了几下她的脑壳。

"我还不是那么好啄的。"她对它喃喃低语道，同时把手指头滑入到它的两只爪子底下，小心翼翼地想把鸟儿的爪子从它所夹住的她的发髻上松开。

她终于成功了，但那只太阳鸟仍然留在她的手指上。它前行在她的手腕上，很显然，它对她的手腕有一种偏爱。它就在她那镶有边饰的裙袍的前襟上跳舞。它从她的头顶上飞过，又绕回来。它尽情地嬉戏。

"如果你愿意的话，就请跟我来。"当人们从城堡里出来援助她时，她朝这鸟儿喊道。

于是，这只年轻的乌鸦毫不犹豫地抓住了人们托举的担架的臂杆。它检查了公主的那一只手腕。它欣赏那只戴在手腕上的闪闪发光的手镯。它喜欢它。它千方百计地想把它撬开。她抚摩着它黑黑的硬喙。她把它带回了家。她用麦粒和小虫喂养它。她会让仆人们去城堡的护城河里撒尿，尿的味道会让蚯蚓从土里爬出来，爬到温热中，爬到汝拉山区要塞的壕沟那略带腐味、几乎像是海洋的美味气味中。乌鸦在她的窗台边活了十二年。它来了又去，去了又来。有时候，它还会钻进公主的房间，停在敞开的大键琴上听她的演奏，它的爪子会在大键琴上发出当当的响声。有时候它会悄悄地挤进来，它会栖身在床柱上，用千百种不同的呼叫，来跟她谈论它自己所过的日子，而它的日子根本就不像她过的这种日子那么简单，那么仪式化。要不，它就很简单地在一旁瞧着她。它特别欣赏她的耳环以及它们在阴影中的运动。当它想离开茜碧尔的房间时，它会从

里向外敲啄窗玻璃。于是，公主就会过来打开窗户。它比
1667 年春天去世的雅各布·弗罗贝格尔还多活了一年。

5. 马驹

还是在 1667 年，秋季，产仔很困难，母亲很不幸。约瑟芙呻吟，嘶鸣，咆哮。因为在呻吟、嘶鸣、咆哮之间有许多不同之处，不必非得成为音乐家才能感受到它们。公主不得不用力按摩了好几个小时这母马的背部，轻轻地抚摸它的腹部，由于它马上就将成为母亲，它不仅变得庞大，而且几乎可说是巨硕。它已经变成了一个噩梦般的巨大一团：它的的确确成了在世界尽头深处一个被人叫作怪愕之梦的大怪物，汪洋群岛中的梦魇，沿着萨姆欧洲海岸的噩梦。马赫特[1]指代那匹践踏着想入非非的女人们前胸的母马，突然给了她们这样的一种印象，仿佛它就要窒息在她们的肉体中，在她们的生命中。那个马赫特对女人们说：是时

1　马赫特的原文为"Mahrt"。这是一个女性名字，蕴含有"坚持不渝、艳冠群芳"的意思。

候离开男人们了，必须成为母亲。马赫特就是母亲们的母亲。太公主不再睡觉，她穿了一件旧长裙，就安扎在了马厩中。必须跟那小马驹多多说话，它在母亲毛皮底下的肚子里是那么颤动不已，它是多么肌肉发达，它是多么强壮，但依然不可见，她必须跟这长长的胎儿久久交谈，她用她的手掌跟随着它如此敏感、如此清晰、如此不可见的活生生形状，必须多多地安慰这个还在母亲肚子里的孩子，还有在马赫特中的母亲，而那马赫特，包含了长长的骨骼清晰的孩子，可这孩子还根本不知道把它紧紧裹住的这一灰中带白条纹的奇怪包裹的那一切，必须久久地低语谁都不知道的什么话语，最终让那巨大的鱼突然就从阴门中钻了出来，落到马厩前铺开来的干草堆上，让它在要塞的沙土院子里，在天空落下的光芒中摇摇晃晃地站起来。它立即就跟上了它母亲，它母亲的舌头，它母亲的舔舐，它母亲那摇晃的尾巴。

天气温和的时候，马儿母子，但同样还有公爵太夫人，一起来到了埃里库尔的草地，找到清凉的水，随后则是森林中的阴影。她们三个有多么美丽啊！

孩子总是走在母亲前面，而母亲则先于茜碧尔的脸出现。

她把它们俩留在了田野里。

有一件事是肯定的：马儿真的很喜欢空中的满月。

它们更长时间地凝视它，那么认真，整个夜间，当它满圆满圆时。

黑暗天空中完美的满圆明月抚慰了它们。

然后它们吃起了被明月照亮在它们蹄间的青草和三叶草。

初冬季节的一天，一大早，马驹被发现死在了田野的小窝棚中，那是牲畜躲风避雨的地方，人们根本无法断定它的死因。公主——茜碧尔——和母马——约瑟法——始终就没能恢复平静。约瑟法那坚定的眼神永远地改变了：它失去了它的愤怒、它的忧郁、它的疯狂发作，同时，还有它的感动、它那丝绒般的仁慈。

约瑟法，这母马[1]，这马赫特，它是多么悲伤地吃着草啊。

它忧伤地用蹄子刨着只有它孑然一身留在其上的大地。

寡妇茜碧尔再怎么拥吻这个不幸母亲的美丽、英勇、突出的脸骨也都没有用了，它不再回应她。

---

1 这里的"母马"一词，作者特地使用了德语"Stute"。

晚上，公主点名叫它，轻柔地唤它"约瑟芙，约瑟芙"。

于是，艰难地，母马重又在它的厩栏中挺起身来，站立着睡觉。

她爱抚它，宠它，跟它说话。她让它在草地上、林中空地里自由地游荡。她以为它很痛苦。她不再给它钉蹄铁了。

人们把用来套住马以便给它们钉蹄铁的高大的缚畜木头架叫作工作架[1]。

既然有一种为马而制的工作架，也就有为哀悼而用的工作架。

哀伤不是一种随着时间的推移而会消失的痛苦。这是一种与死亡之域的大胆而又积极的分离。不能同意死亡，而要跟它说再见。必须破坏跟消失的存在相连的奇妙纽带。

而既然有一种为哀悼而用的工作架，也就有为爱情而用的工作架。爱不是一扇打开的门让你只需向前走去就行。在爱情的最初期，一见钟情的爱从未停止被背诵、被想象、被重构、被比较、被重估、被庆祝。必须好好迎接世界上最美好的一刻。

必须梦想它。

---

1 "工作架"的原文为"travail"，也可以理解为"工作"。

必须唱响它。

这是爱的工作架。

在马厩里，当如此美丽的牲畜们平静下来，当外面的天气也平静下来时，马儿就梦幻多多。它们伸展开身体。人们听到它们做梦。或者，它们仰躺在地，有时，它们甚至还唱歌。

这是一种曲折的抱怨，充满了沉默和屈让，这是一段它们以往兴许曾走过的行程的迷宫，当它们还是小公马驹时，当它们还是小母马驹时，这是一首气若游丝的脆弱的歌。

夜间，当茜碧尔公主前来陪约瑟芙睡觉时，当她实在找不到什么话可以对它说，为安慰一下它，或者回忆一下她们俩都曾那么喜爱的小马驹，她就为它久久地梳理脖子两边的鬃毛，然后，她把它们轻柔地编织到一起，编成两条华丽的白色辫子。

然后，一道道蓝色的阴影便出现在了它的皮毛上。

一点点暗亮从它的皮毛上闪过。

它变老了。散步回来后，一旦卸下了马具，这赤裸裸的母马就以很复杂的方式蹲在它的圈栏中，把脑袋靠在它用大大的牙齿推起来的那一小堆干草上。一时间里，它闭上了眼睛，而在这一刻，茜碧尔正默默地注视着它，她就坐在它的身边，接触着它那因缓慢呼吸而略有起伏的腹部。当年老的约瑟芙坚持抬起它的眼皮时，公主就对它说话，她会随便说些什么话，来抚慰她的悲伤。

这就像是在天黑前看书一样。

6. 黑手

在埃里库尔带有四座封建塔堡的要塞内，在由乔治王子翻修一新的茜碧尔·冯·默姆佩尔加德－符腾堡公爵太夫人的大房间里，挂着两幅画。

一幅是精神恍惚的圣女玛丽－抹大拉，应该出自勒叙厄尔的画笔。另一幅则是尼古拉·图尼埃[1]的非凡的耶稣之死。

尼古拉·图尼埃在 1590 年 7 月 11 日生于蒙贝利亚尔。在斯特拉斯堡，他认识了哈腾，后者在 1598 年诞生于巴登。

在油画的中央，有一个地方，有一个秘密，就在最中央，光线没有照亮它。

在**那人**的身体上，有一个黑点，而这人就是来到世上的光，既是它的**显灵**，又是它的**话语**。

1　尼古拉·图尼埃（Nicolas Tournier，1590—1639），法国巴洛克风格的画家。

上帝伸出去的手悬空经过一个看不见的性器。

这是上帝的秘密。

美丽而又可怕的，或者说简单得动人的，正是这只黑色的手，就在绘画的正中央。

上帝的手掩盖了把整个人类分成两大部分的性别差异。

黑色的手创造了这个黑暗的皱褶，它把它留在靠近光的地方，却又在阴影中。

苍老的茜碧尔双手合十地待在那只黑色的手前面。每一天。每个黎明。

天刚一亮，茜碧尔公主就起床，一旦洗漱干净，一旦从上到下慢慢地、一丝不苟地穿好衣服，描画，修剪，梳理，穿鞋完毕，她就跪倒在尼古拉·图尼埃那幅画前的跪凳上。

她在黎明初升时凝视着黑夜的皱褶；阳光透过窗户的玻璃，照亮了与她的卧室相毗邻的礼拜堂。

被茜碧尔昵称为维吉尔的那只太阳鸟乌鸦，紧紧地倚靠在窗台上，瞧着明媚的阳光照亮了房间。有时还会在凝视中呱噪几声。

到了傍晚，她就会搬动跪垫。她会面朝被烛光照亮的勒叙厄尔先生画的那幅忏悔的玛丽－抹大拉。她会久久地祈祷，审视自己灵魂的秘密，毫无怜悯地谴责她在其中发现的种种错误，她提及它们却并不原谅它们，丝毫不带感动，并为此向上帝忏悔。

贝尔尼尼所雕刻的被天使之箭穿心的圣女特蕾莎的雕像[1]的创作时间是 1652 年。而这个时间，也正是布朗士罗什死去的时间，它就是一股流沙。阿维拉的特蕾莎准确地写道："痛苦是如此强烈，让我不禁呻吟不已，但是，伴随它而来的甜蜜是如此之大，以至于我都不希望这痛苦从我身上消失，因为，这一享受本不是什么别的，只是天主本人。"大多数神秘主义者都像仙女一样写作。以往，圣洁的女人会把她们的享乐叫作天主。就如茜碧尔公主会把那个黑得如此纯洁的黑点叫作天主一样，就是它，在正要被人们葬到一个岩洞中的死去之主的肉体正中央打开了那洞穴。

---

1 阿维拉的特蕾莎（Thérèse d'Avila，1515—1582），又译德肋撒或圣女德肋撒，是西班牙天主教神秘主义者、加尔默罗会修女，被奉为天主教圣女。后来，意大利著名画家、雕塑家贝尔尼尼受枢机主教费德里科·科纳罗的委托，为罗马城里的圣玛利亚·德拉·维多利亚教堂的科纳罗礼拜堂的祭坛制作了一座以《圣特蕾莎的狂喜》为名的大型大理石雕塑。

当红衣主教贝吕勒[1]发现贝尔尼尼的那个雕塑，那个表现阿维拉的圣特蕾莎在狂喜中眼神迷惘的雕塑时，他实在是被震撼了：他甚至都改了宗。他不仅创建了王家港修道院，它的诡计、它的谷仓、它的孤独社群、它的热情，而且他还让人画了他自己——始终还是让那位厄斯塔什·勒叙厄尔来画——画中的他就跪在这位画家早先所画的令人钦佩的圣女抹大拉面前。

红衣主教抬起头，看向那松散的头发，那后仰的头，用那在世上已死去的眼睛死死地盯着天空中的主。

红衣主教凝视着忏悔女人那后仰的身体，她那左侧的乳房是如此美丽、如此圆润，热情的呻吟突然就把它给裸露了出来，天使把她轻轻地拥在怀里，而她已经在恍惚结束之际昏厥了过去，身子猛地拱了起来。

勒叙厄尔先生在这大幅油画的底下用金色的字母描下了这样的两个拉丁语句子，在其中，死亡与爱会合在了一起。Incertum moritur vel Magdalena languet amore, langueat haud refert an moriatur, amat.（不知抹大拉她到底是死了，还是因爱而昏厥。无论她是昏厥还是垂死

1　皮埃尔·德·贝吕勒（Pierre de Bérulle，1575—1629），法国宗教人士和政治家。1627 年当选红衣主教。他显然无法看到雕塑大师贝尔尼尼于 1647 到 1652 年间完成的作品《圣特蕾莎的狂喜》。

都没关系。她爱着。）那幅表现贝吕勒跪在狂喜中的抹大拉面前的绘画，是画家勒叙厄尔于 1656 年完成的。[1]

1　画家厄斯塔什·勒叙厄尔死于 1655 年。此处所说该画作完成于 1656 年，应为虚构的说法，无史实依据。

7. 约瑟芙的自杀

它的一身皮毛早已从时间中、从悲哀中、从痛苦中汲取了某些蓝色的斑点。这动物突然就颤抖起来。它的右腿似乎要松开。它身子转向了公主，但公主并不明白。于是，约瑟芙就那么瞧着她，神情不安而又忧伤。这高大的动物又喷了一下鼻息，但没有任何作用。它竭力让人明白它的意图。它瞧着公主。

它最后嘶鸣了一次。

它的不安是那么敏感，而茜碧尔却没有察觉到那是来自它的肌肤。不过，它那身蓝色的皮毛一直在不停地颤抖。这牲畜突发的焦虑沿着公主的大腿上升，一直钻入了她的肚腹。公主立刻在马镫上站立起来。她细听着远处黑暗的森林深处传来的野兽的动响。她猜想，那威胁应该来自野生世界。那一刻，她实在不明白发生了什么。她开始想起了她已故的丈夫利奥波德·腓特烈，以前，他曾在这片森林中打过猎。

她让缰绳在鞍头上飘忽不定。这一方面，她是对的。她把自身彻底交给了她所深爱的那匹庞大的坐骑，交给了环绕着她们身体的那一片温和空气。她好奇地闻到了一种药材罂粟的气味，而这气味突然又跟苔藓和潮湿的泥土味掺和在了一起。这一刻，她还不明白背负着她的那另一个所遭受的痛苦是什么样的性质。她一下子就跳进了蕨类丛中。她让约瑟法自由了。

她最喜爱的马神秘地跳入了一条沟壑中。

为什么她的马神秘地跳进了一条沟壑中？为什么约瑟法要这样做？她始终就没有完全明白过。

她低头往下看，下方的母马显得非常小，它一动不动，就在奔流的水边。公主不能抛弃它。它痛苦吗？公主决定下到石灰岩下面去。这一番逐步地下降费了她一个多钟头的时间。她抚摩了一下它的侧腰。首先，焦虑、激动、仁慈的她确认母马的心脏已不再跳动；她取下嚼子；她解开马鞍；她为它阖上眼睛。她把她自己的额头靠在它的额头上。她感觉到，思维的最后运动正在她那朋友的内心中彻底消散。原来，在野兽和我们死后，梦幻的最后几波温暖会耗尽得如此缓慢。她站起身来。现在，她痛哭流涕。她穿越了冰冰冷的林间空地。再后来，她带着仆人、佣人、农人，又从碉堡那里返回来。她走在他们最前头。土面冻得实在太硬，甚至用铁镐的尖头都不能钻通凿透。[1]她开始下令点燃一大堆荆棘之火。靠着这好大一堆把泥土烧软的火，他们才能在森林中挖出坟坑来，因为，只有彻底烧透之后，铁镐才能挖入土中，然后才是铁锹，再然后则是铁铲。人们为那匹巨大的带白色条纹的灰色母马守了一夜灵。到第二天早上，它才被埋入土中。一大堆棕褐色的泥土覆盖了它的躯体，在突然破云而出的阳光照耀下，这坟头该有多么美丽啊。

是不是有一种痛苦，堪比公主在那匹被她叫作约瑟芙的母马死去时所感受的那种痛苦呢？从来没有人见识过茜碧尔公主处于一种如此无精打采的状态。她麻木不仁。她死气沉沉。她从来不曾如此过。即使当她的丈夫1662年死于狩猎之时。即使当她的音乐教师1667年倒在了饭厅的

---

1 这一句的法语原文为"La terre était beaucoup trop froide pour être percée même à la pointe des pioches."有六个发音或不发音的辅音字母"p"。汉语译文特地以六个辅音"t"来体现。

石板地上之时。即使当那个小马驹在后来那一年死去之时。但是，这一新的哀伤，她总是不敢冒险去回顾它，毕竟她为其痛苦的残忍性而羞愧不已。她不敢纵情地倾诉自己的艰辛，至少不敢说它把她掷入其中的那种虚空的深邃。此外，她真的希望那样做吗。又对谁呢？她不敢向任何人解释已把她紧紧攫住的那种沮丧。也许连向她自己都不会。

这是一种真正的、真诚的想一死了之的欲望，可她从来就没有向默姆佩尔加德的那个法国外科医生描述过它，这医生为她治疗，每星期都会出诊上山来，来探望她，来检查她的脉搏、她的气息、她的粪便、她的尿液。没有人了解她的贫血、消瘦，了解她生理上、皮肤上如此明显的衰老状态，了解她已经沦落到的这一地步。这一痛苦对她的小宫廷、对城堡的整个小社群、对上帝，是无法表达的，尤其在他的神殿空间里是无法大声说出来的。这是一种虚弱，一种看起来既特别又平常的弱，因为遭受它痛苦的那个女人坦然迎接了它而没有丝毫反抗。天气晴朗。她却忍受了极大的苦痛。鸟儿们在歌唱：乌鸫、夜莺、鹡鸰、斑鸠、黄莺、绿翅雀、金翅雀、山雀、知更鸟……没什么能让她高兴起来。人们不知道该如何安慰她。也没有人想逃离她。人们后退着接近她。在她作为符腾堡的公主，作为默姆佩尔加德的公爵夫人，作为一个死亡世界的女王的整个生命期间，这是她应该跳的舞蹈中最为复杂的那一种舞。她在沉默中消瘦下来。她的乳房垮塌了，并在某一天早晨最终离开了她的胸膛。它们的皱褶在她的肋骨上被抹除了。然后，她的肋骨也穿透了出来。

她的眼睛变大了。

悲伤浮出，像一片静水沐浴着瞳孔，一片舒缓的、蓝色的、普鲁士蓝的、安抚的、宁静的水。

然后，她背痛。然后，她抛弃了在森林中的骑行。默姆佩尔加德的公爵太夫人变得极端瘦削，不再参与狩猎。但是，她继续前去侦察，手握一根木棍，步行在灌木丛的微光中。猛然间，她的大腿，她的大腿内部颤抖起来，她的膝盖一软，她必须坐下来。她突然就坐了下来。她坐在一段枯死的树干上，泪流满面。她正吃着从裙子中抽取出来的一大块面包。她瞧着远处，那么远的远处，在朦胧中，只见那匹母马走近峡谷，把它那美丽的脸庞缓缓地转向她，思索了一番，长长地瞥了她一眼，一跃跳下了深渊。

VIII

河 口

1. 船

    1658 年，在扬·范·德·梅尔[1]为代尔夫特港完成了如此出色的绘画工作之后，让－巴蒂斯特·博纳·克罗瓦则为埃斯考河畔安特卫普港的金色长海岸做了那件事。

    当人们从圣瓦尔普加教堂对面看过来，那就是从弗拉芒北部看安特卫普锚地的景色。

    这是一番异乎寻常的告别。

    所有的港口都爆发出启航的呼喊。那是一阵又一阵尖厉的叫喊，来自缆绳和桅桁、独木舟和摇摇晃晃的码头、绕着网场盘旋而飞的海鸥、拉着木制起重机在沙滩上卸船的马儿、摇着橹或划着桨的水手、追逐着水手的海燕、滚动着圆桶的渔人，混杂在一起的，还有竞标拍卖的叫声、

1　应该指的是大扬·维米尔·范·哈姆勒（Jan Vermeer van Haarlem the Elder，1628—1691），荷兰黄金时代的风景画家。他是小扬·维米尔·范·哈姆勒（Jan Vermeer van Haarlem，1656—1705）的父亲。

突然鸣响的汽笛、海上悠悠的号角。在港口，所有的小街小巷都在走向启航。整个的主显节只是一次登船。沿着一个个水塘，某一种急迫正在积累，向着风，向着冒险，向着大海那无形的巨袤。就如一个肉体凑近了它所爱的另一个肉体，一切都在合并，都在加速。心灵在奔跑。腿脚永远都走得不够快。气息急促，但突然间，它便不再与允许它生成的呼吸同步了。心儿猛地一紧。必须当即停下来。焦虑抬起了脚，身体停在了原地，变成了纹丝不动的泡腾。

目光变成了沉思。

褐色的深水之上这一黄色的边框，就像是一片卷曲起来的嘴唇。

在前景中，岸边的草地上，紧靠左边，画家展示了一个穿蓝色长裙和胭脂红小围裙的女人，三个人围在她的身边。

那个受到市长致意的女人，就是图琳。她的身子遮掩住了穿白色长裙的玛丽·艾黛尔。而衣着华丽的奥艾斯特莱，戴了一顶精美的帽子，帽子上插了一根又宽又长的羽毛，冒充高雅。在他后面，碰到了玛丽·艾黛尔的身体的人，是穿得一身黑的音乐家莫姆，他满脸的痛苦，早已闪开了身子。

在他们面前的是市长，手里拿着一份名册，回顾着亚伯拉罕的葬礼，还有它所呈现出的种种困难，还有它所引起的种种看法。

在他右边，画家画出了他自己，连同他那幅巨大画布上的素描草图，就在他的右手中，而那只手则几乎碰触到了弗拉芒北部的地面。

图琳和她的伙伴们正准备前往码头和渡口。

在巴黎，在通向圣母院所在的那个西岱岛的那些桥底下，沿着奥古斯丁滨河街，沿着比耶弗河和有着一座座磨坊的河岸，沿着河滩广场的河滩和卢浮宫丁字坝，沿着杜伊勒里的壕沟，一直到会议宫城门，船只数目众多，以至于人们都很难觉察到托着船底的波浪。曾经有一段时间，人们靠近河岸时，都已经看不到河流——塞纳河、埃斯考河、莱茵河——的水了。目力所及之处，都是木头的拖轮、帆船，开往各个方向的船只。人们再也感觉不到欧洲北部滩岸上的那种海浪翻滚。那可是被猎杀、溃乱、挨饿的人构成的浪潮，他们就躲在蒺藜中，在大雏菊和金雀花后面，他们爬行在海滩的沙丘中，他们躺睡在泥泞的沟渠中，他们徘徊，他们尽可能地流浪在边境口、入海口、山坳口。在无休无止的宗教战争中，道路变得如此不安全。当瘟疫不再把人的脸摧毁在发烧中，或者在咳嗽中，或者在窒息中，或者在咯血中，或者在谵妄中，每一个十字路口都被交给了一种骚乱。为了躲开武士们的暴力，为了避免歹徒的掠夺和侵略，为了保护自己免受宗教团体的贪婪和恶意的侵扰，人们反而会求助于河流那多少令人放心且更为平静的波浪。人们躲藏在高高俯瞰着大地的白垩悬崖的洞穴中。人们沿着海岸和悬崖巡游。人们沿着岸边的纤夫小道行走，只要听闻最轻微的枪响声、最轻微的骡子或驴子叫、远处最轻微的马嘶声或疾驰声，人们就会从灌木丛中拼命逃脱。海湾和河湾引导着种种小偷小摸行为，一天天的日子，始终充满了饥饿带来的威胁与惧怕。那是排成长长队列的一系列船只的商队，一路驶向河口，恰如鲑鱼群穿越海洋回溯河流时所做的那样。谁还会记得那个时代，到处都是快帆船、大贡多拉船和小拖网船，船上的人是那么少，而船只的数量和式样却是无限的多？约讷河上成群成队的棕色驳船，然后，在蒙特罗山脚下，在塞纳河的汇流融合处，长列的驳船在船闸处耐心地等待，顶着维勒基耶的涌潮，排列在勒阿弗尔－德－格拉斯，准备启航，它们扬起了帆，朝南，驶向波尔图，驶向丹吉尔，驶向摩加多尔，朝西，驶向泰晤士的海湾和伦敦市的河岸，驶向马盖特，驶向黑斯廷斯，朝北，驶向奥斯坦德、布鲁日、泽布吕赫、弗里西亚群岛、挪威海、巴伦支海、波的尼亚海。

在巴黎市，所有的街道都转向塞纳河。

所有的小巷和小路都通向滨河街，在那里，马拉的驳船靠在它们那小小的浮码头前，就等着钟声敲响，启航的时刻来到。领主们那华丽的贡多拉在桩杆的引导下停靠在边上。德·拉罗什富科先生在那里有他的贡多拉。小划艇在那里运送装货的板条箱。独木舟和平底船则运来它们的桶。狭窄而互相平行的大道像沟渠一样在淡灰色的天空下齐齐地倾斜下来。污水跟这一片雾气，跟树木，跟流浪的母牛混在一起。树叶、阴影、孩子、马、狗、老鼠、河狸鼠，甚至猫，都属于这片芬芳的、嗡嗡作响的清新，它们与那片苍白发灰的云团混在一起，它们跟随着穿过巴黎并环绕它那些岛屿的蜿蜒曲折的河水。河岸上，渔民们在深夜将尽时分带着遮光提灯悄悄来到。那里，船夫们呼唤着，在泥泞中，或在岸边的绑桩上，在他们驳船的船壳上。那里，洗衣女来到用绳子系住的漂浮的木筏上，用力捶敲着要洗的裙子、短裤、衬衫和床单。那里，孩子们多多少少都是脏兮兮的，光着屁股游戏，追逐着绿头鸭，还有它们的小鸭仔，还有那些已经破壳而出叽叽乱叫的小鸡仔。保姆中的领头者把新生儿扔在桶里，任他们朝着楠泰尔、科尔贝伊、帕莱索的方向没完没了地哭闹、嚎叫。歌舞酒吧间把桌子和椅子排成行，小商小贩摆开了摊子，而旧书商则铺展开他们的版画。那里，种种的爱恋在彼此寻找；孩子们窥伺着爱的最早一批形象；拥抱就在灌木的花朵中做出尝试；在隐蔽的角落，女人们突然就展开自身，男人们则抓住她们的肩膀，闭上了眼睛，进入了另一个世界，一边大喘着粗气，一边呻吟出他们的喜悦。

2. 跳水

当孩子们把小手凑近那只鹅的羽毛，快要抓住它时，鹅飞了起来。

于是，三个小男孩，脑门抵着脑门，互相间喃喃低语着。这一番交头接耳没有超过三秒钟。一眨眼间，他们就已脱掉了衣服。他们跃入了水中，小肚子狠狠地拍打在河面上。在正午时分，小孩子们的跳水看起来真的是美极了。水把那嗓音与笑声传得那么远，非常远。他们用手掌彼此打起了水花，而阳光则把那飞溅起的水珠照得玲珑剔透。突然，他们两臂向前那么一挥，一个猛子扎下去，就在水中消失得干干净净。

随后，他们又露现在不远的水面上，轻快地游起泳来，就像是一些小狗，同样的匆匆忙忙，带着同样具有传染性的快乐，在河流的中央；他们游向了桥墩。他们手脚并用地向上爬。他们爬上了桥墩那露在水面之上的分水角，就在那些木头房子以及覆盖在房子上的那些工匠小棚屋的下面。[1] 他们一边高声叫喊，一边朝对岸的人们挥动手臂。每个赤裸苍白的小鸡鸡都突出着，在桥拱投射到河面上的阴影中闪闪发亮。在桥墩的顶尖上，他们中的一个突然挥舞起了两条胳膊，开始摆开了跳水的姿势，两臂高高地举向浅蓝色的天空。

他朝空中一跃。

然后，他的身体轻灵地折弯了。

他跳入了水波中。

他的脑袋重又露出水面，神采奕奕，那么迷人，搅乱了黑色的水。

他像一条小小的水蛇那样用侧泳游了回去，没有产生涡流，闪闪发亮的身体劈开水波，却不激起丝毫浪花。他抓住了一个钓鱼人向他伸去的手。他使劲抖了抖身子，穿好衣服，动作幅度很大地对他的两个游泳的同伴打了一下招呼，而那两个，在他游回来的时候，早已来到了对面的大丁字坝。在塞纳河的这一边，木头脚手架的支柱就竖立在石头中，在覆盖有青苔和蕨类的碎土中，构成了某些矛

---

1 从中世纪，一直到17、18世纪，西方城市中的很多桥上都建有店铺。一座桥就如同一条街，中间是通车走人的街道，两边则是房屋。

尖或闪电的形象。夕阳开始经过它们。最为温柔的阳光斜斜地照着它们。唱诗班的贝尔农[1]正是死在这里的。

1　大概是指教士贝尔农·德·雷士诺（Bernon de Reichenau，978—1048），他是音乐家、作曲家，也是音乐理论家和作家。

3. 在主教府的花园中

阳光照亮了主教府小花园的草地。

老人的头发已经脱光了。他戴着铁丝边的圆眼镜。他头上戴了一顶教士圆帽，用来保护光秃秃的脑袋。他打开并拉着一把折叠扶手椅，一直来到小丘，一路经过了其他教士所住的单间。

指导着儿童唱诗班的这位老人，在草地上久久地拖着他的那把布面椅子，寻找着一点点阳光，想坐下来好好地晒晒太阳，暖和一下他的年岁和他的脸[1]。

太阳光照亮了下面主楼的所有窗玻璃。强烈的光束回射到玻璃窗壁，显得如此耀眼，让人再也看不清楚室外的任何东西。人们看不到水，看不到河岸与树林，看不到桥和大教堂，也看不到天。什么都没有。什么都没有。从巨

---

1 "他的年岁和他的脸"在原文中为"son âge et son visage"，为同韵的文字游戏。

大天空落下的光线是那么强烈。

　　他又阖上了他的书，闭上了他的眼。一切都震响在他的心灵内部。

4. 在韦尔讷伊

木鞋闪闪发亮，一双挨着一双。

在左侧，玛德莱娜广场的角落，在他出生的那个小村镇，人们只能看到它们，两只两只地挂在一根铜制的横杆上。

人们远远地就发觉了它们，就像是几道光芒，在被两个鞋匠用作了货摊的木板上，这两个鞋匠面对面地露天工作，就在路人的目光下，就在他们那从膝盖高度上关上的半截木头门的后面。

在小径的脚下，被拴住的毛驴使劲地啃吃着它还能够到嘴的东西，反正，那总是要比它舌头的宽度还更宽一点点。

突然，它陷入了沉思之中，它瞧着黄色的栅栏门，叫了起来。它瞧着韦尔讷伊的那座灰色塔堡。

5. 在斯德哥尔摩

图琳坐在女帽商的桌子前。这是一家很漂亮的大红颜色的商店，位于斯德哥尔摩的中心岛上。

作坊的女工为她展示绸缎彩带。

在左侧，蕾丝织造工监看着两台织机，缎带正不断地从机器中吐出来，落在阴影中，像是色彩鲜艳的波浪一般。

6. 在安特卫普

"我想对您表达我深切的谢意。"玛丽对他说。

"不必如此，我向您保证。"

"我在这里。我是一个活生生的女人。"

"您是一个活生生的女人，多亏了莫姆。"亚伯拉罕反驳她说。

"我爱雕刻家莫姆，但是，现在，我是在您的宫中，亚伯拉罕。"

"这是一个木头小破屋。"

"花园是那么美。吕伊的水平面是那么平静。这里头有一种我熟悉的光芒，我会对您说说我所感觉的实质。在我的心底，我感觉到有一个孩子在涌出。"

"哦，我的天啊！您让我的心充满了喜悦，"亚伯拉罕立即回答她说，"因为，我以前在一个港口曾丢失过一个小男孩，而对此一直以来我的脑子一片空白。"

"说实在的，我根本不知情。这只是我在观望您的花园时体验到的一种印象。"

7. 在那慕尔

有一天，在那慕尔，哈腾梦见有人在花园里叫他。那是一个女人的嗓音。突然，传来了一匹马的蹄声。他起身。他赶紧趴到一扇早已打开的窗户上往外看。他确实看到有一个巨大的黑乎乎的形状在街道的阴影中向他招手。他下了楼。他发现，那不是一个女人，而是雅各布在招呼他出发，走上从布鲁塞尔通向鲁汶的路。他伸出手去。突然，他脑子转过一个想法，想到弗罗贝格尔已经死了。那是他的幽灵，于是，他用手指一指，就将它驱散了。

在他的梦里，他们依然骑行，很久，很久，很久。这是一个无穷无尽的梦。科隆、锡根、富尔达、拜罗伊特、格蒙德、克雷姆斯、维也纳。

8. 在奥斯坦德

在奥斯坦德，海水涨潮时，突然有一片巨大的激浪溅到了身上，它在海岸和大海之间散开，在物体和无限之间深入。

正是在大团大团的泡沫中，图琳赤身露体地钻了出来，一边笑，一边喊，双乳悬垂，屁股亮闪闪，冲向她留在沙滩上的白色亚麻布束腰外衣和裙子。

这个如此美丽的女人，腿是如此修长，她来自世界的深处，来自世界的浓云和迷雾，这石勒苏益格－荷尔斯泰因的女人，这图苏拉湖畔的女人，这波罗的海港口的女人，这波的尼亚海的女人，是一个被大海惊呆了的女人。曾经两次，她把自己抛弃在了她的爱之中。

曾经两次，她沉浸在她的歌声中，曾经两次，她跌倒，像一片海浪一样翻滚不已。

一片波浪，不断地向自身的虚无敞开，又不断地在它深渊的滚动上翻卷。

一个深陷在其深渊中的女人。

她不停地被召唤，召唤她的有：突如其来的浪花的美，它的溅泼，泡沫的飞扬，闪闪发光的彩云，满是泪水的啜泣。

一天，正值暴风雨肆虐之际，小小的渔船被海浪翻腾，被狂风掀动，当船上的渔民和水手远远望见这行走在海上的英俊男子宁静的身影，还以为是见到了鬼。

他们想："我看到的这个在水上行走的巨大躯体是一个幽灵。"

而事实上，的确：

"别怕，"幽灵回答道，"我是一个比一般男人更漂亮一点点的男人。比他们少一点点平凡味。我是一个神。这就是我。这就是我的名字。这就是我。我在海上前进。"

于是，渔民中有一人抓住了幽灵伸出的手。神抓住了渔夫的手，但渔夫却滚落下来，因为他害怕。

众女神和众男神从容不迫地对众人说：

"不要害怕。我就在你们的身心中，我像血液一样流淌在你们体内，我会回到你们身边。"

但每一次，众人都被吓坏了，在众女神面前四下乱跑，只见她们站立在浪花飞沫中，张开了巨大的翅膀，露出了她们美丽的乳房，那乳房就如落在她们爪子底下的海浪一样臌胀挺立，一样摇晃不停。

　　群峰之巅之上，有一些神秘的生命物在缓慢地游着蛙泳。它们走向了可呼吸的空气的最远处。它们走向了离星星更近的地方。

　　不应该紧紧抓住隔板、船壁，不应该在海浪上涌时把自己绑在桅杆上。

　　而必须善于跳入风暴之中。必须善于跃入暴烈的空气中。而突然间，人们就静静地走在了海浪之上。必须善于溜进如此温和、如此冷漠的旋风的中心。

9. 在君士坦丁堡

在世界的另一端，大海是金色的。

在世界的另一端，午夜时分，天空的深处是黑色的，如墨一般。

必须重复一遍：天空的深处是黑色的，如墨一般。

有人，重新，似乎行走在水上。于是，人们眨了眨眼睛。人们观察这个身影，它疾行或不如说飘飞或不如说消融于大海之上。

这是一股移动中的微小旋风。

这兴许只是一小阵风。

或者是一团薄雾。

全靠了一个会转动车床并让它的刀片吱吱作响的铁匠发给他的那封可怜的信，他得知了他那个弟弟的死讯。

他就待在王子群岛之内的希腊人岛的尽头，在那个有高高的吊脚桩的木板露台上。

巴西勒乌斯——他就是伊萨克·弗罗贝格尔——居住在这个散布在马尔马拉海的令人眼花缭乱的群岛的中心。传说中，当勒安得耳试图寻找到他的爱人时，就是在那里死去的。正是在那里，爱塞斯托斯的女祭司远超过爱一切的那个人，从阿拜多斯的高高城墙上纵身跃下。[1] 也是在那里，避开了整个宇宙，在东方世界与西方世界之间这一如此紧凑的狭道隘路中，两个侥幸活下来的兄弟——即在斯图加特的弗罗贝格尔兄弟——中的那个老大，在弗里堡的小街上杀死了原籍卡昂的小提琴家洛里奥之后找到了庇护之地。他瑟瑟发抖。他瑟瑟发抖，因为他的弟弟死了。有一个男人，来自喀尔巴阡山脉那一带，在巴黎的蔷薇街上开了一家铁器小工具店，告诉他说，他的兄弟死在了埃里库尔的城堡中，这一古老塔堡位于法兰西的土地上，如今归属新教徒的这个古要塞，本属于符腾堡公爵领地。但是，那个老铁匠又补充说，按照天主教的仪式，他被安葬在了巴维利耶教堂的围墙内。

就这样，在他家的所有人中，只剩下了他一个。

伊萨克为雅各布而哭泣。

1　关于勒安得耳的故事，参见前文的注。

他瞧着眼前的大海闪闪发光。他在哭。

就这样，伊萨克变成了巴西利乌斯——就这样，巴西利乌斯变成了巴西勒乌斯，乘坐海上的贡多拉，就坐在神父一侧，在修道院唱诗班领唱人的陪伴下，为的是能在欧洲海岸的基督教或犹太教宫廷中保持他小提琴演奏师的地位。他只寻求能在那个大陆中挣到一定数量的钱，能允许他买到香料、蜡烛、墨水和抽烟斗所需的烟叶。他眼睁睁地为自己的罪孽而悔恨，因为他曾在愤怒发作中杀死了一个有老婆有孩子的伙伴。他那间简陋房屋多少还算紧凑的木板屋顶，一到阴云密布雨水淋漓之时，便会漏下水来。光秃秃的地面总是湿漉漉的，甚至，在冬云高压之际，在圣诞节的次日，地面上都会结霜。每天，上午将尽时分，弗罗贝格尔家庭仅剩下的独苗巴西勒乌斯，就会坐在他的露台上，给他的乐器调好音，然后开始演奏一些日耳曼人的曲子。他不再把小提琴夹在下巴下、肩膀上。从此，他会把它放在大腿上，就像放一把小小的原始的维奥尔琴，以阿拉伯音乐家的演奏方式，或者更为准确地说，以亚洲人的演奏方式。他为他自己以及鸟儿们演奏以往的作品。

他对他那些死去的家人深感遗憾。

有时，通过演奏赞美诗，通过诠释他父亲巴西尔[1]的乐曲风格，通过重复他兄弟雅各布从首都维也纳寄送给他的某些悼亡曲的旋律，他的忧伤得到了缓解。

对斯图加特宫殿、对图宾根、对弗里堡、对湖泊、对森林的种种回忆，逐渐破碎成越来越不真实的雨和雪的概念，它们都已变成了蜘蛛网，变成了丝丝缕缕零零碎碎的梦境，变成了他所不再知晓的温暖的羊毛。

太阳投下了一道金色的光芒，在一望无际的湛蓝天空中越来越亮，越来越耀眼。

1　巴西尔（Basile），是对巴西利乌斯（Basilius）的另一种称呼。

IX

暴风雨

1. 波罗的海

　　有那么两次，它曾是如此迅疾。在恋人的眼中，它同样也是如此神秘莫测。有时居然会出现完全无法呼吸的气氛，而没有人知道它们是从何而来的。发生在他们身上的事完全无法弥补，却又没有一种可见的面目。他们没有发现丝毫端倪。当时，他们中甚至没有一个人有过什么预感。一个很好的、从根本上说甚至也很慷慨的创举，就打败了爱。那一切，立即，没有丝毫能量，仿佛在让我们统统倒下的重力作用下，我们一下子就被吸住，唰地就滑向了绝望。他们争吵了几声，不多，很少，眉毛那么一扬，嘴巴那么一抿，光亮就变了。他们还想再一次在一起睡去，他们却睡不着了。在最礼貌、最不亲密、最矜持、最有所保留的失眠中，他们发现，不可逆转的事情发生了。他们俩全都瘫在了那里，谁都没有勇气打破他们同意任由自己被吞噬在其中的夜间沉默。他们身体之间的空间变大了，变得像大海一样宽阔。他们的手、他们的嘴唇的方向，全都消失在了云雾之中。从浩瀚无垠的大海中突然吹来的空气冷却了他们的肩膀，甚至钻进了他们两腿的分叉处。这空气的明晰，它的透明度，全都那么可怕。无论如何，对图琳，这是显而易见的，她又回到了大海本身中。她童年的大海。波的尼亚海。她父亲死在那里头的大海。他就留在了那里，被淹没在无数的海浪之下，永远无法追踪，无法察觉。她惊讶地发现，在她自己睡梦的某些片段中，她又说起了古老的萨姆语——那时候的文人和古物学家都开始说，这一古老的语言可以追溯到世界的起源。这是她的保姆所说的语言，那时候，她就变得那么温柔、那么贴心、那么会安慰人，而那时候，她母亲还活在她身边。受伤之后，她就匆匆回到她的童年，回到她童年的藏身处，回到她那作为小姑娘的痛苦的庇护所。她那消失在海湾中央的父亲也回来了，非常奇怪，如同海上的一个浮标。如同人们所说的海面上的一个系船锚。如同某种幽灵，好心地缠绕，漂浮在海面上，以此打捞沉船者。冷水有利于克服恐惧。

对图琳也是如此。而对哈腾就不一样了，他始终就，自始至终就，在内心中被剥夺了语言，没有名字，没有外号，没有昵称在自身深处，也没有丝毫回归到自身深处的力量。他醒了。世界被开了封。他穿上衣服。他出了门。他行走。他演奏。环境、空间，全都被开了封。他所接近的一切都变得弥散开来，甚至还有些缺席。每个物体都保持在了可触摸的状态，但根本抓不住。曾举行过音乐会的那些教堂中殿，还有那一个个客厅，全都如此，只是被非常轻微地变形和削弱了。每天的过程依然是无形的。饥饿在曾骚扰过他的绝对固定的时间里离开了他。从此，某一种模糊，在分分秒秒、半天时光、持续时间、前后矛盾不一、荒芜悲伤过程中的模糊，也就不再离开他了。这种半眩晕终于停了下来，但是，与此同时，他也停滞了下来，变得纹丝不动。光线下，到处都出现了某种乱七八糟的石膏。衰老，体现在外部的围墙上，磨损，则显现在室内的墙壁上和墙纸上。甚至还在他收集并挂在他周围板壁或墙壁上的那些画作上，在莫姆的那些版画上，在那里，依然是某种弱化，一种弱点。当他登上舞台时，他的脚下是一种地板不平稳的可怕感觉，而当他离开剧院，走上大街那有砌石的路面时，那是一种碎土的感觉，总之，到处都是不稳当的地面。这一解体还前来混杂在了他的夜晚中。他的梦境变得模糊，场景散成丝丝缕缕，变得冗长，无穷无尽，求救的呼声几乎没有回响，立即窒息在了记忆中，色彩渐渐淡去褪尽。半夜里，他还是会勃起，但是，面对着跟他所经历的毫无相似之处的种种褪色的形象，他很痛苦。每天傍晚，太阳落山之际，夜幕降临之时，他都会拼命痛饮。每天拂晓，他都会前所未有地发奋努力。他拼命努力。他把种种订单全都积攒到一起处理，不让活儿在时间分配上有任何短缺之期，在各个星期中有任何闲置之日，在各个月份之间有任何深渊。他总是用劳作来欺骗忧虑。必须等上两年。故而，两年之后，他就痛哭流涕地轰然倒下了。这一哭泣，这一雨水，这一雨季，这一异乎寻常的季风天毫不中断地持续了两个月，就在一个绝对酷热的夏季。它就像是在一个炎热的夏季里落下的一条连绵不断的瀑布。他再也不敢出门了，他的脸已经被水的力量和盐的灼伤弄得起皱打褶。人们还说，眼泪里有一种尿。在最极端的高温中，他明白他的痛苦，还有这一痛苦的重要性，还有它所提供的奇怪帮助。等这一痛苦展现在他身上两年之后，他就能命名它了。他发现了这番破坏的程度，他当然就是它的原因，但他绝对不是它的起源，因为这一起源毫无疑问可追溯到他的诞生本身。他已经吃不下东西了。即使是夏末时节的那些奇妙水果，在热浪中成熟，比以往任何时候都更甜，黑莓、麝香葡萄、裂口的蓝无花果、八月底的斑皮苹果、野生蓝莓，一切都变质了。一切都变成了悲伤。

我们不知道是什么导致了我们在所爱之人眼中的失败。

这个乐手已经在世界的北部迷惘了很长时间。在吕根岛。而突然，在巴贝的浮桥上出现了这张脸，还有这正在朝他走来的修长美妙的身材。他立即就认出了它们来。他为能再次见到它们而战栗不已。他是那么高兴看到她又回来了。他立刻走向那个正瞧着他，同时笑得比其他任何女人都更多一点的女人。比一个女人要更多一点。他因爱而浑身颤抖。

而现在，他因害怕而浑身颤抖。他快要崩溃了。

他粉碎倒下。

他滚落下来。

Dékrinkoler[1]，这是一个来自世界尽头的动词，而这个高大的女子正是回到了那里，回到了松林与雪原之中。这是图琳出生的那个地方的一个当地用词。人们在拉赫蒂所说的语言中的一个词，而她曾放下手头的一切，匆匆忙忙

---

1 Dékrinkoler，意思是"滚落""跌倒""翻滚""坠落"，下文中的"Gringuelen""krinkelen"也都是相似的意思。

跑去了那里，他们彼此说了一句告别，就不敢再对自己说什么了。

Gringuelen，krinkelen，让人跌倒。

Dékrinqueler，它也是雅各布·弗罗贝格尔为悼念布朗士罗什先生之死而写的那部生涩而又崇高的作品，当年，他从巴黎好孩子街的楼梯上滚下来，那是在夏天，就在他眼前。

布朗士罗什、弗罗贝格尔，两个人全都死了。

如果说作曲家已经彻底分解成蛆虫了，那么，她也一样，但以另一种方式，她彻底震撼，惊若坠云[1]。惊若坠云：这一精彩的表达既令人眼花缭乱，又叫人难以抗拒。粘蜡融化。翅膀脱落。太阳之子一言不发，从高天而落，坠入海中。但她，她则不，她没受苦。好奇怪的恋人，当他们俩都放弃了他们生活经验中最美和最基本的东西时，他们并不痛苦。她彻底惊呆，还没有滚落，却已在车里头摇晃得魂飞魄散，被通向雪原的无限长的道路折腾得筋疲力尽，她感觉不到任何夹钳，任何紧夹住腹部的惊慌，任何宣告

---

1 "惊若坠云"原文为"tomber des nues"，直译为"从云端坠落下来"，引申为"惊讶万分"。

一种痛苦的困惑。她也没有被地狱般的、惊骇人的恐慌所袭击，而通常，这恐慌会在无人注意直接原因的情况下突然释放。从马到马，从舟到舟，从木船到皮船，她终于到了波罗的海，图苏拉湖，一座三层楼的美丽住宅，覆盖有卵形的木块，围绕有一条涂成了鸡黄色的漂亮外廊。她甚至还感受到了与朋友，与仅剩的家人重逢的幸福。她一一拜访他们。她得到了他们的抚爱。她甚至还很开心地重又找到了她童年时曾和父亲一起快乐过的地方，那是她曾参与歌唱和音乐比赛、游戏、散步、鱼篓捕鱼、钓竿钓鱼、打猎的地方，全都跟父亲在一起。何等的人间天堂：散发着浓烈气味的丁香花、不计其数的绵羊、大木屋、驼鹿、白熊、有鲑鱼奔游在水面上的激流。她心中没有悲伤，不过，在她那庞大的身体里，在金色的皮肤下，沿着她那么长的肌肉纹理，有些东西仍然毫无生气。她不再爱一个男人。音乐留了下来，音乐的陶醉也留了下来，紧迫的节奏，被维奥尔琴和大提琴的音乐所强加到暗红色的共鸣箱周围的两条胳膊的惊人的拥抱，它留了下来，但是，她所渴望的一个男人那紧紧地抱住她肚子的两条胳膊，却并没有留下。浩瀚无垠的大海占据了她心灵的全部空间，这里头，有在她为离伊尔斯特德更近而租下的房子面前不断更新着的那海景，有夜里不断翻滚的那浪涛，有当太阳到达天顶时的那疯狂的海中游泳——但是，一点儿都没有对一个男人的激情，即便在记忆中，也都没有。必须相信，她的内心排斥了这一目的的微小，甚至还有它的渺茫。浩瀚无垠则留了下来，就这样，仅此而已。她心中没有痛苦的任何一丝痕迹，任何一粒花粉。整个的痛苦都属于音乐，而音乐则是跟海浪的咆哮紧密联系的一个部分。

2. 爱的剩余

当爱显然不再存在时，这爱还剩下什么？东西实在太多了，不可能一一列举。整整的一个世界。

请继续这一当初让它开始的运动。

本质没有终结。

比起人们并不熟悉的一个肉体的捕食来，比起这如此动物性、如此专注、如此好奇、如此贪婪、如此热情、如此迷人的捕食来，爱还包含有更多的东西。

居留吧，这比起由物理存在所催生的并肩同行来要多出很多很多，而并肩同行，它就已经如此令人震撼、如此芬芳袭人、如此奇怪、如此惊人了。

甚至连植物也会在花粉中添加花蜜，在花蜜中添加香精，在香精中添加颜色——以维系有助于它们自我复苏的东西。

于是，植物仿佛陶醉于自身的辉煌，庄严地，突然地，为自己增添了动物，那些蝴蝶，那些鸟类——为勃起而增添运动，为色彩而增添歌声，为歌声而增添记忆。

最终，为记忆增添了怀念，一季又一季，在季节的轮回中，而它本来无非就是在天光中穿梭时光的欲望之欲望。

衣裙从上面开始脱下。它也是一朵突然起皱的大花。他把它往手指头中那么一滚，他把它往高处那么一拎。突然，他把它往自己这边那么一拉。于是，这衣料就把他所发现的却并没有碰触的两个又圆又鼓的乳房重叠在了一起。他把衣裙高举到脸的上方。他用两臂的末端将它高高竖起在他并不想弄乱的发鬓的上方。

现在，这件衣裙就像遮盖在这一又苍白又修长的身体上的一个华盖。

这是一个蓝色丝绸的大圆圈，如同那个把大地之水环绕在黑色空间中的圆圈。

半空中，当整件巨大的衣裙还悬在半空中时，当他用两臂的末端将它举在半空中时，它在那越来越亮的赤裸身体的上方形成了一道巨大的暗色光晕。

正如黎明时分的猫，以最迷人的灵巧在桌子上跳来跳去，很微妙地把爪子搭在那只手的手背上讨要食物，还抛出它们小小的嘴脸，用力把它们的小额头狠狠地敲在瘦骨嶙峋的光秃秃的——但依然更坚硬的——老额头上，那个坚持要在自己进食之前先喂它们的那个人，[1]

要求着一点点时间，一点点温柔的爱抚，某种确实就像爱一样的东西，

因为爱就是接触，仅此而已，这是最棒的，

而不必寻找得更远，只需最棒的无声接触即可，是它为定义爱而定义了爱，

正如那些猫，坚持让人抓住它们脖子上的皮毛，让人把它们四肢乱蹬和身子乱晃地抓起，让人把它们从河水的水面上捞走，好保护它们免受河流中这如此奇怪、如此冰冷和如此动荡的水元素的侵害，马上就把它们放到船上非常干燥和非常温热的木头上，

正如它们朝着那只在白日将尽之时已向它们伸过来的张开了手掌的手，把自己的一身毛发耸立起来，希望人们能让它们一路走向枕头和卧室，条件是让它保持黑暗，并且，如果可能的话，保持寂静，

正如那些马儿，在它们飞扬起浓密的长长鬃毛之后，

1　原文排版如此。从本段至这一章的末尾是整整的一个长句，作者把一个个由逗号分开的分句引入到一个个不同的段落中。

在它们昂扬起美丽的脸庞之后，更为缓慢地把脖子伸向它们所爱的那个女人，

或是它们的额发，或是它们的鼻孔，或是它们那多肉的漂亮嘴唇，

恳求一句安慰的话，脸颊上或下颌上的一记轻拍、一记轻压，

一种长久的凝视，一种奇妙的凝视，一种无限的凝视，

正如，我的额头接触到你乳房光滑的皮肤，我干涸的嘴唇轻柔地搁在那儿，梦想着在那里微微张开，弄湿那块凝脂般肌肤的接口，去拉扯，去吮吸，去慢慢地汲取那平淡、温和、苍白而又非凡的可能的生命。

3. 图琳的片段（1）

　　可惜啊，苦难在那些幸存者身上投下了一种魅力，它会让他们变得刀枪不入。这一有害的强力是一种有时会自我渴望的恐怖。这种刀枪不入，它是多么奇怪，它从他们悲伤的那一天起就能如此的保护他们免受自己同胞的伤害。仇恨是一层甲壳，一种卓绝超群的羽毛，一身毛皮。它让他们对那些轮到受苦的人表现得如此漠不关心，甚至还带有热情。它把他们从人性中救出。但那是一种救赎吗？

　　四岁时，她爬上父亲的膝盖。

　　"我亲爱的爸爸。"她说。

　　她吻了吻他的嘴。

　　"再见，我的小鲨鱼。"她父亲喃喃低声说，把她抱进怀里，她则哈哈大笑起来。

　　他抚摩着她的金发。他又把她放回到地上。

她母亲关上了卧室的门。孩子挨了左右两巴掌，跌倒在地，又从地板上蹦起来。

"永远都别想再那么做。一个小女孩不应该亲吻父亲的嘴唇。"

孩子五六岁时，她母亲终于解除了她的婚姻。她离开了芬兰，与一位拉脱维亚富商一起前往汉堡。孩子留在了伊尔斯特德家，跟伊尔斯特德一起长大。

图琳十一岁那年，她父亲死在了海上。他跟整整一条驳船上的皮货，跟他船上所有的水手一起，消失在了大海上。人们没有发现任何人的尸体，任何的船体残骸。

图琳：我跟随了光。太阳以及它在世界尽头的区域成了我仅剩的向导，既然我失去了我所爱的两个男人。

因为我觉得，我经历了两段只是部分地融合在了一起的爱。

她说：北极之星升起的大海的边缘，就是我必须去的地方，并不是我希望死在那里，而是因为我就出生在那里。但是，死在自己出现的地方真的就那么可恶吗？我要找到波罗的海的那些音乐协会，他们每天晚上都在演奏，在那漫漫长夜的每时每刻都在演奏，互相许诺正在那里慢慢渗出的永恒黎明。

那是一个一被人踩到影子就会紧张的男人。他从来就没有忏悔过什么，就好像他没什么可坦白的。一种悔恨笼罩着他，让他永远感到恐惧和焦虑。任何判断，即使是有利的，都会伤害他。他会抗拒最轻微的赞美，在他看来，这永远是不够的。遇到一点点保留，他就会退缩到自身中，它刺穿了他的心。

他只是激动的情绪，永远被感动的、痉挛的、不稳定的、心烦意乱的激动情绪。

他身上没有任何东西会在语言中偏离方向，会陷于泥潭之中。他不了解那种减负卸载，或者拉纤牵引，或者过海关的路径。

他并不通过这一环境来穿越过境。他对这些关税征收一无所知。他没有缴纳这些税。

在一场八个人的晚餐中，表现得滑稽，或至少是殷勤，要不就是彬彬有礼，这对他来说就是地狱般的折磨。突然，晚上，他会去歌舞厅，抽一下烟斗，放松一下眼睛，玩一玩多米诺牌戏。那他为什么一句话都不说就离开了我？连一个招呼都不跟我打？没有认出他来吗？他喜欢用塔罗牌游戏来算命，算着算着他会哭起来，因为他的想象是那么悲伤。但他不能承认。

他无限地喜欢喝他个无限痛快。

有些时候她恨他。她心里说：我受够了这个影子。什么时候他才能屈尊，从这寂静的刀鞘中，从他的木头匣子中，从这蝉的胸甲中，从这包裹住了他的树皮中钻出来呢？这一存在着的作品，人们有时候会听说是出自他的手，而他也同意发表它，而有时，我似乎觉得写它的人根本就配不上它。在他的计划中，它是很模糊的，因为未来对他没有吸引力。他是那么飘忽不定，就像空中的薄雾，就像水中的藻类。他的身体躲避着一切。他绕开任何有利的情况。任何提供给他的机会，他倒是不会推开它：他会做到神秘地远离它，以至于它会不再存在。他会走开。他会离去，独处一方，守着空无。然而，驱使他的并不是恐惧。他所写的内容是如此大胆，如此具有冒犯性，直接针对在意大利发生的那一切，在德国进行的那一切，让人在伦敦流泪的那一切，还有试图取悦法兰西宫廷的那一切。他的作品？这是一种奇怪的身体反射，使他竭力避免将它提供给其他人。他不想把任何与他有关的东西强加于人。

我倒宁愿他如同浮冰上的一头熊。让他杀了我吧。

我宁愿有一片水浪把我淹没。

或者，让他在米卢斯的兄弟们把他扔进一口井里。

我甚至宁愿让一头野牛用角戳死他，也不愿让这个人自己死去。

你是谁，你的脸被我勉强贴到了我的胸前？你是谁，我似乎只是用我的嘴唇轻轻地拂过你的嘴唇？我曾经两次见到你如闪电一般匆匆离去，一瞬间里，似乎特别急于不再见到我，迫不及待地不想对我的离开表现出你的痛苦。你如同一个吝啬鬼一样退缩，一次，是退缩在你的绝望中，而另一次，则是退缩在你的恐惧中。

我有没有尝过流到你唇边的水？还有那从你眼中涌出的水？

4. 图琳在伊尔斯特德家

图琳独自一人从音乐晚会中回来。她裹着她那件白色毛皮的大衣。天气很冷。她行走在滋溜滋溜发滑、嘎吱嘎吱作响[1]的雪地上。夜色深沉，但所有的星星全都在，高高挂在黑乎乎的苍穹中，在她之上，离她又那么近。它们放射出光来，但它们的光芒在死去。她行走在浮冰上，红色的维奥尔琴就套在那同样也是红色的大套子中，背在她的肩上。万籁俱寂。恰如她本人那般平静。恰如这世界那般安宁。恰如北极的夜晚那般凝固和寂静。女乐手闭上了眼睛。现在，她赤身裸体。她钻入了她的被单下。但她为什么手足并伸地趴在被单下，在毯子下，在鸭绒被下？她以为她就趴在他的身上。年轻女郎的体重刺激了被她微妙地

---

1 "滋溜滋溜发滑""嘎吱嘎吱作响"在原文中分别为"qui glisse"和"qui crisse"，词形相似，明显为文字游戏。

覆盖住的那个身体，整个的长度都被盖住，而它正在睡觉。她的乳房撞击着他的腹部。而一会儿之后他呻吟起来。这是一种轻微的鸣叫。甚至连这个都不是：这是一种沉闷的咕噜咕噜声。他们是多么幸福。当她准备要融入梦境之中时，她的整个心灵都乱了，但是，她的肌肤是那么年轻，那么贪婪。突然，它就消散了。这是十年过去之后她所做的梦。

波的尼亚海的海湾，阿兰德群岛。

卑尔根。挪威。罗斯亚[1]。所有这些宏伟的名字，都是她童年的地方。她童年的结束期是如此幸福。她跟伊尔斯特德一起奔跑。她跟她一起游泳。她们一起演奏音乐。她们一起歌唱，三度音、卡农、五度音、萨姆。正是在春天的觉醒中，在她十四岁时，不幸袭击了她。童年曾是一个持续的天堂，除却她的母亲和她的离去。她父亲活着。他爱着她。她爱着他。她陪着他，在峡湾深处，欧洲的海洋深处。毛皮货物旅行在白海上，在巴伦支海上。

当图琳返回她的世界时，她所寻找的，所找到的第一

1　原文"Rossija"，是对俄罗斯的音译。

个人，就是伊尔斯特德（伊尔达·冯·埃森贝里）；伊尔斯特德，她，依然保留得那么完整无损、周到、内向、狡黠、神秘、腼腆、矜持、不可见；仿佛这两个小伙伴从来就没有离开过对方。伊尔斯特德爱着她。甚至，在她们生命的终结阶段，她们还一起生活了两年，然后在最后一刻才彼此离去，在一种更谨慎的亲密关系中更为安逸地死去，从而为自己免去了一种已变得无用的肉欲。

图琳在孩童时期就已经十分漂亮，而在走出童年期后，又是那么灵活。在她父亲失踪于海上之后，她那不幸的修长身体便更为瘦长了，并且在她为寻找他而努力投入其中的海浪中变得肌肉强劲。她的脸呈现出一种三角形。在空间中永远是那么高傲，而在步态上则永远是那么专注，这图琳，在任何年龄上，都像一只天鹅那样向前而行，挺起的胸膛纹丝不动。大大的眼睛总是那么平静，喜欢到处都瞧，从不固定于一处，从不表现出任何尴尬，它们大胆、敏锐，大大地敞开，吸收着她并不面对的可见物：她总是属于她所看到的。对她所教的那些年轻姑娘，她会保持最大的平静，什么都不再解释：她向学生们展示了维奥尔琴的种种元素，通奏低音[1]的实现，各种不同类型的创作。她不断地通过一个个例子，而越来越少地通过嘱咐来指明意向。以往，有一次，她说得太多了：人们也就不再聘用她了。她曾梦见自己高声说话：必须坚持那些不言而喻的明确图像。它们会许诺，而不必催促和劝告。她会比以往任何时候都更爱做梦，但她不会在醒来后把她的梦翻译成任何语言。有人死去了，她不再建议做什么吊唁哀悼；她带着她那翻毛羊皮的大套子来到，套子里裹着她的维奥尔琴；她会穿着她的白色貂皮大衣来到，大衣所有的毛全都向外翻出，她会打开她的帆布折凳；她会演奏一首忧伤的曲子，让所有人潸然泪下。她不说什么致谢词，她默默地献上一份在海岸买来的礼物——雕刻在一块卵石上的一个场景，镌刻在一块肩胛骨上或沿着一枚象牙展开的一个场景——然后很简单地把自己的双手放在抓住它的那双手上。等您独自一人的时候再看吧，她喃喃道。她就像大海一样：她跟海滩真的无法区分，她的行动[2]把她的种种奇迹全都散布在了那里。而在童年时期，她只是喜欢那种鲜活的、平静的、坚定的、狂野的大胆。

---

1 通奏低音是巴洛克音乐最重要的特征之一，因为它有一个独立的低音声部持续在整个作品中，所以被称为通奏低音。

2 "行动"一词的原文为"mouvement"，也可指"乐章"。

5. 少女时代的图琳

　　那是在瑞典战争之前，在拉赫蒂，图琳十一岁，有一
天，她试图在她表兄的裤兜里来上一次不合时宜的捕捞。
发现了它所带来的快乐后，她便一发而不可收了。在她看
来，小男孩们很有运气，能在肚子上拥有一个外在的、生
动的、自主的、灵敏的、凶猛的、令人难以想象地敏感的
小鸟儿，很容易被人控制，显现出它是那么容易左右来回
徘徊，在手心中，它甚至还会发烧，甚至还很热情。有多
少次，一个小伙子想把它拿给她看，但每一次她都很气恼；
它的模样不能说服她；那不再是一个动物；那不再是一只
心跳急剧加速的小鸟；那不如说是一株苍白的植物，倚靠
在它的鳞茎上，扎根在它的森林中，沉重地摇晃着。很长
一段时间里，她更喜欢借助她那几乎彻底看不见的神秘的
捕获，在衣料的覆盖下来靠近它。或是遮掩在平时卷起来
放在包包底部的一条丝巾之下。或是用一条手帕来蒙住。

或者干脆就在黑暗中。面对着赤裸裸的、闪闪发光的、微微振动的性器的形象，她更喜欢观察织物纤维上那暗色的斑点，而与此同时，那年轻的男子则会闭着眼睛哼唱他那特别的小曲。直到那一天，拉上了窗帘，增添了黑暗，她最终发现了哈腾的性器。她不再感到尴尬或困惑。

那时候，她仿佛就走出了童年，在世界的尽头，在拉赫蒂。

那是在午后刚刚开始之时。

他们在布鲁塞尔时，她把手伸进他的衣服底下，感到他正在她的手心中膨胀。他很激动。但她轻轻地把手给挪开了。

"我想问您要一件东西。"她对他说。

"什么？"

"我还从来没有向任何人要过。"

"什么？"

而图琳却不出声了。他们有些尴尬。他们的想法从一个人传递到另一个人，而谁都没有大胆地把它说透。他们不敢彼此对视。

"我要您……展示您自己。"她喃喃低语道。

"怎么展示？"

"这儿，就在我面前，就像我的手感觉到了您那样，立即。我要您把它给我。"

"我认为我实在做不到您要我做的事。我这年龄已经不是玩这些游戏的人了。"

"年龄不是问题。"

"我想我会因为如您要求的那样展示自己而感到羞耻。"乐师喃喃道。

这是在他的房间里,在布鲁塞尔的大旅馆里。他们宣布了他们的爱才刚刚两天。

"是的。我明白,这会让您难堪,"图琳对他说,"然而,这正是我想要的。但不要以为,我在求您这样做的时候,会比您还更自豪。"

她走到卧室的窗前。她拉了一下窗帘,只让一点点阳光照进来。她握住了他的手。

"请来到这一道通过窗帘照进来的小小的光线中。"

他们俩站在半开半闭的窗帘前。于是,她松开了他的手,她抬起了眼睛,她直直地盯着他的眼睛。但哈腾一动也不动。他很尴尬。

"我不会再进一步帮您了。"她说。

他不敢。

"我还想,让我们你我相称吧。"她说。

他保持沉默。他一动也没有动。

"展示给我看！"

他默默脱光了衣服。

"这么说，您也一样……"她喃喃道。

他开始颤抖。

"我……"

"你闭嘴。"

她仰面躺下，在窗户底下，在大箱子上。她撩起了裙子。

"你也来瞧瞧。"她说。

她张开了双腿，用两只手的指尖，掰开并张开她的隐秘处，他在窗外洒下的阳光中看到它了。

"你就进入我的最深处。滑进来吧。"她喃喃道。

他挺进她那裸露的长腿之间。她就在水里。他一直伸入这水底。这不是一个地方。它是一种别的东西而不是一个地方。它在空间中是如此古老和混乱。这比一种记忆还要生动百倍。它比一朵盛开的大花还要美丽。它也在别处，在时间中，或在时刻中，或在季节中，或在历史阶段中。他们在战栗。他们在颤抖，在哆嗦。他们呻吟着。他们在时间的内部惊跳，就好像他们发现自己回到了自身的起源一样。

当她把他那变了形的下体挤出去时，她开始哭了起来。

"您丢了什么东西吗？"他问。

"是的。我想这都是因为你没有对我以你相称。"

亲拥之后，她偶尔还会全身颤抖，哭泣。然后，她把窗帘拉得更紧，把窗户全都遮住了，为的是不让人看到她的眼泪。她把脸贴在爱人的肩膀上。她哭了。

6. 在布里街的圣安东尼斯教堂

亚伯拉罕在布里街的圣安东尼斯教堂依稀看见了那个高个子的年轻女郎，不禁倒吸了一口凉气。他自忖："这就是跟哈腾在一起生活的女人，当他在根特演出的时候。"荒谬的是，一开始时，他竟躲到了柱子后面，好像他并没有发觉她似的。我们最初的动作是如此冒失，以至于我们有时不得不振作起精神来，再将它们来过一遍。由此，亚伯拉罕就重新振作起来——他离开了他隐蔽在其后的那根柱子。他走过去迎她。要知道，她的神情是那么低落，当他一开始看到她的身影时，他就从她边上走开了。眼下，他正在走向她那高高的发髻，她那始终那么笔挺的脊背。她在圣安东尼斯教堂的昏暗中是那么笔挺。这个如此高大的女人如此骄傲地站在那里，高挑而苍白，纯洁的脸庞映衬在祭坛上方垂直照下的灯光中。她的神情是那么平静。看得出，她并没有祈祷。看得出，她是在另一个并不幸福的世界中。当他走向她，当他出现在她面前，当他亲吻她的面颊，当他对她说"图琳，你好"时，她就狂热地、紧紧地抓住亚伯拉罕那双皱巴巴的老手。她把这双老手放在她的眼睛上，放在她那眼皮的薄薄皮肤上。

"我错了。我当然是错了，"她对亚伯拉罕说，"但我既不能确定它们，也不能列举它们。"

"什么都不能确定。"

"我实在是太自豪了。"

"不，我不这么想。弗罗贝格尔先生认为，他那么熟悉的朋友哈腾是一个很复杂的乐师。一个不听任何人劝的创造者。他说，那是一只在夜里出人意料地歌唱的杜鹃鸟。一只怯生生的、无巢无窠的鸟。"

"先生，隔了这么长时间，突然又见到你，我很激动。"

"不要对我说这一切。"

"先生，请您原谅我这样对您坦言，但我需要这样。"

"请您到这庇护所来。"他对她说。

"我认为，想要规定好他自己的日子，想让他措手不及，那是一种错误。"

"对。"

"有些男人会被意外事件吓坏，因为它们会让他们回想起可怕的强行闯入。"

"有些男人，有些女人。"

"没错。"她喃喃道。

"但是，不仅仅是有这一笨拙，图琳。哈腾是一个害怕他自己创造成果的乐师，至少雅各布是这样说的。来庇护所吧。您将受到我们所有人的欢迎。"

"但是，人们又怎能爱自己所做的事爱到那么少的程度？"

"当人们从来没有被爱之时。"

"我实在是弄不明白，但是，要弄明白也是很难的事。他明白他自己吗？"

"兴许不会吧。但谁又弄明白自己了呢？谁又能说：在我的思想中有一个思想家呢？"

"他什么都怕。"

"是的。我觉得他是被迫的。他曾充满恐惧。"

亚伯拉罕带她参观了安特卫普的庇护所。一个客厅又一个客厅。一条楼梯又一条楼梯。一间卧室又一间卧室。

他站在大客厅里，背对着运河。

他过来坐到长沙发上，图琳的身边。他慢慢地说：

"我想，哈腾跟所有的艺术家一样，喜爱让空无不断地加深，喜爱感受到它的缺失。"

他抓住了沉默无言的年轻女子的手。

"他们喜爱找到他们所体验的最糟之事。这是他们可怕的活力之汁液。"

"这一想法令人如此难以忍受，"她说，"他害怕我。害怕我这个那么爱他的人。"

亚伯拉罕松开了图琳的手。

蚀刻铜版画家莫姆说到了亚伯拉罕曾接待的这个年轻的芬兰女人，那时候他正好在安特卫普的普兰廷印刷所制作扑克牌，刚刚见到了在庇护所中的玛丽：

"我惊恐地瞧着图琳，因为她的那颗心已经成了被烧焦的木头。"

实际上，这个高大的年轻女郎不是丢弃在火堆上的一截黑木头。而是一块被水浸蚀的木头。

她绝不是一堆熄了火的木炭——雕版的画师用来制作草图的木炭——而是一堆泡沫，一个覆盖着石灰石结痂的贝壳，一块一季又一季地变得越来越白的白垩。

一根桅杆，被侵蚀和磨损的树枝，被海浪、被风暴的无序运动又带回到了海滩。

她的头发已完全变白。

到她六十多岁时，她满头都是这片白色的粉末，这片白色的世界尽头。洁白的雪鸮。这是一种纯洁的天鹅绒般的雪白。

此时，图琳的脸显得更加奇异，它变长了。如果可以的话，人们甚至还会说，她的身材愈发地美了。年纪越老，则越漂亮。但她的脸变得像纸牌中方块的标志一样有棱有角。就像在一柄长长的、完全无皱纹的白色长矛上的一个白色方镞箭。

她如此长久地行走在寒冷中，在冰上，在山坡上，在雪地里。她身上的肌肉变得异常发达，变得相当光滑。另外，她的身体也跟她的头发一样变白了，这让哈腾深感遗憾，不过，那是岁月的安宁或是伊尔斯特德的爱带来的。这是一种粗白垩才有的白颜色，而不是一种天鹅羽毛的白，也不是一种象牙的白。当年，她脱衣服的时候，会像一个小女孩那样脱，她总是把第二天要穿的衣服搭在楼梯的白色栏杆上，就面对着她跟伊尔斯特德分享的那个大房间的门，天天如此。所有的墙都是白色的。她只在家里楼上的那两层中保留了两幅绘画。一幅画挂在她的卧室里，代替了十字架的位置。那是一幅寂静而又空旷的教堂的内景画。它本来是让－巴蒂斯特·博纳·克罗瓦的，他以很低的价格把它卖给了她，她却也没有对他提过任何折扣，而那时候，她正好住在庇护所，在亚伯拉罕那里，在运河河畔。在客厅中，就在她所收集的那些维奥尔琴样品的上方，挂着另一幅小小的画，它出自吕班·博然之手，表现的是一只很旧的葡萄酒杯，几块已被啃掉一半的华夫饼。这是她以前的音乐老师送给她的一份礼物。

当她们俩都还居住在图苏拉湖畔的时候，她把表现玛息阿与音乐的那幅画给了她心爱的人，给了伊尔斯特德，因为伊尔斯特德很赞赏这一形象，而说实在的，远远看来，人们从中只能看到一丛丛令人惊叹的芦苇，以及一大块蓝色的岩石。

每天下午，伊尔斯特德和她都只是音乐，至少在房屋的空间中是如此。

图琳在午饭之后才会穿好衣服。

所有的音乐都聚集在了底楼中，在长长的芬兰式的木头客厅内。

所有的音乐，唱诗台、乐器、琴键，都密集地挤在从汉堡买来的大陶炉周围，安装在或者更确切地说是镶嵌在餐厅和图书室之间的隔断中，在如此持续、如此温和的热度中。

7. 从窗口 [1]

她独自一人倚靠在窗框上。她转向他去，但他已经不在了。她盯着虚空看了许久许久。

这时，哈腾的影子或幽灵对图琳说，声音很低，极其地低：

"你不幸吗？"

图琳自忖，鬼魂问她是不是很不幸，是因为他希望她如此。于是她回答：

"我在水边很幸福。我喜欢待在海边。"

她推开房子那潮湿的门，它正好朝向图苏拉湖的道路。Tuusulanjarvi[2]。一到夏天，她就和伊尔斯特德一起去那里。

1　原文为英语"From the window"。
2　芬兰语，意为"图苏拉湖"。

海藻的味道很好闻，海浪的波涌并不上涨，就在离白木走廊两米的地方。

那音乐，她爱它超过爱她所曾听过的、她那么难以发现的、她用了那么多时间才欣赏的一切其他音乐，为什么必须让这音乐被倾听并且被喝彩？为什么她那么渴望他的作品被传播，甚至被发表？为什么她所喜爱的男人——他让她哭泣，她则喜爱他那丝一般光滑的皮肤，他那麻雀般的细小叫声，或者天鹅般突发的嘎嘎声——这男人被宫廷任命为作曲家对于她是如此重要？为什么，在她，她放弃了当众唱歌的时候，他，他倒是该当着所有人的面表演，毫不畏惧，赢得赞扬，变得有名？为什么她要因此请他那样做，她明明知道这对她自己是不可能的？为什么她所爱的人要表现出她所没有的勇气，而且这事情还如此至关重要？为什么一个男人应该完成他自己的复仇？为什么他必须跳过她为她自己而培养的这种遗憾的障碍？他要面对她自己早已逃离的环境？他要受到她如此害怕的人们的欢呼喝彩？

当图苏拉礼拜堂的小钟敲响标志正午时分的十二记钟声时，两个女人从农庄里出来。

她们匆匆地穿过田野。

这是两个女人吗？还是两个小女孩？

是图琳。是伊尔斯特德。她们在跑。

她们把黎明时分铺开一直晾在黄杨木上的白被单掀起。

她们伸出手，拉撑开被单，然后，拉着被单慢慢地返回到彼此身边，身子贴在一起，默默地把被单给对折起来。

带贴边的被单，上面绣有父亲的姓。

然后是另一张被单，晾在下面的那一张，她们把它拉紧绷了，又走回到一起，又分开，又回来，重又耐心地把它折叠起来，避免在雪白的表面上形成任何褶皱。

8. 哈腾的作品

对哈腾所留存下的作品（图琳是在伊尔达·冯·埃森贝里的帮助下收集的那些作品，那时候她们俩一起生活在弗里西亚群岛），当图琳同意把那些令人眼花缭乱的乐曲尽可能地转移到她的维奥尔琴上来时，她会不遗余力地苦苦寻求再现出他所熟练掌握的那种奇怪节奏。即便是朗贝尔·哈腾最喜欢的那个音乐家，那个已经拥有了一切的布洛（当哈腾前往威斯敏斯特时，就会专程前去看望他），他也没有这样的一种节奏。普赛尔[1]有时候会有。哈腾则始终都有。他那些奇怪切分的固执进行，就像是海浪之歌的精髓，而图琳，那位变老了、变白了、净化了、稀薄了、沉默了的图琳对它是越来越喜爱，带着越来越多的激情来聆听。而她所授权的最自由、最复杂、最无序的旋律，不禁

---

1 亨利·普赛尔（Henry Purcell，1659—1695），巴洛克时期的英国作曲家。

让人联想到使弗罗贝格尔变得独一无二的那种如此内化、如此动人的冥想。弗罗贝格尔最开始是哈腾的弟子，然后就成为他的朋友，接着又成了他的保护人。在这一如此强劲的波涛的背景中，哈腾把对召唤、对痛苦、对不和谐的关注让给了高音。这七度音是古老的，然后又是敏感的、变异的，这一连令人振奋的强音也永不能平息的音符，这一跳跃战栗不已的音符，如同一苗火焰，就在海之上，就在爱之上，如同赫洛在海峡灯塔之上点燃的火焰，这就是悲剧性的弱点。哈腾在其中加入了念诵，如同一种被压抑的啜泣，如同一种谨慎而特殊的严肃性，异常地雅致，柔美，不稳定，如同一种温柔，只有当这温柔决定要停留在秘密之中时，才会痛苦。当它不再想做自我解释时。令人痛心的连续性是这一嗓音的本质，它前进，它跟跄，它突然在河岸上弹起，它猛地在石头上哭泣，而它给它自己带来回声，突然间，它又会不管不顾地一头扎入美丽之中。它喷发。它喷发，并飞溅。它从一块岩石爆裂到另一块岩石。从一块珊瑚到另一块珊瑚。海豚跃出波涛滚滚的海面。这是一支箭，它的尖头上安上了两个短短的尖鳍。这是一只在空中翱翔的黑鸟。

只有他自己的匆忙在引导着作品的方向，而不是艺术家为它所设定的目标。

我从哈腾所擅长的即兴创作中保留了这一点。

而这每一次都让我心烦意乱。

我是唯一听到他作曲的人，或者不如说，我那么地爱着他，恰恰因为我是唯一感觉到当他的心灵创作时围绕在他周围空气中那种突如其来的密度的人。

我听到他突然就在空气中寻找着一种曲调[1]。

我的整个肌肤，从脚趾头一直到头发尖，都被他内心深处的这种对一种精确曲调的追求所搅动。

鸟儿们就是这样做的。

人们听到它们在深夜的尽头寻找"它们的"曲调。

寻找它们的曲调。改动它们的曲调。精确指定它们的曲调。肯定它们曲调的整个区域[2]。

然后，我就听到他的羽笔在墨水瓶中尽情地畅饮，而他自己却浑然不觉。

他的鹅毛笔在他用漂亮的乌木尺子画成的一排排蓝色谱表上刷刷地划动。

他带有珍珠般光泽的镶有珍珠的小刀。

---

1 这里的"空气"和"曲调"，法语都是"air"，为文字游戏。
2 "区域"的法语为"aire"，与"air"发音相同，词形相似，为文字游戏。

他圆形的铁丝框眼镜。

他收集的羽笔被他用刀片的尖端十分仔细地磨削，然后在他的小刀的末端欣然展开。

褐色的墨水就如泥土。

厚厚的白色纸页上，无数的音符像小鸟的脚爪一样，动作如波浪的涌动。

或是寂静，或是音乐，或是阴影，或是爱，重新恢复了连续。

或是海。或是梦。或是夜。或是死。[1]

于是，在半夜，她都没有开灯，就一把推开那件带肋形胸饰的深蓝色紧身短上衣，在它的气味中，她重新睡去，现在，她独自一个人活着。

她在黑暗中俯下身来，她拿起放在床头柜上的碗。她把碗端到嘴边，但她突然间又改变了主意。这茶太凉了。它凉透了。她便把它放到一边。远处传来一记响动。那是一扇门在关上，那便是我所听见的。那是一条狗在望着月

---

[1] 在这里，"音乐""爱""海""死"这四个带着辅音"m"的词又一次同时出现。此外，"阴影"（ombre）一词也有"m"的音。

亮尖声吠叫。那是一头熊途经而过。那是一头驯鹿逃走了。

她闭上了眼睛。

X

冰 块

1. 哈腾的片段（1）

　　我不喜欢出生。当我出生在巴登市时，我并没有怎么被展示出来，这么说还是少说了的。我并不被孕育了我的那个女人所爱，她都没有想过让我在她的怀里多留上一个钟头。我没有在母亲那被乳汁胀得鼓鼓的乳房上吃过奶。我不知道，她身上不可抗拒地生成的那些乳液都去给了谁。她不要我。或者，她并不想生下我来。我马上就被送给了一个鲁特琴制琴师，他在整个米卢斯地区销售乐器，一直到米尔海姆，一直到穆尔巴赫，一直到巴塞尔，一直到伯尔尼。我想，我总会很难钻出我的老鼠洞。我很难露面。或者不如说，我憎恶露面。我不喜欢沙龙的大门打开，而同时却向一片寂静敞开。我害怕走向那些脸孔，它们或是很热情地，或是很严肃地转向我的身体，而我的身体正在伸展开它的膝盖，挪动它的鞋子。有些小孩子整整一生都选择了自己被关在其中的这一古老世界。他们生来就是为孤独而集中的。他们就是为用自己手指头划过的墙角，就是为宁静、为寂静、为世界的这个角落而生。当着精心打扮和梳理的女人们那专注的目光，当着她们丈夫那傲慢而又不耐烦的神态，当着种种冷漠的叹息，我的双手在演奏我写下的曲谱时立即就不再稳当了。我匆匆地想要结束那若是没有我就不会产生的东西。即使有人称赞我，也会让我担心。这就仿佛一项义务已经诞生，从此就必须听从于它，它将没收次日，并影响整个未来。强迫自己引起别人注意不免会让我退缩。而这让我精疲力尽！我们真的需要谈论这一切吗？

2. 最后的决裂

　　夜幕降临，他们吃晚饭之前，她向他出示了请柬和通行证。他读了一切。他退了下去。他什么也没说。他没有跟她一起进卧室。第二天早上，他走进房间，见她正在缝补束紧衣裙用的紧身胸衣。她就坐在窗户旁。他瞧了她好一会儿：她又高大又美丽，但她已经失去了光彩。

　　她没有抬起头。她不想先开口。

　　他坐了下来，看着她在一旁缝纫。她一直就低着脑袋。

　　她正埋头工作。

　　她的皮肤光滑、年轻、白皙，但不再散发出光泽。

　　他瞧了瞧她裙子的下摆，还有她灰色油布鞋的鞋头。他瞧了瞧房间的地板，地板上有一层细细的灰尘。

　　放在桌布上的刺绣，展现出一个灰颜色的赫拉克勒斯，正待在翁法勒的跟前。[1]这英雄显得很可笑。他很奇怪地有些像年轻时期的雅各布·弗罗贝格尔，那个日子里，茜碧尔·冯·符腾堡公主在斯图加特皇宫的大舞厅里把他介绍给他时，说他是她最老的朋友。

他想马上就离开她，就像她在以往某一天所做的那样。但他忍住了。

当天晚上，当她在床沿边脱衣服，当他把她抱在怀里时，她发现他很尴尬做作，他则发现她很冷漠疏远。

她的乳房在她胸前始终是那么美、苍白、修长、柔软，但她，她再也不想要他了。他看出来了。她也感觉到了。他抚摩了片刻它的柔软，但她的肩膀转了开去。她的乳房便从他的指间滑落了。她在床上翻了个身。

夜里，他以为听到了她在他身边的抽泣声。他立刻醒了过来。这一感觉是错的。但是，他感觉到他所爱之人的背真的在颤抖。他一直就那么醒着，躺在她的侧边。他那么喜欢她的气味。夜深人静之际，他放过了灌木丛中夜莺的悲歌。晨曦初现之前，布兰肯贝赫的海滩上，知更鸟唱出了第一曲歌时，他就无声无息地起床了，听这歌声，它

---

1 关于赫拉克勒斯和翁法勒的故事，参见前文的注。

跟从远处返回的滚滚海浪声混合在了一起。他觉得她完全是清醒的，只是主动地闭上了眼睛。他穿好衣服。他拿上他的双颈鲁特琴，并匆匆地把他带来的所有乐谱都收拾到行李中。

3. 约翰·布洛

哈腾在威斯敏斯特镇遇见了布洛，就在布洛居住的小房子里。布洛很看重哈腾给他带来的烟草。这位英国音乐家谢过了他。他抓起那来自荷兰的、金色的、含有蜜糖味的烟丝。他很开心地嗅闻着它们。

现在，他把它们压进一个很奇怪的小烟斗的烟锅里；它是瓷制的；它安装在一根几乎是白颜色的长长铜管上。他弯下腰；他又把鼻子凑到烟斗边；久久地闻着被压得严严实实的烟丝，然后就将它们点燃。

现在，他已经跪在火边了：他的手指间还夹着一根燃着火焰的小木棍；他带着一种狂喜的神情从他的烟斗中吐出第一缕烟。

约翰·布洛谈音乐：

"七个音符足以设下圈套。"

这就是他将要对他那个弟子说的一切。随后，吸完他的烟斗，把它放回桌上后，布洛就开始趴在了琴键上，哈腾也将抓住他的双颈诗琴，他们将一起演奏，每个人轮流演奏克卢伊德地方的曲调。

就音乐史来说，正是弗罗贝格尔从已经消失的鲁特琴那支离破碎的演奏方式出发，构筑了巴洛克世界末期出现的"舞蹈组曲"，而那个时期，种种瘟疫、对叛教者的种种火刑、饥饿者和叛逆者的种种暴动、为谈判而进行的内战、宗教战争的种种硝烟都已经消散。是一个德国人成为法兰西组曲的创造者，那是一种仍然充满了对一个世界之恐慌的流浪，而就在这个世界中，人们为了一个除了死便一无所求的神而互相残杀。以下就是他在组曲中推荐的顺序：阿勒曼德舞曲、库兰特舞曲、萨拉班德舞曲、快步舞曲。忧伤、困惑、痛苦、回旋。一个世纪之后，巴赫仍然承认弗罗贝格尔为他的老师。皇帝斐迪南三世于1657年4月2日在维也纳去世。哈腾、弗罗贝格尔、卡普斯贝格、惠更斯、基歇尔，全都感受到了一种无限的痛苦。然后，一切都转向了惊愕。他的继位者利奥波德一世拒绝音乐。出于虔敬。尤其是那种精巧的音乐，使他很是不耐烦。对音乐家的那些辞退信于6月30日发出。正是在这一时期，茜碧尔·冯·符腾堡公爵夫人（玛德莱娜·茜碧尔·冯·符腾堡-默姆佩尔加德）向约翰·雅各布·弗罗贝格尔发出了邀请，请他去她那里，去她在埃里库尔的城堡，它位于蒙贝利亚尔和贝尔福之间，就在丹恩森林中。她只提名了他一个，而他后来也正是死在了那里，在厨房的瓷砖地上，那是 1667 年 5 月 6 日，当时他正在玩纸牌。茜碧尔刚一得到仆人的通报，马上就下楼赶来。按天主教的葬礼仪式，他被安葬在巴维利耶教堂。巴维利耶教堂现已消失。埃里库尔城堡也不复存在。

4. 围绕着层层地狱的波涛

围绕着层层地狱的波涛，当人们所哀悼的人到达那里时，当我们仍然待在他们的棺材边，跪在一支支蜡烛之间时，当音乐悲伤的航迹被抹去时，当最后歌声的气息、可怜的啜泣、黑暗深渊中的波浪全都消散时，当人的影子变成了灵魂，而灵魂变成了记忆，成了刻在石头上的字母时，这时候，散去的可怜烟雾也就迅速抹杀了对一切的记忆。

尸体不仅被吞没了，连名字也在尸体缺席的情况下迅速地被淹没了。

所有持续的线条在很长一段时间内会相互混合，就像海藻在海流的摆布下会一会儿被展开，一会儿又被突然覆盖，然后，海流重又把它们打散。它们在那里迷惘了。

就像空气在沙滩表面的运动中所产生的闪闪光芒。

人们那么快地忘却了名字。

人们忘记了那些人的名字，哈腾和布洛。

圣科隆布、弗罗贝格尔。

乔治·德·拉图尔和让－巴蒂斯特·博纳·克罗瓦。

博然、莫姆。

人们很快就忘记了他们所爱的人的名字，甚至就在忘记他们所留下来的房屋、家具、水晶玻璃杯、带有小马的跳棋棋盘、国际象棋、鹅棋游戏、双陆棋、黄矮人纸牌、彩色游戏棒之前。

"告诉我，你，你还记得我们祖先的小名吗？还记得我们那么可爱的小侄女的名字吗？"

5. 红叶

哈腾：他就是对语言来说的名称，对记忆来说的回忆，对音乐来说的回声。

马上就来到了红叶遍野的日子。

在那里，真的，我们拿出了耙子。我们，当然就是说吕伊和我啦，还有玛丽和莫姆。整个的爬山虎一下子都掉落在了草坪上。

就像闪电落在了一棵橡树上，当场尽染红。

我们周围的一切——我们步入了秋天——全都变成了红色，风儿一吹就哆嗦不已。

一切都变成了绯红，变得像是一种干涸的血，在鞋子的皮底下蔓延开去。我被迷住了。在莫姆黑色喇叭口大靴子的后跟底下，落地的树叶咔嚓作响。

它们在吕伊的木鞋底下咔嚓作响。

6. 冰块

　　"那天晚上实在是太热了，"抄谱员哈腾曾经这样讲述，"那么热。那是在巴黎。我辗转反侧，难以入睡。午夜时分，室外，远处下方，我听到一匹马的铁蹄敲打在石板地上，非常缓慢。就像丧钟在鸣响。这步子是如此沉重，如此响亮，如此有分量，以至于它使我从睡眠中解脱出来，却并没有完全唤醒我。我在炎热中起了床，从敞开的窗户中探出身子。原来是从圣德尼镇过来的卖冰块的小贩，他推着小车穿越了巴黎城，在天气燥热之时为世界送上一点点清凉。酷夏之夜，堆积在石膏采石场深底的冰雪的这一缓慢而又美丽的运送。我又回去躺下了。我闭上了眼睛。眼睛一闭上，我就期待着手推车的车轮颠簸在路石上发出的声响，每当它停到一栋房屋的门口时，它就会发出断断续续的吱嘎吱嘎声，面对着木门门扉上的一记急促的敲响，面对着一声立即就窒息的叫喊，面对着一个勉强叫出声的名字，为的是给厨房送货，为的是给蔬菜箱子和挂起来的肉提供凉爽。那是一道门吱呀作响准备开启的声音。那是一个前进的运动，甚至比一曲葬礼进行曲还要缓慢。那是一支无法走向死亡或远远超越死亡的游行队伍。最后，这一步调如此不一的奇怪进程终于消失在了黑夜中。我又睡着了。然后，我又突然醒来。这一夜间之旅已在我的灵魂中编了曲，加了密。我点燃了蜡烛，只需把它给写下来即可。我开始以最快的速度将我那些小音符黑点写在乐谱上，直到黎明破晓。"

XI

河 湾

1. 船儿

　　通过划桨，在黑乎乎的水面上和浓浓的寂静中构成某种 S 形，玛丽·艾黛尔让小船的船壳靠近了那一艘英国大船。船长站立于船头，就在船首斜桅的边上，他看到了她，跟她打了一个招呼。她也举起胳膊向他示意。船长甚至都没有下令抛下铁锚到海底。老乐师首先用一根绳子把箱子放下来。然后又放下来套在套子中的维奥尔琴。再然后，放下来的就是他自己。船长让老人坐在一个用绳索编成的篮子里，水手们在甲板上慢慢地把绳子往下放。

　　老乐师终于在独木舟上站了起来，而没有把它给倾翻。

　　篮筐重又升起。

　　玛丽·艾黛尔立即划桨，离开了那艘小快帆船。

　　德·圣科隆布先生尽管年事已高，还是不由分说就从年轻女子手中夺过两把桨，她则耸了耸肩，把桨让给了他。

　　他划行。划行。

他在消退的海潮中默默地划行 [1]，他在波浪上划船，而波浪则美妙地拍打着船的一侧，而后自身又卷向了海岸。好似一曲微弱的歌谣，歌声中，水既不升起，也不从桨端的木头上滴落，波浪轻柔，细微，那么微弱，只是在绵延拉长。

两个人赶在涌浪高涨之前穿过了小小的海湾，要知道，早晨太阳升起后涌浪必定会高涨，因为热量再次激活了它。

一弯将落的残月在天空中清晰地照耀着他们。

面对着半闭着眼睛、把船桨无声地拉向自己胸膛的老乐师，位于船尾的玛丽·艾黛尔眯起了眼睛观察。她仔细察看在东边远处的塔，海关那边的锁链。

然后，她搜索，她凝视着面前的悬崖、小海湾。

年轻女郎身穿一件漂亮的绿色外套——那颜色几乎就像她眼睛的那种土耳其绿——在她的身体跟穿了一身棕色和黑色衣服的老清教徒音乐家的身体之间，躺着那一把维奥尔琴，就在船的正中央，就在它的黑色套子里，它遮掩住了珍宝。

---

1 "划行"和"海潮"的原文为"rame"和"marée"，为两个发音相似的换韵之词，显然为文字游戏。

长长的黑色形状，一种丝绸般的黑颜色，像是一块裹尸布，甚至像是躺了一具尸体的棺材。

玛丽用双手捧住了她的肚子。

突然，玛丽的右手轻轻地离开了她的肚子，伸出来，指给圣科隆布看位于北面的海湾，嘴里却一个词都不说：一个渔夫在那里似乎正准备着他的第一批钓线。

"是亚伯拉罕。"她说。

一个船夫正努力将岸边他那条淡黄色的长船从滩岸推向水面。

"是奥艾斯特莱。"她提醒道。

整整一推车的海藻靠近了船夫。雕版画家莫姆因他的无边圆帽而被认出来。他拉着两条车把。岸边的沙子是淡褐色的。天光本身显出一片苍白，更带珍珠色。

"是我的爱来了。"她喃喃低语道。

新月被不知不觉地吸收在了苍白的天空中。

变得发白的天空倒映在了水面上。

沙滩是粉红色的。

"多么美啊，"德·圣科隆布先生低声说，突然松开了自己的桨，任由那对木桨滑进了大海，"这个世界真是太美了。"

他们现在坐上了马车，马车飞速行驶。玛丽·艾黛尔怀孕了，她坐在马车里德·圣科隆布先生的身边。她始终用两只手捂住自己的肚子，因为她感到胎儿就在她体内的黑夜中伸腿踢蹬着。

一长溜墙面面朝着砌石河岸的运河，从埃斯考河一直延伸到默兹河。

不是亚伯拉罕，而是他的客人们彼此间自发地把它叫作**庇护所**。

住所后面，有一道楼梯通向一个公园，公园最终消失在了田野、菜园、泥炭沼泽，以及一直通向群岛的小树林中。

三法里远的地方，运河就连接上了两条主运河，然后，又连接上埃斯考河畔安特卫普港那里的河流。

当他们到达**庇护所**时，亚伯拉罕为德·圣科隆布先生展示了自己已经让人在图书室为他准备的那个大房间。

它位于房子的东边角落。

一扇窗户朝向公园，另一扇窗户朝向运河。

德·圣科隆布先生抓住了他老朋友的肩膀。

"纳坦，在我走之前，请再多给我一点时间。我不想让任何人知道我会在什么时候离开。"

"我们会按你的意愿去做。在这里，没有人会让你难堪。没有人会知道任何事的。你就随心所欲地行事好了。"

"我也不知道为什么我那么不希望被人看到，我要是能隐身不被人看见，那就好了。"

"我无法帮助你去理解这一愿望，我的朋友。我对这个世界的理解又是什么呢？"

"我不知道为什么，我对我的死该是什么样子已有了一定的想法。"

亚伯拉罕什么也没说。德·圣科隆布先生突然补充道：

"只有猫才能弄清楚我将如何做到这一点。"

他们分开了。德·圣科隆布先生关上了亚伯拉罕分配给他的那个大房间的门。

老乐师让客厅留在了永无止境的夜晚中。他让他的眼睛休息了。

他仍然站着。

事实上，乐师之所以闭上眼睛，是因为他正在测试他打算结束生命的空间的寂静程度。

然后，当黎明的曙光初升时，他走到朝东的窗户前。他看到了菜园那边的提阿尔克舟和独木舟，它们就停泊在浮桥码头旁，上面挂满了柳条筐。

他拉起了窗。海风一下子就吹了进来。

他坐到了床上：这是一把铺垫有橙色和黑色灯芯绒布料的长椅子。

他就久久地待在那里，在大敞的窗户前，沉默无语，眼睛大睁，呼吸着早晨冰冷的空气。

然后他滑到那一道葡萄牙屏风后面。他把水罐里的水倒进陶盆。他给自己洗了洗。他洗了洗他那满是皱纹的松弛的老皮肤。

他换了衬衫。

黑暗的房间突然亮了起来。拂晓让位于曙光。太阳照进了房间。最初的日光开始让墙上的织物和挂毯恢复了活力。

架子上五个古董花瓶的绚丽色彩顿时在他眼前变得明亮起来。

然后，他辨认出用某种琥珀或玉石雕刻而成的雕像轮廓，它们来自世界的另一端，就排列在书柜的最顶层。

敞开的玻璃窗上反射出的白色天空变成了金色。

靠在书柜上的大大的维奥尔琴的套子，呈现出一个绝世美人的形象，腰身纤细。

从几把椅子上升起的红色仍是一种粉红色，一种粉棕色。

他又闭上了眼睛。

他想起了他的妻子，那是很久以前的事了。

于是，身穿黑衣服的老乐师来到他那把维奥尔琴旁边。他给它脱去套子。

然后，他拿出他所有作品的乐谱，它们就存放在装维奥尔琴的那个套子的内侧口袋中。

他想借着日光再读一读它们。

他坐到朝向公园和草地的窗子的那个角落中，靠在石壁上，一个音符一个音符地重读，一阵沉默接着一阵沉默。

沉默的泪水顺着他苍老的脸颊流了下来，于是，他一边哭泣，一边在他的灵魂深处默默地哼唱着他读到的乐谱。

事实上，他看到的都是一些回忆。重新侵入了他心中的正是他所体验的种种情绪。

他耐心地再次把它们卷起来。

他给它们系上彩色的饰绦。

所有这些卷成卷的乐谱，他把它们夹在胳膊下，然后去了花园。

他烧毁了他的作品。

烟雾的这一番飘动刺痛了他的眼睛。

老吕伊，双手扶定了搂耙，瞧着他的老朋友在那里净化自己的时日。

　　亚伯拉罕在他的窗户上瞧着他这两个最老的朋友，而这两个人，也在身边冉冉升起的烟雾中，在十分僵硬地挺立着的郁金香中，在同样僵硬的鸢尾花花茎之间，彼此瞧着对方。

　　清风的这种搅动，使太长茎秆上那彩色艳丽的花朵倒下而又挺起，清风的这些摇摆，让缎带松开，让从燃烧的音乐中升起的烟雾小旋风渐渐飘散，空气的这些颠簸根本就不知休息，蔓延到他血脉的搏动中，让他的心脏跳动。

　　他怀念他的海狸、他的柳树、蓝色的藤萝、他的两个死去的女人。他重又看到他的大女儿吊挂在房梁上。[1] 他怀念他那花园尽头的比耶弗尔河上的歌唱。

1　在小说《世间的每一个清晨》中，主人公德·圣科隆布的大女儿玛德莱娜最后因为失恋而上吊自杀。而他的妻子则死得更早。

2. 歌的寂静

　　却原来，德·圣科隆布先生不愿意自己的作品发表。人们根本就不知道个中原因。没有任何人注意到。但是，也正因如此，人们把他给遗忘了。

　　却原来，哈腾先生不希望自己的作品发表，而他面对他人目光注视时的那种反感是如此强烈。他感到十分气恼，因为自己的前奏曲被冠以"难以演奏"的名声。他也太自豪了。也许他害怕对他那些既有所增加但也有所固定的即兴演奏做出的种种判断。也许他害怕他将会感到的绝望，就像一种死亡。

　　谁又会是那样一个疯狂恋爱的男人，希望把他爱的女人带到所有人面前？还让她脱去衣服？让她赤身裸体？他真的很珍惜他比世界上任何东西都更看重的这一身体吗？

若代勒[1]是法国第一个拒绝发表所写东西并蔑视任何荣耀的作家。

却原来，雅各布·弗罗贝格尔先生不打算发表作品。就弗罗贝格尔而言，有趣的是，人们以非常有据可查和非常准确的方式知道其中的原因，但它仍然是很神秘的。茜碧尔·德·符腾堡公主在这位音乐大师于她城堡的饭厅中去世后的第二天写给康斯坦丁·惠更斯先生的一封信中，说明了这一点。

---

[1] 艾蒂安·若代勒（Étienne Jodelle，1532—1573），文艺复兴时期的法国诗人、剧作家，七星诗社的成员。他的《被俘的克娄巴特拉》是最早的法语悲剧作品之一。

3. 玛丽的生产

公园深处马儿的一阵小跑声惊醒了他。乐师哈腾在寒冷中等待着他，而寒冷曾让他昏昏欲睡。他就待在那里，背靠着黄杨木的货箱，就在大平台上，在**庇护所**的菜园子上方，面向沼泽、田野、泥炭地和荒野。一个仆人已经牵着一匹光背的马去乡下找外科医生了，请他来为玛丽·艾黛尔接生。一弯细细的残月高挂在天上，在天空的黑色背景下从左到右张开，照亮了夜色中院子里的石板路，还有那口井。

外科医生下了马。

哈腾赶紧奔下台阶，走到医生跟前。仆人把马牵到了马厩和料槽边。哈腾走在外科医生的前头，而医生也已经摘下了头上的毡帽。哈腾抓过火炬，引导医生到了音乐竞赛的大厅，走上通往楼上的楼梯，最后来到了卧室。

屋子里一派寂静——对于一个分娩之夜来说的奇怪的

彻底寂静。

过于暖热的房间里，白床单下赤身裸体的年轻女子，在这寂静中等待。

外科医生坐到她面前的凳子上。

"请起来。"他的嗓音在一片寂静中炸响。

外科医生立即又压低了声音，让玛丽前去坐在壁炉前的石头上，让她在炉火前张开双膝。她按照他的吩咐做了。热火渐渐地打开了她的阴部，分开了她的阴唇，婴儿滑动着，像一条鳗鱼落在他的手中。医生把胎儿拉出来，放到她的肚子上。

"拍打他。"

她抓住了这孩子，用力地拍打着。于是这小小的女婴开始哭叫起来。这是一个女孩。她是一个讨人喜欢的小女孩，她生气勃勃的双臂四下里乱舞乱扬。教堂的钟敲响了十一点。人们将叫她瓦尔普加[1] ——既然是这钟声命名了她。外科医生结扎了孩子肌肤上的脐带，用温热的酒液清洗了小小的四肢。他用一张新床单把她裹卷起来，让她在炉火附近休息。然后，外科医生转向玛丽，要求她重新躺

---

1 瓦尔普加（Walpurge）是广泛流行于欧洲中部和北部的一个传统的春季庆祝活动，也是纪念基督教圣徒瓦尔普加的一个节日，于每年 4 月 30 日至 5 月 1 日的那个夜晚举办。通常有篝火晚会以及舞蹈演出。

下。通过用手拉扯脐带，他寻找着胎衣。他把它扯出来，并请莫姆把它扔到外面的狗食盆里。但是，玛丽坚持要把它拿过来，要自己吃掉。亚伯拉罕说，厨房里有的是牛肝菌呢。

莫姆没有离开他的墙，一动不动。

是哈腾拿着那个不成样子的胎盘下得楼来，要到厨房烹制一道菜。

莫姆说那孩子不是他的。亚伯拉罕奉劝他闭嘴，少说为妙。

玛丽吃光了盆中的菜，而那美丽的小野兽则第一次用嘴唇和牙龈吮吸着她的奶头，随后玛丽就睡着了。亚伯拉罕把两扇窗户开得大大的，把卧室和前厅的两扇门也都敞开了，尽管天气很冷，老人还是在女仆们的帮助下亲自用清水冲洗了整个房间的地面，他是通过敞开的窗户提上来的运河水。然后，他又关闭了一切。

版画师、音乐师和外科医生都去了厨房，在那里喝酒。

亚伯拉罕和德·圣科隆布先生前来跟他们会合，五个人一起喝酒。他们还为新生小女婴的健康而喝酒。最终，他们是为了喝酒而喝酒。再后来，他们又聚在一起了，有的在露台上跟跟跄跄，有的在马厩前摇摇晃晃，哈气从他们的嘴唇上喷出，明显地扩散在寒冷的空气中。

夜里，外科医生跟男仆一起再次出发，穿过果菜园，沿着沟渠和田野，前往公园的尽头。

亚伯拉罕彻底更换了一遍炉膛里的柴火，炉火在熊熊燃烧。

他轻轻地把扶手椅拉到壁炉前。他独自一人在寂静中嗫嚅。他的头几个孩子都死于瘟疫。然后，他在波尔图港又失去了一个小男孩。客人凝视着这狂野而又甜美的场景。小小的女婴就睡在红色的火焰之间。人们看到，那火光的色彩就映照在她小小的脸蛋上，这小小的瓦尔普加，她是那么细小。母亲就躺在她旁边，裹着一块挂毯，面朝着炉火，那只原本盛有胎盘和牛肝菌但眼下已经被吃空的碗就放在她身旁。

4. 德·圣科隆布先生的最后词语

莫姆每天中午都会去普兰廷印刷所，他就在那里雕刻纸牌图版和销蚀版画。这也是他每天吃午饭的地方。有时，在印图过程中突然会发现早已是深更半夜了，那么，他也会睡在那里。排版的房间就在二层楼上，俯瞰着河口。

哈腾先生终于鼓足了勇气。一天晚上，他大着胆子对德·圣科隆布先生说：

"先生，我很欣赏您的音乐。"

"彼此彼此，先生。"

"您来的那天，我就看到您了，手里拿着画笔，坐在您那房间窗前的长椅上。"

"您看得没错。我觉得我就像猫一样。我喜欢待在窗边。我喜欢光亮。"

"我喜欢阴影。"

"不，先生。您并不喜欢阴影。您喜欢闭上眼睛。"

"没错。"

哈腾先生接着话茬问道：

"您在创作一首歌吗？"

"是的，"他说，"可以这么说。我想我在创作的就是一首歌。"

德·圣科隆布先生把他的木头勺子放到桌子上。他推开他面前的那盆菜汤。他转身朝向哈腾先生。

"一首歌会留在我们的气息中，只要它已稍稍消失在了那里。"

哈腾先生什么都没有回答。

"那都是书本。"

德·圣科隆布先生接着说：

"当鸟儿鸣啭时，人们是很难在褐色的枝叶丛中看到它的。"

"没错。"哈腾先生说。

"它唱得越好，它就越看不见。"

"没错。"哈腾先生说。

"您身上可能有某种东西想最终成为一只鸟。"

"是的。"

"我内心中有某种东西会消失在幸福和一点点光明中。"

“是的。”

“你确定能用幸福这个词吗？”亚伯拉罕问他的老朋友。

“是的，纳坦。”圣科隆布回答道。

“那么，你就迷路吧。是时候了。”

“谢谢你，我的朋友。”

　　玛丽·艾黛尔跟她的孩子在一起。她来回摇晃她的小宝贝，孩子就睡在一个奇怪的柳条小桶里，那是老吕伊为安置她而特地编织的。莫姆前来跟她们一起参加了睡前仪式，那只是两个嗓音的一种浅唱低吟，直到小女孩的眼皮最终合上。

5. 阿卡迪亚

当人们从松树边上经过时，深色的松树皮就是一种情感。

它突然就散发出一种气味。

有四种状态。醒着，睡着，梦着，以及那先于世界语言的对自然的感受。

当人们离开山间小路，靠近葵花松的树荫下，它发酵的气味会产生一种就属于此地的恐惧。

大自然散发出气味，如同野兽散发出气味。

死亡有三种迹象。

嘴唇上的气息断开，当它离开嘴唇，当它整个地融入吹过的风中。

手腕上的脉搏停止，心脏不再搏动。

最后一个梦的运动，它就在眼睛后面搅动着大脑，它最后一次让性器勃起，却并非由心灵来决定，它只是在黑暗中感知到了黑暗。

当我们接近死亡时，某种东西可能会出现——这便是第四个迹象。也许，那是我们在出生之前就已知晓的在场。或许，是某种环境。有那么一种阴影笼罩住了我们，而我们的眼睛更增加了它们的无能。

两次，无缘无故，阿卡迪亚被毁。两次，它被一股神秘的狂风卷走。

首先，坟墓瓦解。

然后，强风一过，石板破裂。

1640 年的一天，在罗马，尼古拉·普桑先生画了一幅奇美的乡村图景。因为，他脑子中突发奇想，要把这永恒的一瞬间画下来。

一个牧羊人用自己的手辨认着他并不知道其意义的字母，它们就镌刻在一座坟墓上。

Et in Arcadia ego.[1]这就是牧羊人用手指头在墓碑上触摸到的那十四个神秘的字母。我也是，死神，我就在阿卡迪亚。我也是，死神，我属于似乎永恒的花园。幸福就站在这深渊的边缘，喜悦因此而增加。世界奇异的光明灿烂该归功于这一眩晕。

在他脚下，我们看到了一把镰刀的影子：这就是一个活生生的人所带有的影子，因为他是有性别的。

右边，是以往曾所是者，是使他前来此地者。那是一个女人。

每一个都是单独的。一个丢失的整体的一半。齐腰浸在死亡之水中。

哈腾：直到最后，她对我来说都是一个谜。

一个女人让我着迷。

我两次跟随她的身体。我跟随她的身体，它就像一道唯一的光前来照亮我的生活。这是我唯一渴望的身体，整个的，永不枯竭。她的手很想引导我的脚步。她为一种她所希望的生活而追随着种种计划，但是，她心中的愿望，

---

1 这句拉丁语意为"我也在阿卡迪亚"，指的是法国画家尼古拉·普桑的绘画《阿卡迪亚的牧人》，画中三个牧羊人正在辨识一块墓碑上的铭文："我也在阿卡迪亚"。

她追求的完美，跟我的目标并不相符。我认为，真正的爱是没有目的的。我认为，问题并不是要将他人驯化为人们所拥有的梦，因为，它们只是我们亲身经历的幽灵，它们只涉及我们自己。

图琳是个演奏家。一位卓绝非凡的、强硬的、强大的演奏家。

我们除了彼此相爱，还喜欢同样的音乐。

现在，我受了这么多苦，我还想，也许我是搞错了。

我本应该做一个蜂蜜蛋糕并塞住我的耳朵。

我绝不应该去听她的声音。

我只应该竖起耳朵听她红色的低音维奥尔琴的那七根弦。

我们本应该继续集中而又沉默地转悠在北欧的那些河滩上。

我本应该让她不由自主地挂到嘴边的词语悄悄地溜走，而不听到它们。

6. 安特卫普港

1658 年，博纳·克罗瓦先生画了安特卫普港。这幅精美的绘画，《从弗拉芒北部看过来的安特卫普港的景色》，高达两米，宽达四米。每个港口都朝向汪洋大海，仿佛紧紧地抓着无限。这一巨幅绘画显现出一种全黄色的纯真光彩。时值正午。那是小麦的黄，远超过黄铜或黄金的黄。那是太阳的黄。它散发出耀眼的光。

枫叶落在草坪上，在朝向公园的大平台的脚下。

吕伊瞧着它们随风飘摇，缓缓落下。他瞧着它们随风舞动。

现在，所有的枫叶全都落在了草坪上，在那里任由阳光照耀。在那里反射着光芒。在那里增加着光芒。

小女孩瓦尔普加，四肢着地，快速地爬行在了沙沙作响并瑟瑟哆嗦的落叶中。

这一次，我们没有拿出耙子来。通往公园和伸向运河边缘及浮桥的小径上的一切，全都像金币一样黄灿灿的。

此时，德·圣科隆布先生被人发现死在了奥斯坦德的海滩上。

他生于诺曼底。他有厄尔地方的口音，他常常使用 reching 这个词。他把 aubépine[1] 说成 aubarpin。

他喜欢在远离他家的地方演奏，在一棵巨大的桑树之中[2]，树的年龄可以追溯到国王亨利四世统治初期，而在当时，那位专制君王希望这地方能为他宫廷的王子们所穿的丝绸提供原料。

这位大演奏家的生平经历颇为奇怪，当他还是年轻乐手时，他曾经拒绝去凡尔赛，去国王的宫廷里演奏他的乐曲，他甚至还拒绝住到巴黎城里去，而大多数想成为他弟子的人则都住在那里，当他从他一生中唯一的一次旅行中归来，当他咨询了威斯敏斯特修道院的乐师之后，他在尚

1　这里的"aubépine"意为"山楂树"。
2　作者在另一部小说《世间的每一个清晨》中曾描写到，德·圣科隆布先生在家中花园的一棵巨大的桑树上搭建了一个棚屋，并在那里工作，拉他的维奥尔琴。

多斯勋爵的城堡里住了六天，希望能在那里，在非凡的音乐藏书中好好研究一下古乐谱，这是该家族的好几代人经过成年累日的积攒才形成的有相当规模的藏书，而就在这一番短短的逗留之后，他被扔进了北海的波浪泡沫中死去。让－巴蒂斯特·博纳·克罗瓦先生在几个星期前才刚刚见过他，就在安特卫普的港口，弗拉芒北部的渡轮上，与亚伯拉罕、奥艾斯特莱、图琳、玛丽·艾黛尔以及版画家莫姆为伴。他画了他们。他的最后一次音乐会是专为小女孩瓦尔普加而举行的，就在安特卫普的大教堂中，那是她的受洗之日。唯一的一次旅行就成了他死亡的契机。他是丧命于大海吗？他是自愿去死的吗？他是跳海的吗？玛丽·艾黛尔为什么要去他的船上找他呢，在她从英格兰的返回途中，在皮卡第的悬崖峭壁，黎明之前如此微弱的光线中？为什么要再见亚伯拉罕？而为什么他的朋友园丁吕伊会在安特卫普庇护所的花园里？上一年的夏季，图琳曾前去他家看望他，当时，她前往凡尔赛，并在那里得知了里拉琴演奏家哈诺弗尔先生在得到任命后的第二天那如此突然的死亡，当她见到他时，他拿出了产自他自己家葡萄园的酸酒来招待她，她觉得它稍稍有些苦涩，但很美味。然后，他递给她一幅很旧的油画，画面表现的是黄颜色的华夫饼，边上是一个装了红酒的长颈大肚玻璃瓶，还覆盖有麦秸。

它值多少钱？可以考虑修复它吗？华夫饼粉碎了。红酒变紫变酸了。

"是您的口味变坏了，"她对他说，"这幅画太棒了。它根本就不必修复。"

"而在您的眼里，图琳，它是不是稍稍表现了光亮？"

"一道惊人的光线辐射到了黑暗中，却并没有什么源头。这道光是壮美的，恰如这幅画是壮美的。"

"那既然您都看到了，我就把它给您吧。"

7. 贝尔尚的旧纸牌

版画家莫姆曾经送给德·圣科隆布先生一副古老而华丽的纸牌，那是在安特卫普的圣瓦尔普加教堂的中殿为纪念他女儿的诞生而演奏的时候所为。莫姆把他的女儿叫作瓦尔普加，因为当她从娘胎中钻出来之际，教堂的一阵钟声正好响起。那副旧纸牌制作于 1430 年代。他是从贝尔尚郊镇的一个古董古玩商那里买到的。那时候，纸牌的颜色分别为黄色、绿色、红色和黑色。这四种颜色很简单地把所有的动物分配为自然界中掠食关系的对子。

黑色的鹰隼用利爪抓住了绿色的鸭子。

人们欣赏一条皮肤呈鳞片状剥落的全黄的狗。它一边吠叫，一边气喘吁吁地追踪着红色的鹿。人们听不到吠叫声。不过，它的嘴巴至少是大张的。因为，这就是纹丝不动的图像所能说明的一切，无论它们看起来有多么生动。

也无论它们有多么令人着迷。它们只指定它们所展示的，却并不说话。就像从远处看到的所有自然景观所能做的一样，尽管那里头没有任何动静。

只有寂静才使他们活跃起来。还有我们的恐惧。

庇护所黑色的大餐桌上是多么寂静啊，在那里，色彩斑斓的动物图像稍稍撕碎了一点，在胶纸板和硬纸板那重叠而又易碎的厚度中自行剥落，自行脱节，自行分离。

8. 老吕伊

被人叫作老吕伊的那一位是亚伯拉罕最老的朋友。是比圣科隆布本人还要更老、更忠诚的朋友。吕伊是他的真姓，但他已经不再绘画了。当他是在用色粉作画时，人们能使用绘画这个动词吗？那个拿着一块铅矿的人，那个拿着一段木炭的人，那个拿着一根红血之棍的人，你给他一个什么名称才合适呢？首先，老色粉画家忘记了彩色粉笔。其次，他也渐渐地忘记了一种他周围不再有人说的语言的名称。即便是位于塔恩流域一带的加亚克这一名称，即便是西耶勒河岸的科尔德这一名称，也激不起他心底的种种回忆。那仅仅只是他嘴唇上的一些音节。什么样的心灵才是别的东西，而不是穿了孔的篮子？遍地长满木蓝的田野早已丢失了它们颜料上整个昏暗的美。他不再往他所碰见的那些脸上安放任何姓氏了。他带着尴尬，也带着些许内疚，对所有向他打招呼而他却已经辨认不出来的人回以致敬。渐渐地，他就再也抓不住他听到在他周围再三重复的那些词语的意义了。有一天，他看到了早先阿尔比十字军英勇时代中的他的那个学徒，见他正坐在公园里，沐浴在一缕阳光下，沐浴在春天第一缕娇艳的阳光下。他便放下手中的洒水壶，走近他以往的徒弟，他那个原籍布鲁日的小徒弟，此人来到了比利牛斯山地区，他叫作莫姆，他自己也变老了，他自己也头发花白了，他就坐在水池前的石凳上。

老吕伊来到他身边，轻轻地，慢慢地，小心地坐下。他怯生生地对莫姆提出问题。

"幸福，善良，荣誉。"他对他说。

"是的。"

"爱，复活，永恒。"

"是的。"

"这些意味着什么，我的年轻朋友？"

"都不是什么太重要的，您知道，我的老师。"若弗鲁瓦·莫姆回答说。

"什么都不是吗？"

"对，兴许什么都不是。"

"您知道吗，我的孩子，随着年龄越来越大，我有些爱忘词了？"

"有时候我也注意到了这一点。兴许您又变回孩子了。"

"我的孩子，变回孩子是不是一种毛病呢？"

"它不是一种病，但在这种情况下，您必须记住，当我们还是真正的孩子时，我们活得没有词语。我们甚至认不出别人为我们起的名字，此外，这些名字，这些姓氏，这些昵称也并不总是构成纯粹的荣耀。我们活得没有句子……"

"那又怎样呢，我的朋友？"

"而那时候，我们很幸福，我的老师。我们在儿童时代学会的整个语言是那么具有人为性。所以，无论我们到了什么年纪，它仍然是借来的。因此，我的老师，假如您看到我通过忘却词语的意义而想要达到一种什么地步，那您所做的就并非一种太糟糕的操作。这是一整套完全无用的和装饰性的东西，你用一点点面包屑都可以把它们给擦掉。"

"您是想说，到了时日的尽头，健忘是一件很正常的事吗？"

"至少，词语的分解是很正常的，因为，它们在一开始得以自我构成的基础，也即那些形象，其本身已经被抹除了。比方说吧，当我们疯狂地爱上某个人时，最好忘掉那些句子，因为那张脸就在那里。这是一个建议。但是，另一方面，人们所建造的一切都会细细地分解在自身的各种元素中，这不仅是正常的，而且是合规的。"

"我再说一次，我不明白您想说的意思。我的小家伙，请好好地跟我说，让我能明白。"

"小孩子们，非常小的孩子们，比方说，当我们只有小瓦尔普加那样大时，当我们在农庄的院子里，或者在草场上，或者在河边的卵石滩岸上，或者在眼前这个美丽的水池前玩耍时，我们就活在叽叽喳喳中，在叫喊中，在感叹中，在低唱中。一切都在鸣响，恰如鸟儿鸣啭。我们跳跃，我们入水，我们欢笑，我们奔跑在公园里、在平台上、在大自然中，有的只是快乐，根本就不用去拥有词语和名称。今天，在我看来，当时的一切甚至都是有目的的，因为，没有什么东西具有一种意义。"

"但是，现在，您刚刚有了一个小女孩，即便是在我住所的花园尽头，在我的木棚中，我都听到她哭着喊饿，当深更半夜之际，噩梦穿越她的头脑，突然把她闹醒时，我听到她嚎叫，黎明时分，当您把她放在便盆上时，我听到她尖着嗓子高唱她那火热的排便，假如我对您说到爱情、幸福、享受、善良、永恒呢？说到我们的永恒呢？您能给予我其中的含义吗？"

"我不这么想。"

"那爱情呢？您自己的爱情呢？"

"我不这么想。我爱玛丽，我疼瓦尔普加，但我并不认为能够描写那些朝向她们的运动，它们是截然不同的。"

"现在也不比以往更多吗？"

"现在比以往少多了！"莫姆很确定地回答说。

"但是，这个小瓦尔普加，她已经一岁多了，我昨天看到她在平台上，就在落了叶子的枫树底下，还在那么猛烈、那么热情地吃奶，抱定了她母亲那美丽的乳房，而她母亲则有一对蓝眼睛，蓝得就像两颗绿松石，当她拼命吞吃时，她还会不开心吗？"

"我想是这样的。"

"这难道不就是幸福吗？"

"我希望是这样。"

"若弗鲁瓦，请帮我一个忙吧，至少，请尝试着为我描述一下幸福可能会是什么，而不要不断地把我远远打发去见绿毛鬼[1]。这是一个我已经不知道含义的词了，但它那嘹亮的音节还在继续取悦我。"

"这个词其实结合了两个词，[2]先生。这个词连接了两个不同的音节，就像一个女人和一个男人在交配。这个词把

1　"远远打发去见绿毛鬼"原文为"au diable Vauvert"。

2　"幸福"的法语是"bonheur"，包含了"bon"和"heur"两部分，其中的"bon"意为"好"，而"heur"意为"幸运"。

好和幸运相加到了一起。这是两个小小的充满了快乐的词。Bon heur！ Bon heur！如果您愿意的话，这就是一个感叹词。这意味着人们希望接下来就将感到一种满足的喜悦。"

"您的胡言乱语是什么意思啊，我的学生先生？"

"这意味着，理想的事必须在恰当的那一刻发生。事实上，幸福是人们发出的一个预兆。"

"为什么那是一种未来而不是一种现在？而且，如果您说，一个预兆必须在它的环境中被人感觉到，那么预兆又是什么意思呢？"

"一种宣告喜悦的喜悦。您看到了吗？"

"不，我真的没有看到。"

"一种持续的甜蜜。"

"但是，一种持续的甜蜜又是什么？在我经历过的那些漫长悠远的岁月里，我是不是真的认识到了一种会不断延续下去的甜美？"

"突然间，全身的紧张感都消退了。一种彻底的和平在您的心灵中安顿了下来。这对您意味着什么吗？"

"但是，您说的话很可怕。一种彻底的和平，一种完全的平静，这就是死亡。弦离开了弓。手中留下的无非是一块木头，还有一根松了下来的弦线。您谈到了死亡。哦，不，我的小若弗鲁瓦。我不要幸福。我想要某种比幸福更鲜活的东西。"

9. 亚伯拉罕的宝藏

那是三月里美好的一天。老亚伯拉罕在阳光下光着膀子。他用尽全力压在铁锹的木把上。天气非常热。老人脊椎上的那一条条小骨都在滴着汗水。

他的白胡子，随着时间的流逝而显得稀薄了些，变得像一块黄色的湿布挂在他的唇下。

他的眼圈上有一大圈青黑。

玛丽·艾黛尔从他手中夺过铁锹。

"您为什么要这样苦苦折磨您自己呢？您已经不是那个年龄的人了，怎么还想在这么坚硬的地上挖土？在那么细微那么温热的燕麦底下，土地还冻得硬邦邦的呢。现在还是冬天。要想种庄稼还为时过早。"

"我正在寻找我曾埋藏了宝藏的那一角土地。"

"我们已经给您……"

可是，说话间，亚伯拉罕已经倒在了玛丽面前的地上。

此事非常奇怪。这衰老的身体，当它倒下去时，是非常缓慢地垂直倒塌的，就像一块柔软的破布。腿脚慢慢地松了下来。老人现在坐在了地上，抬起眼睛看着她。他满脸惊愕地瞧着玛丽。尽管他努力地用手撑地，推着地面，这干瘪而多皱纹的衰老躯体却始终瘫坐在滚烫的尘土中不能起来。于是，他们知道了，亚伯拉罕的双腿突然地就丧失了功能。

"我不知道，"他对她说，"我的腿已经不能走了。"

她拉着，徒劳地拉动着他的胳膊。她无法让他站起来。她前去找她的那个雕刻家丈夫，他正在庇护所餐室的巨大桌子上加工他的铜件。莫姆匆匆赶来，把老人抱起来，像抱孩子一样把他抱走，然后把他舒舒服服地放到他的床上，让他躺在枕头上。然后，由于看到老人很是忧伤，他就跑去河口对岸的弗拉芒北部，去找正在那里玩牌的奥艾斯特莱，想让他过来照看他一下，能跟他睡在一起，赤裸裸地，为他在目光中展现一点点他的美，在睡意中提供一点点他的热，在他身边向他传达一点点他的萌芽和他的力量。

就这样，半夜里，当他听到嘶嘶作响的喘息声，当他听到老人的喘息声艰难地返了回来时，奥艾斯特莱就抓住了他那骨瘦如柴的手。亚伯拉罕呻吟着，颤抖着，他的呻吟突然停止了。他就这样死去了。

XII

寂　静

1. 复活节

　　人们再也听不见海上的号角声了。人们甚至都听不到大海的声音了。某种东西消解了。在圣周期间，钟声也停止了敲响。马车被禁止上街。木底鞋也不准穿了。人们光着脚默默地行走，模仿着上帝的痛苦，要知道，他眼前只有痛苦小巷的斜坡，只有可怜的艰辛攀爬，而这使他陷入了谜团中——这就是死亡的奥秘。因为，死亡是奥秘。它是每个活着的生命以绝对的方式，也即以孤独的方式暴露其中的唯一奥秘。因为死亡是所有男女生者、所有小小生者都要面对的唯一奥秘，所以，也只有在生者状态下的寂静才与之相对应。

　　只有寂静，只有这沉重的寂静，这压倒性的死亡的寂静在围绕着他，因为只有他会突然接受它，并且熄灭在其中。

　　那是垂死的日子。

人们看到，在理发店中，在最彻底的寂静中，理发师正给顾客刮脸，而穿紫色或黑色衣服的市民的脸颊上则全是蓬松的、白花花的泡沫。两者全都寂静无语。

　　渔民不再被允许在木棚屋的市场中叫卖他们的鱼。在水手帽底下，他们不再松开牙关。他们甚至不再有权抽他们的海泡石烟斗[1]。

　　耕作者做出奇怪的哑剧动作，在石板路上展示他们满是货物的摊位和板条箱，因为他们不被准许向他们的老主顾吆喝。

　　人们被禁锢在寂静中。

　　人们用蘸了糖水的手帕来堵住小小婴儿的嘴，这样，他们的叫声就不会比大草原的猛兽更响亮——而平时，他们通常是会那样嚎叫的。

　　一切是多么寂静。多么温柔的寂静围绕着这个又瘦又高的白皮肤老妇人。

　　她就坐在靠近窗户的扶手椅上，从窗口看出去，看得见部分已被冻住的大海，看得见破碎的冰块，她正在缝纫。

1　上一段中的"泡沫"一词和此处的"海泡石"一词，法语都是"écume"。这里有文字游戏。

或者更确切地说，不是的：她正在做的是十字绣。

现在她放下了针。

图琳弯下腰检查她的作品。

她真的很想用她那手指头正在制作的这一方手帕捂住脸哭泣。她克制着没有那样做。她转向左边的窗户和那一动不动的大海。她把她那全白的发鬓收束成王冠的形状。她的脸又长又苍白。

她是那么美丽。

她在绣着一些神话场景，她在其中混杂了种种的回忆。

她用她一针一针地仔细绣出的这些场景，拭擦着或强忍住自己的眼泪。

窗户将明亮的光线投在她的脸上。

她站起身。

她走出门。

她从来就不锁上身后的门。

她沿着她眼下所在的波的尼亚岛的岩石走——她行走在嘎吱作响的沙地上，那上面已经覆盖了一层薄薄的冰。

她慢慢地睁开眼睛，是的，慢慢地，是的，简单地，朝向虚无，朝向不再移动的大海，朝向死亡。他说得不对吗？不，他是对的。无论是荣耀，是黄金，是赞誉，是世界，是音乐，是艺术，是上帝，全没有价值。甚至连死亡都不值得瞧上一眼。只有那拥抱，我们的身体在拥抱中投入触及心灵的爱，它穿透了活生生动物的心，因为那才是爱的直接源泉，只要人们能在它所指示的深度中感受到它。为什么我们逃避了幸福？幼鹿、牝鹿、牡鹿都崇拜它：它们全速逃离的只是威胁着它们的人。甚至连玫瑰花也崇拜它，不逃避它，不躲离它，而把它留在它们的雌蕊中，在它们的雄蕊中，在花瓣的阴影中。当太阳照耀时，它们只打开一点点花冠。它们闻起来很香，突然，就越来越香了。

勇敢不是没有畏惧。狂喜中还残留着一部分恐怖呢。但是，在惧怕的内部，究竟有什么东西如此珍贵？冲动的英勇无畏。这一无目的的运动甚至无视死亡。这也就是为什么每天她都会跳下水去，至少在冰还没有覆盖住海洋时，即便是在下雪天，即便有暴风雪，她都会脱去衣服，站在房屋前的岩石上，就在她那用作桑拿房的、会在其中蒸腾出所有的水还有黎明的奶的那个小木屋后面，一头扎下水去。

她等待太阳升达它的天顶——当人们生活在世界的北方时，只要稍微有一个天顶点，只要稍微有一个天底点就行。只要礼拜堂的钟声一响，她就会从棚屋中出来，身材苗条，肌肉发达，赤身裸体，热气腾腾，雾气缭绕，跑去，入水，游泳。

她喜爱水的所有那些状态，喜爱它们那独特而奇妙的形式：蒸汽、云、冰、雪、雨、湖、泉。

她喜欢活水。她喜欢在石头之间冲腾而出的热水。

甚至当它从大地深处冒涌出、沸腾时，她也很珍惜它。

甚至还有那热腾腾的飞沫，当人们俯身探向它的涌动时，这热雾就会覆盖前额、鼻子、眼睛。

每一天的上午都会在半埋于土里的桦木小屋中结束，棚屋上面覆盖有树叶，满是新鲜的木材和树皮，会噼啪作响，还覆盖有成卷的雪。

每一天的上午都会以这个赤裸的、燃烧的、热情的、攀爬在岩石上的女性身体而告终。

然后，面对着远处如此纯净、如此洁白的浮冰，她展开双臂，一头扎进了大海。

2. 关于疯狂

1673 年，达达尼昂先生[1] 在马斯特里赫特的城前被杀死。

这也太疯狂了，把它托给谁好呢？茜碧尔·冯·符腾堡公主让人把那天早上发现死在埃里库尔要塞沟里的那只鸟做成标本：它是因为霜冻而倒毙的，就落在她封闭的窗户底下，一心想进入她的房间里。她把肚子里塞满干草的乌鸦放在跟她的卧室相通的漂亮礼拜堂的祭坛上，就在十字架边上。现在，在勒叙厄尔先生所作的那幅大型油画《忏悔中的抹大拉》底下，就是一只死去的鸟儿在说情，在祈求。但是，黎明时分，面对着初升的太阳，这依然是一

1　达达尼昂先生（Monsieur d'Artagnan，1611—1673），法国国王路易十四时期的宫廷火枪队队长。作家大仲马根据他的生平写成了著名历史小说《三个火枪手》。

个存在，假如想要说实话的话，那就必须承认，它是在叫，而不是一般的聒噪，就在她的心中。上帝与他的创造物是如此难以区分，以至于，如果我们只能从中看到一种延伸开去的崇高混乱，那就没有什么是不可理解的。陪同着重又孤单一人的茜碧尔，陪同着坦然面对生命最后时刻的她的，是一些独特的弟子。茜碧尔公主如此频繁地梦见一头没有脖子的身子很长的公牛，它脑袋巨大，肤色异常地黑，长长的犄角冲天而起，凶险无比。有什么东西就挂在它的两只角之间。它吓坏了她。一个金色的圆盘。就在太阳的高升中，像是一颗高扬起的脑袋，像是一个向前挺拔的前胸，像是一丛被黎明时分的微风吹拂起的鬃毛，被空气的奔腾和流波所展开、所引领，那空气，冰冷、清凉、温和，最后光芒四射。随着脑袋冲下跌倒在饭厅石板地上的弗罗贝格尔先生那细长双手的消失，她也失去了这个世界中种种事物的一部分潜在的美。我失去了那些剪得很短的指甲，那些敏捷灵巧的手指头，那些又长、又白、又慢、又灵活、又敏捷的神奇手腕[1]，它们在悲伤歌声的波浪中移动得如此迅捷、如此轻松。随着约瑟芙的消失，我失去了穿越天空的、这世界的非凡发绺。随着维吉尔的角喙在霜冻中自行

---

[1] "手腕"的原文为"carpe"，这个词在法语中常常被用来指"鲤鱼"。

闭合，我失去了它那如此绝望的叫声。

在我的时日里挥之不去的光芒又在哪里？

"请隐藏好绿色呢绒和象牙搂耙。把它们吊在屋梁下。让我们假装祈祷，就像他们全都假装的那样。"

3. 哈腾的片段（2）

哦，那么小那么不起眼的小鸟，全身棕色，棕得像山毛榉的果实，棕得像苔藓下的黏土，消失在了黑色中，眼睑上带有白边，眼睛乌黑，紧贴着地面，藏匿在枯树枝中，几乎看不见。

二十四克重量。

歌唱得如此有力，如此纯净，穿透黑夜。

音乐，这死亡的悲鸣。

跟所爱的女人一起跪在地上真是一种疯狂的快乐。在她裙子的面料里哭泣，尽可能近地蜷缩在她的气味中，那几乎是一种催人泪下的快乐。这是童年的一丝遗迹。

没有任何什么在说再见。突然间，我便独自一人了。

4. 出发

图琳穿得一身蓝。玛丽·艾黛尔匆匆赶到木头浮桥上。她们彼此间热烈交谈着，她们的双手高高举起，她们的手指大大张开，光芒穿透它们，戒指闪闪发光。

他们清空了一切。

亚伯拉罕死后的五天。

所有这五个人——白发苍苍的老年图琳、突然就长成为男人的奥艾斯特莱、长了一双柏柏尔人和卡比利亚人美丽眼睛的玛丽、身材细小的瓦尔普加、穿着塔夫绸厚厚短上衣的莫姆——全都异常美丽。在灰色的蒙蒙细雨中，他们似乎是丝状的。远远看去，他们是如此之小。那是一些水滴在滚动，在落下。所有这五个人都穿着丝质面料的或带刺绣的衣服。它们都是深颜色的。

颜色深得如同银莲花的花瓣。

颜色深得如同五瓣花瓣的三色紫罗兰。在所有人中间，图琳显得如此高大。她穿着深蓝色的长裙，上镶有一条浅色的饰带，脖子上挂了一块有浅色浮雕的灰白色玉石。她变得异常细长、美丽。她的头发盘成了一个发髻，白中带灰。即便是莫姆，在他被损毁的脸上，也见有一些全白的头发。

艰难的四天过去了。突然，就像一阵风吹过一样。突然，在俯瞰着运河的那栋房子里，所有的人，所有人一起，全都急急忙忙地出去了。

这是一种神秘的匆忙，因为它似乎几乎一动也不动。

告别常常以狂风的形式出现。但悲伤同样也让他们在自己所做的动作中处于麻痹状态。

玛丽·艾黛尔，第一个，把她的红帽子拿在手里。

她女儿穿着鲜艳的亮粉色小裙子追着她，试图超越她。

奥艾斯特莱抓住了自己的马鞍。

莫姆正在桶里洗着他那还沾着黑色墨水的手指头。

"我们走吧。"玛丽喊道，已经骑在了马背上，脸颊上满是泪水，因为呼吸困难，她无法再合上嘴，她内心升腾起了如此多的绝望和焦虑。

她憎恶死亡。

她从他们面前经过，悲伤而又痛苦地尖叫着，她穿过了门，冲在了她自身的痛苦中，她那七岁的女儿小脸容光焕发，带着童年特有的甜美，搂着她的腰，用她纤细的大腿挤压着马鞍的皮革。

这一声"我们走吧"久久地回荡在运河的水面上。

图琳独自一人在平台上。她跟吕伊打招呼，他也是孤独一人。

不再知道自己名字的老园丁，那个神情茫然的老圣菲亚克[1]，目送着她离去。

图琳背过身子去，在她那全蓝色长裙上所点缀的小铃铛的叮当声中，爬上了石阶。

她身子笔挺，走在码头上。

她到达了那座像一个圆拱横跨在运河上的桥。

一把双颈鲁特琴就如同一座痛苦的桥。

图琳下了船，它已经成功地在港口的冰块之间划出了它的航道。从此，她就孑然一身地生活。

---

1 这里指爱尔兰圣人之一的圣菲亚克（Saint Fiacre），他从爱尔兰移居法国，在那里建造了一处隐居地，他也是园丁的守护神。

5. 图琳的片段（2）

夜里，突然，出乎意料地，她听到了他的喘气声。她感觉到身旁他的身体传来的温暖。她不敢靠近，生怕会吵醒他。她抚摸着他衣服上一小片黑色的缎子、天鹅绒的肋形胸饰、角质的纽扣。她丝毫都不敢冒险点亮灯，生怕一旦蜡烛的火焰生出微光之后，他身体那敏感的体积就会陡然消失。她感觉到他的在场，而他的这一在场，即便她闭着眼睛，也能在她自己的眼皮之内让她眼花缭乱。

"我都不再知道了，伊尔斯特德。我一直就弄不明白到底发生过什么事了。也许他喜欢别的地方，他用一张驶往黑斯廷斯的远洋驳船的船票，作为可笑的借口。也许他真的有这样的印象吧，认为我已经牢牢地抓住了阴影渐渐堆积之中的船舵，认定我正在把他带向地狱。"

她说，这是一个即使会饿死或冻死也非要留在树桩附近过夜看野兔的男人。没错，她对时间越发地不耐烦了，但是，她越是求他说话，他就越是少说话。他不说话，而一连好几个晚上，他又突然跑去了小酒馆，独自一人，一言不发，也不向她解释一下，甚至都没有想过要对她解释。这伤害了她。他了解一些麻木或放松的奇怪时刻，这对他来说同样也是痛苦和无法解释的。

即使在最伟大的爱中，也有一种眼神在责备着我们的不足。毫无疑问，是我们发明了这种目光。这一转瞬即逝的撇嘴很不满足于我们的付出。

从来都不说话的她，也曾有一次做了表达。她永远都在输。她就不再倾诉了。她再也没有对任何人说过，即使是对被她的关心和温柔所包围的伊尔斯特德，她也没说过她的心灵深处究竟有些什么。只是在很久以后，多年之后，在她离开位于悬崖之上的美丽的图苏拉湖的家很久之后，在她已经把它给卖掉之后，因为她在那里哭得太多了，当她在岛上避难时，她才开始对他彻底地打开心扉。

"我忘了对您说晚安。"

"晚安。"

"晚安。"

她会给他指出她曾在邻居那里，或者，更为经常地，在伊尔斯特德那里发现的种种音乐旋律——每年，她会在她那里安顿下来，住上一段日子，度过那些长夜漫漫的月份。她会非常准确地注意到她在周围自然界中能听到的如此特殊的节奏，这甚至都超越了旋律。她确信，他会喜欢以他自己的方式去模仿它们。晚上，她往往只瞧一眼就能破译一切似乎是崭新的东西，但她小心翼翼地从此以后不给出自己的情感。同时，在她失眠的时候，或者，在她黎明时分的长途漫步中，她有过那些与空无的对话，并无什么严格意义，稍稍还有点疯狂。它们就像是一些哀歌。她每天睡觉时，都会整夜地抱着那一件黑色缎面的紧身短上衣，它带有蓝色扭结的肋形胸饰，还带有牛角纽扣，那是他在黎明前如此匆忙、如此明确地离开时忘记穿上而留在扶手椅椅背上的。她从来就没有洗过它。她把它塞进床里，紧靠着她的脸，或者更确切地说，是紧靠着她的鼻子。她声称，十多年之后，当她抚摸或揉捏那缎子面料时，她依然能闻到他的上身、他的腋窝、他的胳膊、他的手指头、他的脖子的气味。有时候，内疚悔恨也会击垮她。她会承认，她为使他的艺术能得到更多的认可而向他提出的种种建议是错误的。当他对社交生活感到如此不适应，当他更喜爱一个演奏者如此间断性的、如此心甘情愿地无所事事的、如此让人欣喜若狂的、如此四面探听的、如此优柔寡断的、如此随便懒散的生活时，她为什么还要提出这大量的意见和建议呢？她不明白是什么抓住了她。她更不明白她又是怎么了。他无疑还不习惯那么被人爱着。但是，人们会爱得太过头吗？她要面对种种毫无根据的指责。她兴许还隐瞒了她太多的爱，把她的爱太深地隐藏在她的心底。她没有足够地证明她对他整个肉体的欲望。他兴许也没有想象过，她有多么爱他，她爱的是他这个人，而不是他的作品，至于他的身体，他美丽的特殊身体，他的气味，他皮肤的柔软，对她又是多么宝贵。于是，这个身体重新出现在了她面前，而她则再次开始围绕那个幽灵喃喃低语——她的手势既比以往更腼腆，同时也比任何时候都更大胆。她对他奇怪地说话，轻声细语，几乎只有嘴唇还在勉强动弹，而且越来微弱，在形成那些问题和回答的过程中。

"你不冷吗？"

"还好。"

常常就是一些很短的对话。

"这是你要的水。"

"非常感谢。"

6. 自身卷起来的信

　　她拉紧了长及膝盖的羊毛袜。她任由她长裙的下摆垂落下来。她正准备要关上抽屉。但是，她突然就在短袜子和长筒袜中搜索起来，她发现了一封自身卷起来的小小的信。她把它在自己的手指头之间展开抚平。她瞧着它，而她却并不需要瞧它。她又很机械地重新把它卷了起来。实际上，她碰触它只是为了能进入那一段时间中。她轻声说话。她喃喃低语道：

　　"当你不再在那里时，很难一直持续不断地想着你。这真的是太难理解了。"

　　正是她，在第一次离开时，把这张自己卷起来的字条留在了桌子上，它卷起来就像一张非常精美的带花边的薄

饼 [1]，就像一张卷饼："我将不会回来了。我爱你。等着我。"

她划掉了"等着我"。

这时候，她又拿起了笔。

她只是很仔细地抄写了前两个句子。

她把这张小小的字条放在装在套子里的鲁特琴上面，紧挨着她的那把不再使用的房间钥匙。

"我将不会回来了。我爱你。"

这句话一定让他心灰意冷了。

他们又见面了。他们又分别了。她又回来了，又一次回来了，但看不见。她回来了，以她那痛苦的形式，这一短暂的沉默片段。他回来了，但难以捉摸，要再一次出发，她那么渴望的这一身体。人们听到的某些词，即使是单独的词，即使是爱这个词，也足以使伤口干燥收拢。但是，人们能重读的这写下来的十个词，它们能让皮肤破裂。它们就像一把长矛，能刺穿肋部。我不想再见到你了。不。我不想再见到你了。永远都不。永远都不。

1　这里的阴性名词"带花边的薄饼"原文为"crêpe dentelle"，如果把它理解为阳性名词，则它又有"蕾丝绉纱"的意思。

然后：我都鼓足勇气回来了，你为什么还要第二次离开？

为什么我突然就想哭？为什么之前我的脖子在没有任何准备或证明的情况下会突然收紧？当我跑步，当我走路，当我在桦木小屋的火盆中做饭，当我跑着出去，当我潜入巴伦支海，当我游泳时，出于什么理由，我的胸口会抽得很紧很紧？为什么我必须突然坐下来？应该有什么东西在我体内停住了。我不知道究竟是什么东西停住了，但是，另一方面，我想我知道了那是什么时候的事。我似乎还记得，这发生在奥斯坦德长长的海滩上，或是在相邻的布兰肯贝赫的海滩上。我做什么了？那时都发生什么了？

我们的恶魔究竟对我们耍了什么花招？
主宰我们出生的不是守护天使，也不是仙女。
那是我们内心中的恶魔，是他们正在监视着我们。

为什么我们愿意在没有完成生命中最黑暗愿望的情况下就走向灭亡？

我是多么喜欢在你的怀里摇晃啊。

7. 哈腾的片段（3）

每个人都在他人的嘴里捕捉自己的呼吸。

正是这样，他们做到了生存下去。

Bärengraben.[1] 这就是熊的洞穴。

非凡的大型猫科动物的气味，它们在城墙下那如此强有力的叫声。

他追溯着阿勒河去往伯尔尼。

每天他都去城墙。

每天他都去看熊。

一天夜里，在伯尔尼，有什么东西把他吵醒了。他离开了他的小床。他走到窗边。月亮很圆。在森林的边缘，他

---

1 这是德语，意思就是"熊的巢穴"。

看到了图琳。她穿了一条非常漂亮的长裙，远远看去是银色的，她的上衣是浅绿色的，长裙本身是深绿色的，带有两块蓝色的镶片。她坐在一棵树的树干上。这只是一个梦。

当神出现在我面前时，我没有认出他来。

8. 雨水

她劈开了蓝色的水。

她欢快地尖声叫着跳入水中，甚至是尖声笑着跳下去的，脑袋冲下，就在浪尖朝她涌起的一瞬间，一头扎进了海浪的中心。

她喜欢让最剧烈的倾盆大雨突然打湿她的衣服。长长的防雨外套滴着水。当她回到家里并试图从脖子上解下羊毛围巾时，它简直就成了一团拖把上的墩布。

风不断地卷起她长腿上的裙子。于是，她用膝盖猛烈地推开一层层裙摆。风哗哗作响。她猛地一冲。她急匆匆而去。

狂风吟唱出令人难以置信的喧嚣，将灵魂从任何可能的想法中扯下来撕裂。

风阻碍了回忆的侵袭，让它无法前来令心灵眩晕。

只有劲风那不可思议的强力，只有海浪那超人类的力量，蛙泳时手臂的用力，行进时大腿的热情和坚定，重又给予了她一两个小时的热情、满足和欢快。一整天的勇气和坚强。

图琳在做梦。男人背冲着她，赤身裸体。他对图琳说，他得走了，他得毫不耽搁地前去海泽比，若是不那样的话，她就将死去。

必须快快地做到这一点。

兴许那是他的父亲？

她惊呆了，上前一把抱住了他的背。她久久地抱定了他。她把他紧紧地抱住。她感觉到他的臀部紧贴在她的肚子上。不，那是他。她喃喃低语道：

"哈腾。是你吗，哈腾？看着我。直直地看着我的眼睛。"

但他始终背朝着她。

紧接着，他们彼此对视了很久很久。他们一边哭着，一边看着对方。是的，就是他们。是的，她握住了他的手。很长时间，很长时间，她用手指头抚摸着乐师那柔软的手背，她对他说她会用尖刀刺杀他。

他什么都不回答。他低下了头。

"哈腾，看看我们吧。我们要分开了。这是要去死了。我必须杀了你。"

她停了下来。

荒野上，女人的围裙和男人的长袍突然就在风的跳跃下膨胀了。

这个景象吓坏了那个梳着长长白色辫子的如此瘦高的老妇人。

她往后退了一步。她这是不由自主的。她往后退了一步。

然后她意识到，所有这些围裙和紧身短套裤全都挂在一根拉在桦树之间的绳子上。

这些空无的形状在抱怨。她以为她认出了那些穿着它们的人，那些早先曾穿着它们的人。这一景象让她感到不安，这让她整整一个白天都感到不安。

9. 图琳的片段（3）

"当我回到我祖父母的农庄中，冰天雪地中，面对着波的尼亚海时，我又做了我还是小姑娘时常常会做的一个梦。"——她在自己生命的最后几年里对伊尔斯特德坦承道，那是在她死去前的两年，在漫漫的长夜中——"说实话，我当时实在还太小，根本无法理解到底是怎么回事。一个男人从海水中出来，浑身滴着水。这是一个我并不认识的男人，一个并没有我父亲五官模样的男人，一个留着大胡子的男人，他全身赤裸，但他的外形，非常毛茸茸，非常色彩斑斓，非常特别，这些并没有唤起我心中的种种回忆。他肥硕、胖大、赤裸，像是一头死去的熊，已经被萨姆的猎手剥了皮。我一直以为，这男人的阳刚之气实在新鲜，令我震惊，他朝我伸过手来，把我从熟睡中唤醒，他想不惜一切代价，不是要占有我，而是要告诉我一些事。那应该是一件很重要的事，但他却不敢明说。他跟我靠得很近很近，但他下不了决心。他似乎很纠结他的性器会充血。这性器显现出一种纯粹的蓝色。这性器就是一株风信子。当我今天晚上，在漫漫长夜中，在你身边回想起它来时，这个梦的种种特点就又浮现在了我的脑海中。即便这一风信子的球茎是透蓝透蓝的，依然要更蓝，几近于青绿色。我认识一个住在安特卫普的年轻女郎，一个很年轻的母亲，她的眼睛就蓝得跟这颜色一样。它们是青绿的，像是大海在夏天会变成的颜色。这个梦又回来纠缠我了，而我则跟乐谱抄写员哈腾生活在一起，他是那么清瘦，那么不带傲气。那么不够有傲气。他是那么温柔。当他在我身边时，他是那么体贴和细心。当他在他周围延伸的这个稍稍有点奇异而密集的世界内部进化时，他竟又是那么专注，甚至还有些欣喜若狂。"

自从我梦到这个梦的那一刻起，总有一天，大海之神希望问我的事就将从他的嘴唇中说出来。我敢确定。我不知道他的嗓音是什么样的，但他听到的对我倾诉的声音，将会像一条白色的横幅一样在他的嘴唇上展开。他把他那满是泡沫的胡须向前伸过来。他的身体，形似一个大桶，是那么充满活力。他是那么令人印象深刻。有一天，也许会是我来直呼他的名字，会是我来抓住他的胳膊。

"您相信吗？"伊尔达（伊尔斯特德）·冯·埃森贝里

问她。

"我敢确定。当我说我敢确定时，我的意思是，在我的梦中我敢确定。我的身体膨胀了。我的一切都在等待他。我的髋部。我的肚子在等他。我的乳房变得巨大无比。它们同时伸展开，并且重重地垂下来。我知道那是假的，但我觉得，它们触到了地面。"

于是，图琳和伊尔斯特德轻声唱起了她们童年的间奏曲：

> 天拱之下有三座山。
> 海拉，海姆的水龙卷。
> 卡累利阿的卡特拉科夫斯基。
> 在伊马特拉的富奥峰。

10. 奇怪的海滩

丢进火中的太嫩的树枝，当它们由被切断的那一端燃烧起来时，会发出呻吟声。

而在另一端，它们则会低声细语，发出一种没完没了的吸吮声，一开始时还如此饱含有某种阴谋诡计。这一啜嚅的耳语与某种唾液般的东西混合在一起，而那唾液就在它们发白和发绿枝条的嘴唇上蠕动，在那里嗡嗡直响。这是两种截然不同的声响，但它们却以令人难以置信的和谐方式相互伴奏。它们就留在枝叶里，它们哭泣，它们滚动，它们颤抖。

有一些更为黝黑的粗大木柴，充满了对吠叫的狗的记忆和灵魂，想当年，那些狗曾经随时准备追逐公鹿，寻觅猎物。

这是一种如此特殊的寂静，就像已然消失的音乐浪潮的伟大运动留下的寂静一般。

突然，它停了下来。

那乐师把手从键盘上移开。

人们瞧着胡桃木的键盘，黄杨木的琴键，乌木的琴键。这个在寂静中闪闪发光的光秃秃的摊台，是一片浅滩。

当潮水退去时，乐师的双手仍然高举着。

而人们在那些悬于键盘上方的双手中看到的寂静，渐渐地进入了心灵中。

在波罗的海，海岸在春天的融雪中崩塌。

解体之音在海浪之声中被摧毁。它很少听到自身。

人们所渴望和喜爱的他者的身体，是一片脱得干干净净的海滩。

大海抛弃了世界。

肌体和皮肤把发夹、耳环、手镯、腰带全都丢弃在了身后。

还有围裹住喉咙并支撑它的布带。

鞋子的系带。

图琳说：

我喜欢你的脚。

最后的那个小脚趾的趾节上覆盖着金色的短毛。

我喜欢用我的头发来抚摩你的脚。

就连上帝也说——对着在炉子的角落上咕哝并咆哮的玛尔姐——松散开来的头发是爱的信号，更是爱的最好部分。

一天，生活脱下了衣服。

最后的那些日子，最后的那些年代，经历过的生活的面目被解开，就像当海潮退去后，一片片碎屑留在了海滩上那样。

人们行走在零零星星的宝藏之中，但那里的一切都闪闪发光。

海潮越大，离死亡越近，那海滩就越壮丽。

奇迹就越不连续，就越广阔。

世界越深，黑夜越巨大。

无边无际的天空。

云彩，阵风，顶峰，猛禽，深渊，陡坡，寂静，积雪，无法理清的乱缠混结的阳光，突然间，一切都变得迷人了。

而且，眩晕（生命边缘处死亡的眩晕，与在蓝色大气层上方环绕地球的空间的眩晕相关）变得可怕和敏感了。

越来越多的幸福适应了这一高度，这一提升，这一全景的感知，而它却无法跟童年的强烈好奇心，跟成熟时期的沉思相比，无法跟这不再有维度的时间，跟这接近于想象的死亡之洞之上的虚空相比。

XIII

山之路

1. 瓷砖画 [1]

　　哈腾收到他兄弟们写给他的一封信之后，就赶往米卢斯出席他养父的葬礼。他那些所谓的兄弟还算不错地接待了他，待他彬彬有礼。他看到他少年时期住过的房间依然如故，毫发无伤，完好无损。由两兄弟掌管的呈长条形的米卢斯乐器店生意还算兴隆。在住宅中，他让人取下了原本镶嵌在卧室墙上的两幅葡萄牙瓷砖画。一幅来自里斯本，再现的是河湾上那高高的贝伦塔。一个身穿白色长袍的年轻女郎在塔顶上，像一只巨大的海鸥一样，一跃冲向了天空。她大大地张开两只白色的翅膀，在碧蓝的天空中翱翔。在她下方，河滩上，一个男人仰面躺着，在波浪中奄奄一息。另一幅瓷砖画则来自杜罗河上的波尔图港，表现的是一个美丽的花园和一棵有一条蛇缠绕在其枝条中的树。树

上的果实底下，一个赤身裸体的女子把一只手搭在一个正跪在地上瞧着她的男人的肩膀上；那男人也脱光了衣服，把他那张长长的狂喜的脸转向她。他们的赤裸对他们的目光就已足够了。没有人想到要去采摘出现在他们之间挂在一根树枝上的果实。

构成瓷砖画的那些砖片一旦彼此分开后，哈腾就把每块瓷砖都包裹起来，并小心翼翼地把它们分装在两个不同的箱子中。他拿走了那几枚金币，还有他童年时代记下的所有乐谱，当年他曾把它们都隐藏在了栏杆下，就在楼梯跟地面的接缝处，在一块地板的板条下。他下得楼梯去，去找他的兄弟们，跟他们互道再见。推车人把两个装了瓷砖的沉重箱子，还有装满了图书、袋子和一卷卷乐谱的大箱子，全都装上了推车。哈腾跳上车去，坐在一侧。他们沿着山路一路走向伯尔尼老城。

就这样，哈腾先生在伯尔尼过完了他的日子，这座坐落于阿勒河湾的古城，被熊群保护着，被深深的壕沟所环绕，被狗熊的叫声所蕴含。茜碧尔·德·默姆佩尔加德公主曾给他写过一封审慎而又高贵的信。是她把弗罗贝格尔先生死在她那城堡石板地上的消息告诉他。我是为这只耳朵作的曲，他后来写信给在海牙的惠更斯先生这么说，当时他接受了乐曲《哀叹帝国骑士弗罗贝格尔之死》的订货。我只为这只耳朵作曲，而它，至少不追求任何荣耀、任何光辉、任何认可、任何利益。真正的艺术家并不为自己的激情寻求任何未来。它的强烈程度就足以占据他的时间了。但是，友谊同样也是一种激情，它跟创造是如此不同，假如新当选的皇帝不把我们打发回家的话，那我们就将永远都待在一起。我似乎是在追寻着我那些歌曲的一个朋友，就像一条鱼热情地追随着水，那水携带了它，也必然跟它相似，既然这水激励了它，让它活跃不已，让它爱它自己。我创作了我的歌曲，我甚至都不需要让它们发出声来。我们曾经亲历的时代是多么黑暗的时代啊。我们在旅行过程中发现了何等的凶猛啊。有多少仇恨，多少不可调和的厌恶，多少残忍，世世代代地相传，密布于帝国的各省之间？有多少烟雾、闹鬼、瘟疫、宗教、愤怒人群的运动、可怕的恐惧、城市中的废墟、村镇中的废墟、港口中的废墟啊。要获得自由，要摆脱这种荒谬的恶意，该是多么困难啊。从人们鄙视那一场每个人都像苍蝇一样纷纷倒下的瘟疫的那一刻起，人们就变得多么被轻视。他展示了多么伟大的发明。他为生活中的每一个困难所即兴演奏和即兴创作的作品，又具有何等的勇气，又是何等的神迹啊。

2. 伯尔尼州的音乐协会

　　伯尔尼州音乐协会的女主席在米卢斯找到了他，当时他为参加养父的葬礼正住在他兄弟们的家中。正是那个商人的儿子们按照父亲留给他们的遗嘱条款将父亲的死讯告诉了女主席。她对哈腾先生说，他的名声很早就传到了伯尔尼城区里，但她从来就没有运气能亲耳听到他演奏自己的作品。当她提出这一要求时，他便同意为她表演他的一些鲁特琴作品片段。至少，他不敢拒绝她，那可不是他的行为风格。她欣赏了他很愿意在她面前演奏的高难度曲子。人们还端上了中国茶。她找到了方法来让他叙述他的生活。为了喝茶，她摘下了面纱。她已经上了年纪。她的脸仍然一副冷漠样，但人们从她的手看出来，她为自己能待在这里是多么激动。第二天，她又返回来。那时她戴上了面纱，她用她那干巴巴而又慢吞吞的嗓音，用德语向哈腾提议，请他住到伯尔尼附近她所拥有的城外住宅中去。

她说她母亲已经在两年前去世了。在那里，他将享有一个独立的套间，在那里，他可以在最彻底的安静中最方便地工作。如果他不愿意，他甚至不会被要求跟她一起吃晚饭。当然，如果他愿意，人们也完全可以把他的菜汤和面包丁专门送上楼去。这样，他会像一个僧人一样，生活在他那修道院的单间里，他本无什么别的关注，只关心他的祈祷，他本不是什么别的，就只是他的孤独，他通过冥想加深这一孤独，或者，很简单，他体验它。一个很美丽的公园围绕着她乐于用毕生精力去维护的住所。如果他想出门的话，他尽可以好好享受这个公园的景色。她一直就生活在这个地方。她母亲也是回到这里来之后才去世的，她拒绝孑然一身老死在她当年出生的那个位于布赖斯高的叫作施陶芬的小城镇中。很久很久以前的某一天，她母亲被困住了无法走动，因为一个又一个雪堆减缓了把她带往巴登疗养站的车子。直到漆黑的夜晚，她才独自一人来到了温泉疗养院。她被安排到了两套用于温泉治疗的套房，打算在那里待上一个月。她让人把她的行李箱扛上她自己选定的房间，因为那是最宽敞的一间。当她在她的箱子里找一件睡衣时，她的蜡烛熄灭了。她在黑暗中抬起了头。窗户中映衬出一片天空，但她在其中却什么也看不见。忽然，有一个影子从她面前掠过，猛地将她撞倒在她那大大敞开的箱子的黑暗中。她甚至都没能及时叫喊出来。这一夜间的强暴，并没有一张让人认得出来的脸，她都不敢跟任何人讲述，她也永远都无法报仇雪恨，这渐渐地让她心中充满了绝望。她的血再也没有回到她身上。她隐居到了巴登的高山上。她一直就没能从中走出来，直到她后来生下了一个小男孩，她给他起了一个名字叫汉斯，并把他托付给住在莱茵河对岸的米卢斯的一个专门销售乐器的男人，而他正好在米卢斯和巴塞尔之间的田野中租下了一栋漂亮的乡下房屋。这栋房屋，她把它送给了他。最初，在成为乐器的批发经销商之前，这个男人原是一个制作管风琴的手艺人。这个男人——他姓哈腾——也把自己的姓氏给了那个孩子，并给他起名叫朗贝尔，就像他称呼自己时那样叫。到后来，那个女人每每见到男人时，都会情不自禁地怒火万丈。即便是那些牧师，她也会躲着他们。即便是老人们，她也不愿见。她注意到了她的那些遗憾。然后，则是她的那些梦想，而它们也渐渐地变成了复杂的感叹，充满了浓烈的乡愁，无疑是痛苦的，却又是非凡的。那是一些体现出一种大美的诗歌，类似于保罗·弗莱明的作品，用德语写成，充满了谜团，她在伯尔尼用一个男人的名字出版了它们。她选择了奈德哈特这个名字作为她的笔名。她后来也以这一名字而出名。

这个故事，她没有跟他说。她什么也没告诉他。

也许，他们是在他们的脸上发现了它。他们在他们的眼睛里捕捉到了它，在那里读出了它。他们从来都没有暗示过它。

那是山坡上一栋很漂亮的房子，被横七竖八的爬山虎、非常茂密的常春藤所死死缠定，简直就是一座藤蔓的小山。这藤蔓是如此茂密，其拥抱是如此绝对——其拥抱同样也是那么专横，在树干上、在墙壁上、在屋顶上，就像爱可以在心灵的欲望、梦想和想象中一样专横。

一道奇怪的门廊，由黑刺李构成。然后是一条黄杨木的小路。

一道雾幕，雨幕，面纱之幕，永远地围绕着它。面纱或薄雾增加了山和覆盖着它的巨大松树林的阴影。在屋内，摆设了过多的家具，装饰也很过分，显得很局促，很黑暗。地板上，人们慢慢地前行，生怕会碰撞上一把敌对的扶手椅，或者一个充满敌意的抽屉柜、一个摇摇欲坠的陶瓷佛像。她从来没有告诉过她儿子他其实就是她的儿子。周围也没有任何人知道她就是那些诗集的作者，而它们曾引起了那些爱书之人的注意。她拥有了第一盏煤油灯。

3. 黑夜芭蕾舞 [1]

前厅里挂着一幅大幅的绘画，这是他走进屋子时第一眼就发现了的。它就位于音乐协会那个大客厅的前厅。人们总能在那里看到它——甚至可以说，人们根本就不会看不到它，因为它就在人们正面所对的高度上。伯尔尼音乐协会向来就存在着。从五月到九月，它也一直就在运作着，在离城内稍稍有些距离的地方。这幅画的尺寸是如此之大，竟然都碰触到了巨大的灰色大理石壁炉的石头角落。覆盖着画面的清漆会闪闪发光。画布几乎全都是黑乎乎的颜色。它的高度超过了宽度。它的非同寻常还在于这样一点，人们越凑近它看，就越是不理解它。它属于一种陈旧的笔法。

---

1 这里是直译，与下文中版画的"黑色法"相呼应。原文为"Le Ballet de la nuit"，这也是"Ballet royal de la nuit"的俗称，指的是一出叫《皇家芭蕾舞团》的宫廷芭蕾舞剧。这出剧于 1653 年首演。据说，年仅十四岁的国王路易十四亲自在其中出演太阳神阿波罗这一角色。

这个地点到底在哪里？这个时间又出现在什么时候？它发生在什么时候？是不是在 1610 年，当国王被杀死在他的马车中[1]，身上还留着一把农特龙的木柄刀的时候？还是在 1640 年，在动乱最厉害的时期？是在 1652 年或是在 1653 年，在那个所谓《黑夜芭蕾舞》的夜晚？要不就是在 1660 年，在 1662 年？人们越是进入它所显示的场景——在一条蓝色呢绒布上的一局纸牌游戏——中，就越觉得他们似乎并不是真的在玩。当然，那是在夜晚，但是在夜里他们什么也看不见。他们给人的感觉是在打牌，很显然，但是，在一种如此的黑暗中，他们有什么办法可以真的打牌，他们看得清牌面吗？因此，他们只是一些围着一张桌子假装打牌的人，桌子上铺了一条颜色像是一片黑暗中的大海的呢绒布。在那四个可疑的玩牌男人后面，有一个年轻女郎正待在大开的门的门槛上，她似乎正要离去；最引起人们注意的，无疑就是这个女人，但是她的眼睛因疲劳而紧绷；当她试图躲进深深的夜色中去时，她悄悄地瞧了我们一眼；她的神情很是忧伤；她漂亮得有些令人难以置信。她的长裙很是华丽；上衣是浅绿色的，她那榛子状的领饰也是浅

---

1 1610 年 5 月 13 日，已经当了二十一年法国国王的亨利四世坐着马车行驶在巴黎街头时，被人刺杀。

绿色的，裙子的主体则是深绿色的，翻领上有两个蓝色的长襟翼。深蓝。靛蓝。蓝得就如一片如此纯净的夜色，它会自行解开。那是复活节。那是焦虑的一星期。她的身材修长。她的乳房美丽、丰满、微微发亮。只是靠了紧紧绷住的衣料的那种凹凸有致，人们这才明显地感觉到它们，但这衣料在覆盖它们的同时，更是突显了它们。她的肚子一点儿都不显，但她的目光却是那么可怕，因为她那黑黑的眼睛在死死地盯着我们，它们是那么强烈，那么充满了痛苦。它们甚至都没有在跟我们打招呼。它们正瞧着我们，想要杀死空间中的其他东西，或者就为了自己死去。无论如何，她就那么瞧着她所看到的一切，就像临死前一样。但这是一个真正的女人吗？她难道不是更像一个母亲吗？在她的眼底深处，几乎没有什么欲望。她脸上的皱纹里充满了失望。由于她所携带的恐怖，在她周围蔓延开来的黑夜里，一切皆静止不动。在他们四四方方、全是蓝色的桌子上，如果说，那四个年轻男人显得如此专注，如此死盯着那些小小的彩色硬纸片，那是因为，实际上，他们是在假装没有在看那个正离去的女人。他们根本不想抬起眼睛，去凝视那个不惜一切代价要离开此地的女人。难道是圣母玛利亚要离去，走向那个以弗所港吗？她就是那个把儿子抛弃给死神，对花园失去兴趣，对墓碑不屑一顾的奇怪母亲吗？她就是那个如此神秘的女人，以至于连她自己儿子的复活也让她完全不相信，甚至兴许还无动于衷吗？或者，她就是那位非常年轻的美狄亚王后，正凝视她自己的那些孩子，那些如此美丽、如此精致、就在科林斯神殿的黑暗角落里玩着距骨游戏的孩子？他们也一样，他们对他们假装在玩的游戏似乎也一点儿都不热情。瞧他们的样子，就像是在想着什么别的东西，而完全不是他们扔到空中然后再用手背来接住的骨头。梅尔梅洛斯和菲罗斯无疑想到了他们尽管没有预见到却已感受到的迫在眉睫的暴力。[1] 他们都俯着身子——他们俩都俯身在骨头之上，他们仨都俯身在骰子之上，他们四个全都俯身在纸牌之上——他们全都像是俯身在一个深渊之上。他们被游戏之下正进行着的游戏外的东西所吸引。他们并不在场于他们正在做的事情中。他们可能还活着，但他们都不在那里。或者，至少，他们面临的是别的东西，而不是一局法罗纸牌或者一局埃卡泰牌戏。他们面临着一个奇特的幻象。他们预感到了他们的死，但他们面临着的是某种比死亡还更可怕的东西。

1　在希腊神话中，梅尔梅洛斯（Merméros）和菲罗斯（Phérès）是科尔基斯岛的公主美狄亚与前来寻找金羊毛的英雄伊阿宋所生的两个孩子，他们后来被母亲美狄亚杀死，因为美狄亚发现伊阿宋移情别恋。

哈腾致惠更斯。城市的音乐协会让给我的住宅，让我心中满是欢喜。我在那里工作得出奇的好。它由一个圆形的客厅和一个漂亮的卧室组成，卧室带有一个露台，可以俯瞰一个小山坡和一条流入护城河的小河。在墙的延伸处挖出来一个不带明窗的长长的柜橱；一个女仆把它打扫得很干净，并且每天晚上都会在我出门散步的时候，往那里端去水。这一方便使得我所住的两个房间变得令人难以想象地干净、集中、纯粹、空无、响亮，摆脱了任何衣物。第一个是一个圆形的大厅，就开辟在人们聚集的那个高塔的塔体中，在那里，可以演奏音乐，而那些前来查乐谱的人，则可以听到相关的歌唱，弄明白它们是如何展开的。而要开音乐会，那可就得前往音乐协会的大客厅，它位于底层：那是一个长长的玻璃画廊，以壮丽气派的方式朝向公园，可以容纳一百多人。另一个房间被一个又窄又高的窗户弄得成了凹形，就在这窗前，我白天抄写乐谱，而面对着它，我夜里会安然入睡。我持续不断地待在这个房间里，从黎明的第一缕日光，直到下午的外出散步。大厅连接着高塔的楼梯。当太阳很温暖并且石头已经吸收了一些阳光之后，我就到露台上去工作。我把我的帆布扶手椅放在一个避风的石头角落里，就那样，蜷缩在城墙那厚厚的墙壁前，隐藏在果树木的板条箱后面。在大厅中，有一架两米四高的漂亮的羽管键琴，那是皇帝的那个军官当初给我们，给那女主席和我本人一个面子，亲自来到这里的时候借给我们用的。新皇帝极其虔诚，他想方设法地让人们忘记前朝，就把他的前任刻意收藏的乐器再度分散到了民间各处。在我的套房里，我让人在两面墙上都摆上了架子，以求能收集摆放所有那些为我定制的作品，所有那些我在归还原件之前都制作好了抄本的作品。而它们也为我提供了机会，能将它们展示给前来拜访我的其他音乐家看。我从木匠那里得到了一个又大又方便的书柜的使用权，尽管我还没有足够的乐谱卷以及印刷的乐谱书来把它填满，因为它所设计的壁龛是那么众多。我把我历次旅行期间所获得的所有那些阿奇鲁特琴全都摆放在那里，另外还有我所继承的哈诺弗尔的那把里拉琴，那是图琳前往凡尔赛时慷慨地拒绝接受其赠送之后的事，而她也就在那个时候遇见的哈诺弗尔夫人、布朗士罗什夫人和库伯兰夫人，而这三个人全都成了寡妇。石头的隔墙十分壮美，至少我很喜欢它；它又庞大，又古老；架子上的隔板吸收了声音，以至于它们只有在门的角落处才能够以美妙的方式继续反射；在左侧，我重新让人粘贴了那些葡萄牙瓷砖画，它们是我从米卢斯的童年老屋中带回来的。在那些架子上空着的地方，我就挂上了织毯大师的图样、玻璃制品大师的草图、莫姆的那些最奇妙的销蚀版画，用来减缓我那双颈鲁特琴还有大键琴的低音弦的共鸣。若弗鲁瓦·莫姆曾十分慷慨地送给了我一幅在安特卫普首印的画，那是他最漂亮的版画作品之一，当时我们是在亚伯拉罕家里的**庇护所**见的面，他的小女儿刚刚诞生不久。我向他表达了我对他的钦佩之情，这事发生在我把《版画第二书》拿在手中的那一天，我一旦在荷兰的一家书店中发现了它，一旦**翻**开了它的书页，我就把它拿下了。我对他解释了我之所以关注他那艺术的个人理由。布鲁日是他的故乡。兴许，我也跟他一样，除了是一个作曲家，一个演奏家，还更是一个版画家吧？很简单，音乐家们所谓的低音就是我的世界。一个专门雕刻低音的版画家[1]。一个雕刻萨拉班德舞曲的版画家。一个专门创造对比、创造痛苦切口、创造光明之架的创造者。莫姆的同样也称为黑版法的美柔汀手法[2]，它们的凹凸，它们的大胆，它们的秘密，它们那对阴

1　这里有文字游戏，"版画家"的原文是"graveur"，而"低音"则是"graves"，两者词形相似。

2　黑版法，法语为"manière noire"，是铜版画创作中的一种制版法，又称"英国法"，发明于1643年。意大利语为"mezzotinto"，中文译为"美柔汀法"。制版式时，摇动一种叫作摇凿的有尖锐密齿的圆口钢凿，使版面布满斑痕。滚墨印出一片天鹅绒似的黑色。然后在黑色上用刮刀刮平布满铜刺的版面，轻刮得到深灰色，重刮得到浅灰色，不刮得到全黑色，反复刮则成白色。关于这一技法，本书作者基尼亚尔在其之前的小说《罗马阳台》中已有提及。

影中的阴影所做的延伸，它们的厚颜无耻，它们的忧伤，都是无与伦比的。

4. 高山

哈腾行走在高山上。

他越过穿透了城墙的森林之门，离开了公园。他首先进入了杉树林。他开始在一棵棵树干粗大的大树之间的金色阴影中游荡。啊！他如梦般地想到，我对所谓爱情的最先了解，是一种我不断地感受到的怀念之情。那是我无法抹去的一种遗憾。我责备我自己的，正是我自己的逃逸。我相信这是我的标志符号：逃逸。逃逸在我的内心中，在我的周围，到处，全速地。令人眩晕的逃逸，就像令人眩晕的推力一样，它把我卷走，而无论我在做什么，或在想什么。它，它的符号，就是大海。它的快乐，就是大海的波浪。我，我就像一只羱羊，从一块岩石跳向另一块岩石。就像一只被猎犬追逐着的狍子。一头在悬崖峭壁上的羚羊。我要消失在土壤的深层中，就像一股水慢慢地流失掉，这就是我想要的。这一运动，从第一天起，从第一刻起，就是不可抵挡的。它并不是故意的，但我无法抑制它在我心中产生的悲伤。这就像是一块无烟煤，就在我的心中，这一拒绝变成了在我肋骨下的反射动作。这一悲伤突然就给我带来一种可怕的疼痛，毕竟它是那么烧灼，那么黑暗。我无法化解这一大堆焦黑的余烬，它会突然重又燃起火焰来，尽管层层叠叠的灰烬已经积得很厚很厚，连同那所有流逝的季节，所有离去的岁月。我根本无法猜测突如其来的火复燃的那一瞬间。我爱那个我原本无法爱的女人。那不仅仅是对她高大的苗条身材，对她白皙的皮肤，对她那会微微下垂的同样又长又白的诱人胸脯的怀恋，更是对她，对她本人，对她那心灵冲动的本质的怀恋。她，从头到尾都在逃避我。她，如此难以捉摸，如此不可碰触，到处都被海的声音所吸引，像一条鲨鱼那样在水中穿梭。这种对我错过的生活经历的依恋，就是我的深渊。不是那种面对面的方式。也不是那种在我脚下的深渊——而反倒是这一大群梦幻，让它重新被经历一番，把它摆在我的眼前，那才是我的深渊。这一深渊就是我生命的延续所挖掘、所不断冲刷成的逃逸，它会一挖再挖，它会一直延续。它就是这一空无，而正是在那里，第一次，她那令人无法理解的失踪把我丢弃，第二次，我那惊慌失措和无法理解的出发又把我丢弃。这就像一个空空如也的箱子，原本装有一把鲁特琴，一把双颈鲁特琴，一把维奥尔琴，一个大键琴的音响。这一空无，它在我心中以越来越无法慰藉的方式打开；这一"没有回归""永远没有回归"的空间，它就在我的心中无休止地扩展增大。它让我的心大大地敞开，没有轶事，没有希望，我所创作的一切都会去那里，都会在那里产生共鸣。这是空气的空无。正是这一空无，会把嚎叫的悲歌连接起来，而正是这一喉咙空空地嚎叫，这果断的嚎叫，是所有的新生儿从母体的生殖器，从母亲的整个暴力之中钻出来之后，从第一秒开始就会那样做的，它们投射到令人窒息的空气中，到地球引力中，到耀眼的光芒中。这个空盒子，这个空箱子，这个空房间，我那空荡荡的心，我那无人睡的床，我那除了我自己什么都拿不住的手。从第一个钟头开始，这一召唤就永远都不会变成一首歌。这就像鸟儿那样，它们的歌声总是处在哭叫的界限。这一呼唤始终在持续，始终在不断地上升，在我的肚子里增大，在我的肺里头张开，它穿破我的喉咙底部，就像一个痛苦的点，它侵蚀我，它掏空我。这一狂乱的弱点，我突然就在我的身心中感觉到了，它不断地屈服于风的最细微变化，它随着我的逐渐弱化而变得更为微弱，我留在海边的正是它，而在最遥远的波浪的运动中，在地平线那总是无限地迷失的、想象中的线条中，我已经看不见它的景象。这是一种告别，它不停地把我留在了无所事事之中，并不停地增加着它的距离。这是一种告别，它消除了一切。这是一种"不再再见"，它到处都被埋没在地球上万事万物那无形的、如此具有征服性的广袤性之中。正是这一熔岩，游荡在高山的皮肤下，田野的草丛下，树木的表皮下，岩石的棱边下，灌木的荆棘下。它慢慢溢出在女人的发髻下。它紧紧堵塞了男人的大脑。这是一小块地狱，在万物的缺席中燃烧，因为唯有肉体的剥夺与纠缠不休的梦幻形象在滋养着它。我原本如此想要创作这首乐曲，它本身也是如此渴望从那个被如此爱着的女人的嘴唇中冲出来，那嘴唇微微张开，露出了比小蜡花还要洁白的牙齿，形成小小的珍珠状，作为那可以被说、可以被喝、可以被爱之物的唯一源泉。从一个女人那如此深奥如此生动的嘴里涌出，而不是从一个制作精良的木头壳子中。可怜而又可笑的木制管子，空心的、上漆的、柔软的、虚荣的、完美的，这可是乐师赖以生存的乐器。他为他的生活而选择了它。这一长长的忧伤的廊道，这一深粉色的、桃花心木的、垂直而光滑的走廊，就在一扇被几根线拉紧的禁入之门的上方推进。七根缆绳。十八根软管。这一突然就变得空荡荡的回音箱。这一并不通向任何地方去的石头螺旋楼梯。

5. 帝国骑士

斯图加特，罗马，佛罗伦萨，曼托瓦，布鲁塞尔，鲁汶，吕贝克，哥本哈根，斯特拉斯堡，巴黎，伦敦，维也纳，慕尼黑，伯尔尼。

这些都是人们找到过 L. B. 哈腾的作品复制品的地方。

弗里德里希·威廉·查豪[1]保存了德累斯顿圣母教堂的管风琴。这是一个贪得无厌的音乐收藏家。他既慷慨无比，又贪得无厌。亨德尔曾为查豪抄写了乐谱，几乎跟哈腾做得一样多。

必须严格区分开亨德尔以 GFH 这一署名抄写的作品，跟哈腾以 LBH 这一署名而作的抄谱。[2]

1　弗里德里希·威廉·查豪（Friedrich Wilhelm Zachow，1663—1712），德国音乐家。
2　亨德尔的全名为格奥尔格·弗里德里希·亨德尔（George Frideric Handel），可简写为 GFH。而哈腾则是虚构人物，LBH，应该是朗贝尔·哈腾的简称。

最有成就的是米卢斯的哈腾的抄谱作品。

为什么哈腾并没有被封为帝国骑士，就像弗罗贝格尔那样？就像卡普斯贝格那样？

一个任何情况下都不曾被人渴望过的人，是不是注定就永远不会寻求被人渴望呢？而一个曾经不受欢迎的人，是不是注定会变得不可预测？倾盆大雨？狂风大作？争吵打架？台风沉船？就跟一阵狂风或死亡的爆发一样无法预料，一样突如其来。因为，这就是隐藏于忧郁的恐慌背后的诡计。

成为人们所无法预知的那个人。

穿越一个个季节，一个个日子，一个个同胞，一个个家庭。

反其道而行之，这就是逃跑的艺术。

跳往一边，便是舞蹈。

这是森林中狍子们迷惑性的一招，当它们被猎狗狂叫着追逐时。

一只狍子在恐惧深处的梦想是什么？

那就是森林中央的一片田野，开满了淡粉色的野生欧石楠，它可以在那里好好地歇一歇它的前腿了。

轻轻合上眼睑的那一片寂静。

哈腾对伯尔尼音乐协会的那位女主席解释说，人一旦激动起来，来到唇边的言语可就不是什么言语了。那些匆匆涌出，被激情所鞭策着的词语知道，承载起了它们的意义就不是含义了。人们就会称呼他为不虔诚的人。那些天启宗教是用词语来揭示自身的，因此，它们也正是靠着这些抽身而退的词语，来从这个世界中抽身退出。另一种命运从嗓音的实质中成长并冒出头，至少在乐手中是如此。这恰恰是乐手称之为音乐的东西。乐手们一开始沉默无声，而他们在自己的心中注意到，他们的喉结像一个弦轴那样颤抖不已，他们的喉咙打开了，然后，又像一个胸肺那样凹陷下去并且挖掘，他们充满了空气的肉体那可怕的空无在震撼，在激动。某种东西在里头踢腾，像是某种饥饿，或者是某种肠子在战栗。他们的肉体就已经是一种激奋之情。鸟儿们有一个歌喉，它就跟这一沉默的喉咙一样，忍受着某种叫喊的饥饿：它们的嗉囊是一个微小的可听见的洞穴，陶醉于空气，突然就不再忍受得住沉默了。激动的女人们、受惊的男人们，首先重新潜入哑默的那一层，它是如此更直接，如此更敏感，彻底地浸没在中间，在这极具动物性和古老的环境中，直到一种古老的语言突然涌现并重新出现，而它，则要比最初那些城市的诞生，比最初那些环石圈子[1]的出现还更早。这一歌唱之门就是这种古老的、不安的寂静，而这寂静在所有动物身上都来自死亡的寂静，或来自那寂静中对它们死亡的预感，而这寂静，能在它们躯体的周围，在把它们团团围住的永恒的威胁中被听见，就在树林中，在碎石采石场中，在高高的芦苇丛中，在蕨类植物中。这是捕食行为所特有的寂静。这是遭到死亡威胁的肉体面前的寂静。这是"死的寂静"。这一可怖的寂静构成了音乐的背景。动物无可比拟地高扬起它们的脸。音乐家们闭上眼睑时，就会在内心中计数他们注定会死于其中的这一寂静。

突然，他们同时重新打开了它们。他们看着对方。他们攻击。他们就在这已经变得无法忍受的寂静的中心攻击了这一寂静。

他们攻击了所有那些一动不动地全神贯注于它的人。

哈腾先生说：夜莺无须任何听众。黑夜之心于它就够了。

1　环石圈子（cercles de pierres），即巨石阵，又称索尔兹伯里石环、环状列石等名，是欧洲著名的史前时代文化神庙遗址，其最著名的一处位于英格兰威尔特郡索尔兹伯里平原。

6. 巴洛克音乐

哈腾对那位女主席说："当年我在斯图加特城符腾堡公主的宫殿中遇到弗罗贝格尔时，正是宗教战争时期，是三十年战争时期。后来，我在安特卫普，它叫 Antwerpen，或者叫 Antwerpia，见到这个非同一般的年轻乐师时，那是在一次自制力的挑战中。您看，夫人，我想，您称之为巴洛克书[1]的东西，您放在您这音乐协会中心的东西，很简单，就是战争之心中的战争。而我想到，两重奏直接就是从两人之间的对决中派生出来的，恰恰就在国王禁止它的时候。1640 年人们称作广板的乐章就被人叫作了阿勒曼德舞曲。巴洛克世界又是什么呢？一首狂野的前奏曲。在我们这门艺术的历史中最具决定性意义的，就是这一前奏曲处女作，它对比鲜明，令人心碎，异常激烈，越来越不合群，可以

---

1 "巴洛克书"的原文为"Barockbuch"。

说很是私密的，闻所未闻。这就是弗罗贝格尔先生在我们所有人之前写下的 C 小调序曲，那是在 1652 年的 8 月末，那时候，布朗士罗什先生在巴黎好孩子街他自己家的楼梯上，当着他那些朋友的面，摔断了自己的脖子。这是我亲眼看见的一次坠落，在那一刻，它显得更多的是怪诞，而不是痛苦。什么是巴洛克艺术的令人震撼的广板，或者它那严肃的乐章？这偶然流下的鲜血，这飞溅得到处都是的鲜血，这以祈祷，以假装祈祷为借口而可怕地流淌的鲜血，它导致了种种越来越虔诚的冲突，我们历史上最残忍、最无端的冲突。五十万人死在日耳曼的土地上。它们全都是那一类决斗，所有的法兰西贵族、所有的意大利贵族、所有的英格兰贵族——甚至包括日本的武士——在消亡之前都发现自己原来是在互相残杀。"

　　住宅位于伯尔尼近郊的一处小山坡上，更准确地说，它永远处于山的阴影中。奇怪的是，哈腾先生总是从黎明时分起就开始祝福这座高山在平台上或者不如说在公园中形成的这一永恒的阴影。

　　下午，在这片依然增大着的阴影中，他会从森林的那道门离开清爽而又美妙的公园。看门狗会跟着他。一个东转转西转转，另一个则在山路上慢吞吞地走着。

一开始，他会带着狗走在小路上。然后，他会突然就离开它们：哈腾先生迷路了。那正是他的喜悦所在。

他故意迷路在了灌木丛中，在小树丛中，在荆棘丛中，在斜谷中，在横谷中，在森林中——他特别愿意迷路，因为他知道，无论他怎么做，那条狗都能找到归路。他自言自语地说着话，行走在阿尔卑斯山的森林中，攀爬在积雪的山坡上，迷失在成群的牲畜中，歇息在林中小木屋里：我相信，我们并不相信发生在我们身上的事。我们真是不幸！我们突然就挖出了一个空间，而就在这空间中，并没有离得很远的我们，把手紧紧地握到了一起，我们迷路了。

XIV

防波堤

1. 纸牌与统治

在一段无穷无尽的统治期的末尾，当国王老迈年高时，当他的身体变得虚弱无力，极度脆弱，肌肉酸痛时，当他乘坐着他的三轮小车，被运送在他那城堡中所划定的道路上时，梅内斯特里耶神父[1]就按照已经开始自发湮灭的社会所算好的四种类型而分发各种花色的纸牌。

刺穿上帝之心的梭镖交给了那些贵族。那是一种朝天挺立的长长的尖矛[2]。

红心则给了红衣主教和其他主教——他们尤其会把它看作祭台上的唱诗班，就在做礼拜的祭廊的后面，而那里错综复杂、迷宫般的雕塑则隐藏在虔诚信徒们的视线之外。

1　梅内斯特里耶神父（Claude-François Ménestrier，1631—1705），法国的天主教耶稣会教士，他也是纹章学家、编舞家、音乐理论家和音乐史学家。
2　"尖矛"一词的原文为"pique"，是阴性名词，后来它也用作阳性名词，意思就是扑克牌中的"黑桃"。

神庙的方块则给了那些商贩和工匠——他们就在木头支架上摆设摊位，出售各种产品，使用小小的铜秤在天鹅绒毯面上兑换硬币，在右侧的托盘上放上小巧的、精致的、令人悦目的砝码。

最后，人们所收割的三叶草给了农民，给了农庄的雇工，给了所有不幸的人——而燕麦、莎草、野苣、黑麦草、千里光草和荨麻则给了奶牛。梅内斯特里耶神父明确说：但是，上帝对每个人的原始状况和造物的普遍贫困并不做任何区分。我说的三叶草是只有三片叶子的那种草花：一片是男人，一片是女人，一片是孩子。这就是每个胎儿在母亲怀中变成婴儿时，在他睁开第一眼时所看到的，而母亲则刚刚通过推搡、喘息、尖叫、号吼把他娩出了体外。男人的所有阳具、女人的所有肚腹、婴儿的所有嘴巴、猛兽的血口、猛禽的尖喙、蛇的尖牙、花的花冠，向来都是活生生的元素，在某些方面是相同的，都极其苛刻、饥饿、叛逆。突如其来的富足是一种苦行，如同海上发生的灾难那样被给予了心灵。看起来，那些自认为是幸运者的人的贪婪，就像森林中的大火，没有任何东西可以止住它。可以肯定的是，危机时期的贫困化以及它所引起的必然性，势必会激起不可抗拒的愤怒。悲苦在深夜里涌动。

2. 夜

室外，夜深沉，出奇的宁静。

最后一场音乐集会将会在七点钟举行。

图琳六点钟左右就来了。高山的阴影下，天已经黑了。她穿过门廊和黑刺李树。她穿越黄杨木林。她让人通知了他。她跟着女仆走。她爬上了塔堡旋转楼梯的台阶。远处，在石头沉闷的寂静中，传来双颈鲁特琴发出的一记声响。

女仆敲了敲门。音乐声停了。一个嗓音喊道：

"谁啊？"

她走了进去。她把装维奥尔琴的红色套子放在门边。她抬起她的脸来。她有多么美啊。他身子都挺不起来。她有多么美啊。

她走近桌子。她在他面前坐下，正对着他的面。她久久地端详着他。她张开了嘴，当她说话时，嗓音从远处传来。嗓音还是那样，它始终还是那么美，但是它从远处传来。她的嗓音不再直接触及他。它在第一个专门用于音乐的房间绕了一个弯。她也一样，他也一样，都在为晚上的音乐会做准备。

他们都没有动。他们坐着，静静地，各自面对着对方，各自都在努力呼吸。

她把手伸到桌面的呢绒上。她碰了一下他的手。但她的手并没有抓住它。她抚平了他那动作娴熟的手指。男人的这只苍老的手是如此动人。她是那么喜爱它的爱抚。

手还留在桌面的呢绒上。

这只女人的手，在桌面的呢绒上踌躇，它本身也是那么漂亮，又细又长。这张脸，这双眼睛，这一丝笑容，都是那么美。他爱着的这个女人，实在是太美了。

这一对在长裙底下隆起的乳房是那么美。

她穿了一条淡蓝色的长裙，远远看去像是银色的，外衣则是浅绿色的，长裙本身是深绿色的，上面有两条蓝色的镶带。

她的头发，在她光亮的额头之上，白如一堆积雪。

他们彼此间相距有多远？这个距离到底有多远？它的

性质是什么？是什么样的痛苦将他们分开了？

　　当她跟他说话时，他就瞧着她。这是潮汐何等高涨的大海，令人难以想象地高涨，在他的心底高涨得如此剧烈？朝前涌动的浪潮发出了多么嘈杂的声响。它的力量又有多么可疑。海浪引起的喧嚣又有多么迷人。她有多么不情愿地捂上了耳朵。她有多么干脆地一下子吞噬了灵魂。她又是多么厉害地消化了活着的那一切或者来自她的那一切。因为所有活着的全都诞生于她。
　　他愿意为她献出自己的生命。
　　他愿意为她献出自己的生命，但面对这片海岸，他却看不到任何海岸。
　　对面的海岸又在哪里？

　　当她走掉之后，当她前去参加音乐集会时，他发现他竟没有对她说过一句话。

3. 纹丝不动的旋涡

乐手们演奏之前的那种异乎寻常的寂静。

玩牌人在一局游戏之中那种无声无息纹丝不动的动荡。

钓鱼人高举着手臂，处在等待中，处在他们漫长的等待中，就坐在他们的船上，手臂纹丝不动，在缓缓流动的水中央。

变态者在其放荡中的担忧。那只是一个单一且仅有的梦境在回归。它用他们的闲暇像磁对铁一般地吸住了时光。

读者凝滞的姿势，一动不动深陷在扶手椅中，面对手中握着的小说。但就在他们冷漠的身体深处，作品的情节从上到下从内到外地扰乱了他们的心灵。

做梦者昏沉沉地全然无精打采，四肢全然沉甸甸的，只有他们的性器在每一次梦中都硬硬地挺立。它老不情愿地在他们的肚子上摇晃。他们的眼球滴溜溜地转来转去。他们的眼睛看到了那么多的图像，它们在紧闭的眼睑那细微而又极薄的皮肤下活灵活现。

猎人们弯着身子潜伏着，颤抖着，被树叶遮得严严实实，正聚精会神地等待着：他们大睁着的眼睛就等待着他们所不知的事情发生。

他们在舞台上再次相见。

一百个人坐在那里。大约有二十人不得不站立在玻璃窗前面。他们进去时，所有人全都噤声不语了。

在她表演完之后，他也没有对她说过一句话。

音乐仍然沉浸在它本身的悲伤中。

他们彼此一个为另一个表演，但一个接在另一个之后。

她的心灵正中央有一个死去的父亲。

他的时日中没有任何父亲。

图琳把她的维奥尔琴夹在两腿之间，她的眼睛在听众面前紧紧地闭上了。她默不作声。她伸出了手臂。

当人们听她演奏一段乐曲时，人们像是飞了起来，人们随着她那琴弓的舞动而高高地升腾，她的胸脯也跟随着她的肩膀而抬升，然后，飞翔把灵魂带往了一个看不见的世界。有那么一瞬间，她跳了起来。情之所至，她忘乎所以了。哈腾在她的边上哭了。她看到他哭了，于是就回过神来，在巨大的和弦中，她又回到了大海的边缘，世界的沿岸，回到了那一望无际的荒野。

人们听哈腾演奏时，情况就完全不同了，人们是在见证作品的诞生，它像是有些犹犹豫豫，然后，又有些出人意料。像是在本乡故土。而朝前一步，人们立即就踏入了未知世界。那是一片迷雾，然后，那是一层云彩。

男人们随身带来了一种来自第一天的失望，还有一种巨大的畏惧。

女人们则随身带来了一种令人难以置信的美，另外还有一种让人想象不到的空虚。

4. 哈斯的小号上的小旗

　　当老画家武埃[1]在1648年病倒时，就在整个巴黎全都起来反对摄政王统治的喧嚣时刻，他感觉在他的肌体深处有一种他还没有习惯的疲惫。于是，尽管仍然发着烧，他还是扶着他妻子的手臂，把他整个身体的重量压在他那年轻妻子的手臂上，步行前往奥古斯丁教派僧侣当年建造起了其修道院的那条滨河街。那里，距离国王准予他使用的工作室不远，它就位于卢浮宫内，正好面对着河流的右岸。他从一位工匠那里买下了一把天然的降B调小号，而那位工匠则将其一身的才华和毕生的精力全都奉献给了骑兵的音乐和猎犬群的号角声。回到宫殿之后，他就在他的画坊中，借助于几枚小小的铜钉，把一面有金边穗子环绕的蓝

1　西蒙·武埃（Simon Vouet，1590—1649），法国画家和制图师，因为把意大利巴洛克绘画艺术引入法国而为人熟知。

色丝绸的小旗挂在了这把小号的上方。他还把它画了出来，画成被一阵想象中的风给吹得飘舞起来的样子。这一后来被保存在尚蒂伊城堡展厅中的形象甚为奇异。那把静悄悄的号角就像是一条胳膊向前伸到空气中，像是一个乳房尖尖地鼓起在前胸上，像是一段神秘而又光亮的肌体顶起了一层被风给吹得鼓鼓囊囊的面纱。丢勒在死之前还真的画过一场大暴雨稀里哗啦地倾泻到一片黄色山坡上的图景。达·芬奇画过一个年轻女郎，站在浪花的边缘，望着大海。卡拉瓦乔则画过一面铁盾牌，在那盾牌上，他画上了他那乱喊乱叫着的像女神美杜莎一样的脑袋。而在武埃的这一幅画中，最神奇的地方就是约翰·威廉·哈斯[1]的一把小号，上面的小旗被风吹得飘舞不停。他死在了被重新围困的巴黎，临终时还充满了仇恨地一再喃喃低语不休。通过一些很偶然的机会，他重又发现了种种绝望、种种瘟疫、种种叛乱、种种骚乱、种种战争，还有他小时候就已熟悉的饥饿。他说，人最好还是到老了才知晓饥饿的滋味，而不是从小就知晓。他辨认出了河中忧愁之水的味道，那是他那

1　约翰·威廉·哈斯（Johann Wilhelm Haas，1649—1723），德国的小号制作师和雕刻家。这里的描述自有其"神奇"之处，那便是，西蒙·武埃的画大概无法展示出约翰·威廉·哈斯的小号来，因为画家武埃逝世的那一年，小号制作师约翰·威廉·哈斯才刚刚出生。

年轻的新婚妻子给他喝的，她有一个漂亮的名字，叫拉德贡德。音乐家吕利曾经讲到，在战争的第一年，他刚刚从意大利来到香槟地区，当时，他看到过一个男人饿得吃起了自己胳膊上的肉，直咬得连骨头都露了出来。为了忘却饥饿，他竟忘记了疼痛。因为，饥饿要比死亡更为糟糕。饥饿发飙。死亡扫荡。然而，短短几天里，武埃浑身的皮肤全都腐烂了，还覆盖了一层莫名其妙的斑斑点点，或者说是一层白花花的霉斑，像是悬崖上的石灰石，又像是潮湿墙壁底部的硝石。他浑身颤抖地走向死亡。他丧失了平衡，轰然倒下，却又想站起来。我不禁想起了另一个孩子来，那就是我以前的那个小男孩。他是多么漂亮啊！他咳嗽得多么厉害啊！他的脸色有多么苍白啊！他还不到两岁呢。他才刚刚学会走路，他也总是处处跌倒，磕得身上处处都是乌青。我们当时就住在工艺花园的附近，就在一个可以追溯到中世纪的很古旧的画廊的顶上，画廊就朝向那条以圣德尼为名的小街，它一直通向那个辉煌的白色修道院，假如人们前往那里，就会发现死去的国王们就安息在那里的一片惊人的寂静中，在那里，无论冬夏，总是有一个旋转木马在黄杨树的中间，在粗大的栗树的树枝下转着圈。在那些彩绘的木马面前，他的双腿开始惊奇地颤抖起来。在久久萦绕心头的歌声中，它们升起然后又降下。他拉住我的手，他把我拉向这一旋转不已的马厩。他充满了欲望，他十分焦虑。他抬起了他的腿。他把他战栗不已的小脚放进一匹涂了漆的光滑木马的锡马镫上。音乐升腾了起来，把他也提升了起来。他脸色煞白。他咬紧嘴唇。他骑在马上，他转着圈。他的围巾被风吹得挺立起来，抹掉了他的脸。

5. 大车嘎吱作响的车轮

　　我不知道那是为什么，随着我的手指头越来越费劲地握住一支毡笔的胶木笔杆，随着它们在电脑的键盘上变得越来越僵硬，在夜里，对我那啤酒酿造师叔叔的大车的车轮在邵兹小村中发出的那种嘎吱之声，我会听得那么清楚，而且越来越清楚。然后，我又听到了马儿离开了广场上教堂周围的石板地。我听到它们跌跌撞撞地跑上那条沿着我童年时的家延伸开的小街，进入我每年夏天会去度假的那个被森林所包围、所困扰、所主宰的可怜的小村庄，那是在默兹河即将穿越比利时边境之前的拐弯处。没有汽车。没有油罐大卡车。没有拖拉机。那是种种自然气味的汇集，树叶、干草、粪肥和泥土的气味。而马粪的气味跟牛粪的气味是那么不同。兔子的圆圆一团屎跟野猪的一截粪也是那么不同。牡鹿和牝鹿的屎是透亮的烟黑色，带有刺刺。公鸡的粪是绿色的。猫的屎球的气味很不好闻，然而，人们喜欢它超过喜欢世上的任何东西，猫会小心翼翼地用沙沙作响的枯叶把它盖起来，因为它自己也很讨厌那气味。

垃圾就是废墟。它们是回忆的一条条支流。

我的父亲在哪里？我的母亲在哪里？我童年时代在圣约翰教堂的废墟中吓唬我的那条狗又在哪里？核桃树下的那条小溪还在流淌吗？当它那细微的涓涓之流碰到了树根，在石头上滑过时，它还会喃喃低语吗？伊通河、韦尔讷伊，这些词对某个人还有着某种意义吗？它们还在对某个人意味着某种天堂般的东西吗？还有，那行走在波浪上并会一直爬上斜坡的水蜘蛛呢？那总是躲藏在树根下的蝾螈呢？

新长的皮肤当真会把扎在肉里的刺挤推出去吗？爱情当真能够回来吗，所有那些偃息了的回忆？我的祖母玛尔姐，如今她的遗体就葬在圣里基耶修道院墓地我祖父的遗体旁边，而早先，黄昏时分，她曾让一滴柠檬汁滴落在我手指头的伤口缝里，让扎进了小刺的皮肤疼得那么厉害。她说，某种紧缩——那是皮肤的一种抑郁——会在整个夜间产生持续作用，会让那根细小的尖刺，那根脱落的小刺，那根让皮肤刺痛痒痒的细毛刺，那死粘在那里的小刺痛，从手指头里头慢慢地挤出去。

6. 眼睛的疲劳

茜碧尔公主年事已经相当之高，看这世界的眼睛也越来越差劲。她实在很难分辨不同的物体，以至于当她的手或她的腰身接触它们时，往往反而会挫伤自己，让手脚肿起来。她会笨重地倚靠在大理石栏杆上。晚上，她会用手摸索着，贴着墙壁走。要想阅读，她就得用双手举着大凸面的放大镜，在书页上来回移动。当她很想看一看让人从她父亲书房中拿过来的挂毯，或者让人从维也纳宫殿的豪华大厅中复制的挂毯时，她最好还是闭上眼睛，然后在她自己心中暗暗琢磨图案的种种细节，昆虫，花卉，树枝，豆荚，贝壳，野兽，还有死在沟壑中的人，蒲公英，紫罗兰，蕨类植物，远处的蓝色湖泊和它们的小船，一望无垠的大海，非常柔和的浅蓝色，海鸥，海鹰，海妖，大地上各地区的不同鸟类，它们成群结队飞过平坦的海面。

她不再演奏弗罗贝格尔的作品，有时候，倒也演奏一下哈腾先生的曲子，不过，只是凭着记忆。渐渐地，她那依然算得上灵活的手指头开始有些迟疑了。当回忆丧失时，手指头又如何跟得上她的眼睛已不再看到的东西？

所以，她停留在了寂静中。

她并非不幸福。

她活在她的那些记忆中，有一匹母马在绝望之际跃入了虚无中，伴随有一位音乐家，手里拿着一副扑克牌，在一只黑乌鸦的注视下摔倒在了饭厅中，这温和的修理工和赌徒。

或者，她就留在那里，跪在她那呢绒的垫子上，面对着画家尼古拉·图尼埃笔下的有一只黑手的基督。那是她早年在她宫中认识的一个画家，当时，正赶上他回来看他在蒙贝利亚尔的家人，那地方，他管它叫蒙贝利亚尔，而她则管它叫默姆佩尔加德。

水的边缘呈现出一种琥珀色。

草地上盛开了雏菊。森林的边缘有些黄水仙。一片明亮的黄色。

正在死去的人的眼睛被水淹没了。

它们有时会布满一层层飘动得更快、颜色也更深的云。

但它们总是充满了一种不可吸收也不流动的迷雾，充满了耐心和静止的泪水。

这就如同一种来自死亡的露珠，它先是沉淀在了目光中，然后再浸入身体中，并且，就在钻入黑暗中或者坍塌在里头的那一刻，它把身体缩得更小了。

她进入了一种足以让那三十个人担忧的状态中，那三十个人正是构成埃里库尔她那宫殿之核心的成员。她于1677年离开了埃里库尔，当时，要塞已经被法国人团团包围了。她于1707年逝世，享年八十七岁，临死时她隐居在斯图加特一个修道院的单间中，跪在皇家祭坛的跪凳上，双手捧着一只干枯的已做成了标本的乌鸦。

实际上，蒙贝利亚尔的太公爵夫人曾经孤独一人生活。

但是，谁又不是孤独一人，绝对地孤独，神奇地孤独，过着他的生活呢？

一个人在母亲的肚腹里时是那么孤独。当她用尽全力把你从她的体内推出来时，你是如此孤独地出来，发出一记可怕的哭叫。她在好几年期间有过一个丈夫，然而，她却不能够说，她曾跟一个男人分享了生活。他当初深深地滑入她的体内时，也曾发出过他那物种的一记小小的叫喊声，但是，他却并不是由这些小小的叫喊声造成的。当她还是个孩子时，她更经常地睡在一个保姆的身边，这要比她在成人之后睡在成了她丈夫的那个王子利奥波德·腓特烈身边的次数更多呢，他一年里会肆意使用她一两次，那就是在跟王子们或者跟皇帝一起共进晚餐之后。她曾经认识了一个音乐家，一旦她习惯了他的在场，一旦她开始利用他的教诲，他就会不停地跨上他的骡子背，奔向欧洲的广阔天地，前往宗教战争的所有前线，去那里勾搭那些流浪者、游荡人、受害者、不幸者、野蛮人，就在那越来越危险，也越来越不确定的边境之外。而她，她则从来就没有享受过一个女人的生活自由，也从来没有过上她曾经希望过的日子，她始终就被牢牢地束缚在她做小姑娘时就已有了的内疚中，在童年时代令人焦虑的礼仪中，在她被指定居住的城堡的厅室中。

就连她的身体都不曾是一个同伴。

为什么她的身体仅仅只是跟在她身后，就像在地上移动的一个影子，就像一个远方的伙伴，而不是一个朋友？

男人的目光会掠过她的长裙、她的头发，仿佛它们并不存在。

她的乳房也从来没有引起过很多人的好奇，说实话，甚至也从来没有人用嘴唇接触过它们。

从此以后，那些不再能认出她来的眼睛，恐怕也忘记了她那已变得不那么尖锐的目光。

她觉得她的四肢都干枯了。偶尔，当她移动时，它们就会嘎吱作响。还有她的腰，当年她是如此喜欢骑在一匹马的背上并感受到它的力量，如今，这腰也在给她带来疼痛。她后背的最后几根椎骨刺得她痛苦不堪，仿佛这也是骑马所带来的一种奇怪痕迹。她手捏着一根银头的手杖，在地板上慢慢地挪动，非常缓慢，越发谨慎，全然一副很傲慢的样子，穿过那一团团令她警觉的身影和一条条飘荡的裙子，她的眼睛颤抖地舞蹈着，被吓坏了。

她尽可能多地待在自己家里——至少，是在由三个连续的房间所组成的套房里，就这样，她把自己关在了符腾堡公爵府的宫殿里。她跟那些服侍她的男仆和女佣说话越来越少。午饭后，她用低沉的嗓音给一个来自阿尔萨斯的年轻姑娘口授长长的信，这姑娘长得很迷人，会说五种语言，但公主对这一努力的投入越来越少了。

她的信件要寄往巴黎、罗马、维也纳、伯尔尼、弗里西亚群岛或者瑞典，或者寄往荷兰，给康斯坦丁·惠更斯，或者给他的儿子克里斯蒂安。

从某种意义上说，死亡会是一种自杀，因为，有那么一天，人们会停止照料在我们的体内仍然持续着的生命。

当突如其来的痛苦表现了出来并令人不安时，人们就停止了治疗。甚至，人们会忽略了对伤口的包扎，即便包扎伤口是合情合理的，而且是很有必要的。猛一下子，它只不过成了一种奇怪的懒惰，不再引起什么人的兴趣。人们任凭波浪向外流。人们在痛苦之流边上行着他们的慵懒，人们跟它一起分散在了它里头。也许，老化了的眼睛在空间中看得不那么远了，但可以肯定的是，它们对在那里可能突发的事的恐惧肯定要少得多。它们也不再仔细检查汇入阴影中来，并在那里再也不熄灭的种种夜间图像的任何异常之处。

7. 从爱中诞生的不安

晚上，茜碧尔公主一边瞧着炉火，一边就开始喝了起来。

她在她的梦中达到了多么快乐的境地啊。

她把拖鞋的一头滑进了炭火里。

在这座巨大的封建城堡里，实在是太冷了。

她猛然惊醒了。她在大塔堡的床上根本无法让身子暖和过来。天气实在太冷了。必须起床，必须下楼去拿一条毯子，把它束紧在约瑟芙的背上。她把压脚被从床上推开。她从床架上跳到地板上。然后，在地上刚一站稳，她立即就回想起来，她那么疼爱的马儿早已死了，早在十五年前就死了。她便待在那里一动也不动，双臂悬垂，赤脚踩在冰冷的地板上，身上只穿着那件领子一直高到脖子处的绣花睡衣。她重又躺了回去，脸颊上满是泪水。

8. F 小调低音

"睡吧，哈腾。好好地睡吧。留在我的肩膀上。我感觉你的肚腹在呼吸。你的气息多么温柔。睡吧，在夜的深处，在即将开始的五个月漫长夜晚的深处，不要在别处，就在我身上寻找你的梦想吧，我的爱人。"

二十年过去了。

有时，她喜欢说出他的名字，就在海浪那雷鸣般的轰隆声中。大海隐藏了他的名字。但是图琳还是说出了它来。

她不再频繁地在公共场合演出了，因为她旅行得少了。她向一些年轻的学生教授移调与和声，他们都是因为天赋明显而被她挑中的。其余时间，她就沿着海边漫步。或者，她就爬上俯瞰着大海的那个险恶而又多风的高台。或者，她就一头扎入湖边那广袤的生机勃勃的灌木丛中。在室外，当她在明亮的寒冷中行走，奔跑，在炭火的余烬上沸腾和流汗，跳入冰冷的水中时，任何的忧郁也就奇妙地全都冰消雪融了。

今天晚上，在伊尔斯特德家，我们演奏了布克斯特胡德[1]和布洛的作品，演绎的是圣科隆布先生的两把维奥尔琴的美妙合奏。然后，我们表演了哈腾的两部作品。升F大调第五前奏曲，然后是他在奥斯坦德作曲的那一曲F小调低音。但我无法把它们演奏到底。伊尔斯特德让我卡在了那里。最终，我也不知道我是如何在一连串激烈的和弦的帮助下才摆脱的困境。

今天晚上，在伊尔斯特德家，我们玩了纸牌，我们参与了游戏。

伊尔斯特德很恼怒、很恶毒，因为她输了。

她让自己卡在了那里。

我们一直玩到眼睛被蜡烛冒出的烟熏得直流泪，然后心情糟糕地上楼睡觉去了。

1　迪特里克·布克斯特胡德（Dieterich Buxtehude，1637—1707），巴洛克时期丹麦裔德国作曲家，管风琴演奏家。

她爬雪山。她脚踩着被霜雪冻住的岩石，她来到山口，她前进在危险的山壁上，那里的风刮得最紧。被遗弃在海岛中间山坡的一侧上，她变成了一个山脊。她不再呼吸。她屏住气息，屏住了嘴唇边上的雾气，成了雪人。

这一望无际的雪原，多么奇怪的、非同寻常的乳液，它侵吞一切，覆盖一切，让所有的颜色褪尽色泽，它从一个个屋顶滚落，吞噬了整个世界。

风吹拂着它那来自世界最深处的极端的衰老。它甚至来自星辰。

9. 不朽的纸牌

纸牌的寿命比它们玩家的寿命可要长得多了，他们把纸牌摆在眼前，并承诺会赢得很多很多。

而它们，它们却从来就没有输过，在牌局中，它们被重新洗过，被重新翻开，它们变换着它们的图像，臣仆与君王，婢女与公主，王后和国王，从一只手到另一只手，从一些手指头到另一些手指头，从一道目光到另一道目光，从一种爱的希望到另一种爱的希望。

人们在草坪上突然看到长了四片叶子的三叶草，因为人们在拼命地寻找它，那是高山与奇迹的承诺，是一种长久幸福的保证，是越来越奇妙的功绩的承担，是永恒生命的保障。

湖畔骑士兰斯洛特、特洛伊的赫克托耳、拉希尔，

在龙塞斯瓦列斯的罗兰、巴亚尔骑士，[1]

阿喀琉斯、死去的帕特洛克罗斯[2]、约拿单[3]、亚西比德[4]，

冒险森林的骑士，旧世界的骑士，

一直以来，你们始终专注于逃避众人的视线，分散到森林的乔木林和灌木丛中，蒸发在沙漠表面的海市蜃楼中，消散于汪洋大海的光晕和迷雾中，

像鹿那样逆向窜跳在小路中，

像羱羊，像神秘主义者，像潜鸟那样平铺地跃进在岩石的山嘴上，

像老虎那样奔腾在藤蔓间，

像野猫一样在焦臭的蕨类植物中把身子压得扁扁的，准备把你们自己都抹除掉，

1　这里提到的人物，都是扑克牌上的人物形象。兰斯洛特是亚瑟王与圆桌骑士传奇故事中的湖畔骑士，在扑克牌中是梅花 J；特洛伊王子赫克托耳在扑克牌中为方块 J；拉希尔是法国军官，也是圣女贞德的战友，在扑克牌中为红桃 J。另一种说法，扑克牌中方块 J 的人物是查理大帝麾下的骑士罗兰，他在公元 778 年战死于著名的龙塞斯瓦列斯山口战役。巴亚尔骑士是 16 世纪时的法国贵族，据说他在意大利战争中英勇骁战。

2　在希腊神话中，阿喀琉斯是无敌的大力士，在特洛伊战争中是希腊的"第一勇士"，而帕特洛克罗斯（Patrocle）则是阿喀琉斯的亲密战友，他在战斗中被敌方的英雄赫克托耳杀死，由此激起了阿喀琉斯的愤怒，遂出战并杀死赫克托耳，为帕特洛克罗斯报仇。

3　约拿单（Jonathan）是《圣经》人物，以色列王大卫的朋友。

4　亚西比德（Alcibiade，公元前 450—前 404），雅典杰出的政治家、演说家和将军。

把你们自己沉没，彻底消失在茎秆又硬又黄的芦苇、柔软无比的灯芯草、河岸边的蓟草、蓝色的雾气、苍白而碎裂的云彩中间。[1]

1　原文格式如此。

10. 维奥尔琴的消亡

只是在一个多世纪之后，约翰·塞巴斯蒂安·巴赫才从约翰·雅各布·弗罗贝格尔的手中接过了法兰西组曲的形式，那可是弗罗贝格尔早年间在巴黎，后来又于 1652 年到 1663 年 7 月之间在默姆佩尔加德城堡中完成的创作。正是多亏了鲁特琴演奏家布朗－罗谢、阿奇鲁特琴演奏家哈腾、里拉琴演奏家哈诺弗尔，还有他那位先后在维也纳、罗马和阿维尼翁等地给了他谆谆教诲的名叫阿塔纳斯·基歇尔的老师，I. I. 弗罗贝格尔才得以创建起一种新的可协奏的奏鸣曲形式，或者不如说，才得以强行推出这种支离破碎的新风格，而人们，即便找遍了整个欧洲大地，甚至还在地球上的各大洲都找了一个遍，也只是在 1650 年到 1660 年间的法兰西文学中才找得到这一风格。在几乎失明的拉罗什富科那里，在他那黑乎乎的房间里，那是在 1652 年，当投石党运动闹得最欢，布朗士罗什去世之际。在圣埃夫勒蒙[1]那里，就在他在泰晤士河畔、在威斯敏斯特附近、在圣詹姆斯广场度过的四十二年流亡生涯期间。在小帕斯卡[2]那里，就在他的姐姐吉尔贝特的寓所中，就在圣艾蒂安教堂附近，面对着玛丽·德·美第奇花园。最后，稍稍晚些时候，还在拉布吕耶尔[3]那里，在他位于凡尔赛城里的两室套房中，靠近城堡和花园，而其名称则跟一片原野一样美丽。

凯·德·埃尔弗鲁瓦先生[4]的收藏包括八十多把各种尺寸的维奥尔琴。其中一半以上是低音琴。它们突然之间就丧失了任何的货币价值。

旧时光的残骸，像他一样被丢弃了。

维奥尔琴消亡了，而钢琴则横空出世。

马扎林和拉辛喝着茶，他们就按照葡萄牙人的习惯把

1　圣埃夫勒蒙（Saint-Évremond，1613—1703），本名夏尔·德·玛格泰尔·德·圣德尼（Charles de Marguetel de Saint-Denis），法国作家、文学评论家。

2　指布莱兹·帕斯卡，他的三个姐妹中只有吉尔贝特（Gilberte Pascal，1620—1687）免于夭折最后长大成人。

3　让·德·拉布吕耶尔（Jean de La Bruyère，1645—1696），法国作家、哲学家。以其描写各种人物并深刻洞察人生的作品《品性论》而知名。

4　凯·德·埃尔弗鲁瓦先生（Louis de Caix d'Hervelois，1677—1759），法国作曲家，以室内乐见长，他也是一位卓越的维奥尔琴演奏家。

茶叫作 cha。

哈腾和拉莫[1]喝着他们的茶，用的是彩釉的碗，他们把茶叫作 tha。

图琳的手指头又落到了茶壶上。

她那只修剪过了指甲的大手抓住了茶壶的把手，把手缠绕着一缕缕紫色的酒椰叶纤维。她慢慢地倒出一点褐色的水，一点黑色的水，还有一点蒸汽。

远处，站着一个女人，背向而立，面朝大海。

她走在闪闪发光的前滩那湿漉漉的海滩上。她把她的毛巾放在沙滩上。她脱下衬衫。这是一个孤身女人，非常瘦弱，全身赤裸，她行走着，然后就进入了明亮的海水中。

1787 年，克利克四十五岁了。商店以及商店楼上的寓所面积达三百平米。待出售的有十一架钢琴，外加三个带七个踏板的强音敲击钢琴。很多的小提琴、中提琴、大提琴、低音提琴，牌子有伯努瓦－弗勒里、索尼耶、加菲诺、

1　让－菲利普·拉莫（Jean-Philippe Rameau，1683—1764），法国巴洛克作曲家、音乐理论家。

芬特。克利克先生在楼上的私人寓所中接待他的主要客户，并为他们奉上波尔图酒和茶，还有杏仁奶油馅饼，以及起卷的威化饼，而就在寓所的墙上，挂着不少版画，画面展现的是耕作者的回归，童年的蹒跚走步，在海岛湾口处被其发明的物件所团团包围的鲁滨逊。在海边，刚刚逃脱了海难的尤利西斯正把他的裸体隐藏在费埃克斯岛上一个灌木丛后面。一幅大型的油画摆在客厅的墙跟前。当初，克利克先生得到它的时候，并没有测量过，它实在是太高了，根本就无法挂在墙上。然而，他又不甘心把它转卖掉。画中，赫洛正要从高塔上腾空冲出，她伸展开了双臂，像是在天空中形成了长长的白色飞羽；她那紧身短上衣的布料被风吹得鼓了起来；她正慢慢地、无所畏惧地、充满爱意地融化到勒安得耳那赤裸的身体上，而那肉体早已被海水泡烂，并被塞斯托斯海岸上尖利的礁石弄得鲜血淋漓了。一个人飞在空中，另一人则在底下：但是，这就像是两个孪生的苍白身体，即将合为一体，就像两片贝壳，将在波浪的边缘，在泡沫和沙粒中结合在一起。在双扇门的左边，壁炉台上高高的镜子被漆成了灰色，还带有赭石色和金色颜料所点缀的木雕图案的装饰。其中映出一座漂亮的花瓶状的钟，它就罩在一个玻璃套子里，白色大理石的基座上还有碎铜片绕成的花环和饰带。在伊甸园里，夏娃把手放到亚当的肩膀上，为的是让他注意到挂在树枝上的果实高过她的脸，但是，他却只看到她，还有她的美丽。突然，钟摆让一段消失了的时间重新响起。时钟久久地停顿于这些损失上，它们是在向那些等待中的人发出信号。在大厅的四个角落，放着四把靠背呈里拉琴形状的椅子。这四把静悄悄的里拉琴让人想到了死于凡尔赛的音乐家哈诺弗尔，他重新恢复了里拉琴的使用，并且负责现代竖琴的制作。在丝绸窗帘的一角，有一个小小的紫香木抽屉柜，上面的台面是白色大理石的，下面的柜脚是鹿蹄形的。

11. 最后的形象

她醒来，她尖叫，她被彻底震撼。她就像一个被波涛抛弃的溺水女子。

她猛地在床上坐了起来，她努力地大口呼吸。是的，是的，她发现她的嘴唇上还有气息。是的，她还活着。是的，她睁开了眼睛。

远处，有一个男人，但那个男人不是哈腾。那是一个要强壮得多的男人，他站立着，背向而立，面朝大海。

她瞧着波涛汹涌的大海，海浪就拍碎在防波堤的尽头。就在我那傲然挺立的父亲身后，左边，就是灯塔。

那是我最后一次见到他。防波堤一直延伸到我父亲的脚边，他就站在海堤上，跨骑在海堤上，几乎就在海浪之中。他背对着我。我只看到他的后脖颈和肩膀。他是如此之高，高高矗立在堤坝之上，多美啊。高高挺立在即将扬帆起航的航船之上。多美啊，他就在冲天而起拍岸的惊涛中。浪花碎在了空中。如此巨大的一片。

12. 喃喃声

他们的气息平静下来。嗓音变得更缓慢，更黏稠，更沉闷。最后，他们推开了酒杯。最后，他们停止了饮酒。最后，他们把纸牌收拢好，把它们混起来，叠起来，排列起来。大部分玩伴都走了。我自己也厌倦了。公爵不想睡觉。公爵准许我乘坐他的马车回家。我把他留在了曾陪伴我的女友身边。当我一边整理我那些丝带，一边把我的头饰放回去时，他们的手正忙于他们的欢乐，并已经在准备他们的挑逗行为了。他们的眼睛不再看到我。因此，我就默默地，甚至可以说偷偷摸摸地离开了他们。我走下了通往庭院的大楼梯。我登上了那辆画有公爵徽章的马车，那上面有一柄长矛。而在 17 世纪末，曾住在这里，住在圣母岛上的我那曾祖父的店铺的招牌上，则很简单地显现出一个呈浮雕状的凿子，与这支金色的长矛非常相似。他是版画师。他叫莫姆。他是布鲁日人。他在安特卫普去世。我们立即就出发，而立即，我们的车就行驶得飞快。天气温和。我任由车门的皮帘布高高地撩起着。但是，就在玛莱区的低地，塞纳河的边上，一辆出租马车停在一条小街上。车夫无法绕过它。他开始叫唤起一个我根本就看不见的人来。我半睡半醒着。我不知道另一个人回应了他什么。但是我听到，我的车夫在咆哮了一通之后，变得很烦躁。另一位也跟着叫嚷起来。于是公爵的车夫便开口辱骂了。另一位现在也被触怒。我的车夫从长凳上跳下来，手拿着鞭子，朝对方狠狠地抽了两鞭子，抽在了他的脸颊和眼睛上。他顿时吼叫起来。一个男人手持利剑走出了府邸。我听到到处都响起了叫喊声。我掀起皮门帘。我看到血从马车的踏板上流下来。我看到四周房屋的窗户打开了。人们开始呼唤夜间巡逻队。争斗原本只有马鞭与利剑的挥舞，随后连手枪也加入了进来。我听到马蹄敲击着街面的砌石，越来越近，越来越响。我从另一个车门窜出了马车，根本就顾不上打开已折叠起来的踏脚板。我奔跑在小巷的砌石路面上。我看到，在小巷尽头，在广场上，有一些重新聚集到一起的人。我右侧的一道门打开了。在四方形的光亮中，我觉察到一个人举着一支火炬。我匆匆扑向这道门。

"先生，救救我。"

"您有救了，"他一边喃喃道，一边拉住了我的胳膊，

"快进来。"

门立即就在我身后关上了。他用一根木杠把门扇嵌定在墙上。那人将火把放回到它的铁挂钩中。我们爬上一段漂亮的石头楼梯。他把我带进他那个面朝着一盆炭火的房间。他蹲下来，在火盆中加了一块木柴，木柴一接触到那红红的炭火，立即就噼里啪啦地燃烧起来。但是，我始终听得到外面传来的喊叫声和枪声。我走近窗扇。这是一场真正的街头激战。我离开了窗扇。我听到一个嗓音在我身后响起：

"每天晚上都这样。所有人全都饿坏了。所有人都觉得自己因贫困而受辱。他们互相残杀。"

"您讲的是亚当以来的人类历史。"我说着，又瞧了瞧在大街上格斗的人。

我转身过来。实际上，这个人比我刚才在房门的阴影中看到的要更年轻。他很英俊。他在他的衬衫之外又披了一件漂亮的浅灰色印度式睡袍。他手中拿着一小罐葡萄酒和一只酒杯。他的嗓音很低沉，很美。他微微含笑。我接过了酒杯。我润了润嘴唇。这是一种来自兰斯的葡萄酒。当这年轻人靠近桌子，当他为自己也倒了一杯酒时，他重复道：

"每天晚上，这街区都会释放它那古老的原始呐喊。"

"是啊。"

"但是，人们越是不幸，就越是气喘吁吁。"

"没错，"我说，"我相信我已经明白了您想要说什么了。"

我还戴着一种坐马车时专用的头饰。我不得不把面纱掀到嘴唇的上方，以便喝水。

"您真美啊。"

"这绝不是该对我说的话。由于您刚才对我的赞美，我现在不得不走掉。"

"请不要惧怕。"

"我心中满是惧怕。"

"这您可就错了。"

"错的应该是您。所有的野兽都害怕。恐惧万岁。万分惧怕。万分。万分。万分。这是为它们的存活所必需的。请看天上的小鸟。它们并不像您以为的那样在飞。它们在万分恐惧地颤抖。它们在展开翅膀逃窜。必须惧怕。我惧怕。在您的街上，他们还不够惧怕。而恐惧是最好的保护神。"

"丝毫不用惧怕我。"他重复道。

"说实话，我已经很厌倦了。等待街道逐渐地恢复平静的这段时间，您能允许我留在您的火边吗？"

"我不相信会很快恢复平静。"

"我有钱。"

"我不要您的钱。我会把这个房间留给您的。我楼上还有一个厅室，我用来做书房的。我这就去那里。"

"说实话，在刚刚发生的这件事中，我失去了一个朋友的车夫，还有一辆马车的使用。"

"他不是您的车夫吗？"

"不是的。那是一位朋友借给我的马车。"

"兴许他会有办法再找到您的。"

"他不知道我在哪里。他甚至都不知道我要去哪里。我告诉他的地址是假的。"

"为什么呢？"

"为了不被纠缠。因为我惧怕。为什么我心中总是充满了恐惧？我刚跟您说了。请瞧瞧林中如此不安的小鹿。请瞧瞧它们的眼睛。而现在，再瞧瞧我的眼睛。必须善于该害怕的时候就害怕，并且不停地战栗，这样的话，也就永远不会在森林的所有危险和所有美丽中停止自由了。"

"那自由，到底是什么？"

"那就是逃避一切。"

"我的天哪，您说的每一句话都让我惊诧不已。我希望您更平安，或者，至少，更平静。眼下，我请求您按照您每天晚上习惯的那样去做。我会去找一个水桶来满足您的需要，还有您晚上用的床单。"

于是，他转身走开了。

在壁炉旁，热量让人感觉很温和。我摘下了头饰，脱掉了外套。我把它们放在一个大箱子上。我在炉膛前坐下。我开始喝。我昏昏欲睡，却依然听得到人们在大街上继续激战的尖叫声。过了一会儿，听见尖叫声和叫喊声一直就没有停止，我便来到窗帘边上朝外瞧。我的眼睛慢慢地闭上了。我们正处于 1789 年美丽的 6 月的月底。空气温和。街道每天晚上都会提供它的表演。当他回来时，我还一直在监视着。我对他说，我接受了他好心对我提出的建议。他把他带来的桶放到了壁龛边上。

"明天，"他对我说，"您就坐我的马车回您家好了。"

他向我打过招呼并帮我关上门后，我就稍稍脱了脱衣服。我熄灭了蜡烛。火光足以让我看清周围。我躺到盖被凌乱的床上。我检查了一下。它还带有他的体温，但是很干净。我昏昏地睡去。夜里，每当我感到焦虑时，我就会突然醒来。我睁开眼睛。他在那里，瞧着我睡觉。

"什么都别怕。"他对我说。

"您在这里做什么呢？"

"我在黑暗中瞧着您。"

"您为什么要在黑暗中瞧着我？"

"您是如此美。"

他们结婚了。她的那些恐惧，它们消失了吗？拥有了一个肉体后，她就不那么焦虑了吗？她会从中得到更多的快乐吗？当一个男人判定，这一偌大的肉体是如此被渴望着，同时又是如此不可理解，而他求助于它是因为黑夜的来临，这时，她是不是就不那么害怕了呢？他们有了很多孩子。但是没关系，他在她的身上所爱的，不是母亲，而是女人。常常，在深夜，他就这样跪在床边的过道上，半裸着身子，没有睡意，就那么瞧着她在黑暗中熟睡。她是如此美。她母亲曾是如此美。她的外祖母曾是如此美。她的曾外祖母曾是如此美。她生活在一座朝向运河的宫殿里，而运河则通向已经成了一片废墟的埃斯考河。他靠近她的脸。他喜爱她那恐惧的气味。这个女人的恐惧闻起来是如此香。他瞧着她如此美的乳房，随着呼吸而隆起。

M，不仅是爱，不仅是海

——《爱，海》译后记

　　这位帕斯卡·基尼亚尔，无疑是当今在世的最伟大的法国作家之一，当然，说是"之一"，是我的个人评价，不免带一些偏爱。他不像被誉为当代巴尔扎克的米歇尔·维勒贝克那样，着眼于当今法国社会的多面现实，喊出时代最强烈的怒吼，倒是有点儿像写了《寻金者》并获得过诺贝尔文学奖的那一位勒克莱齐奥，走向了历史，走向了社会的边缘，走向了别处的文明，在那里寻找他的艺术宝藏。

　　他的最新作品《爱，海》是一部小说，也算是他作品中比较厚的一部，但近四百页整整 14 章 101 节的内容显得比较散，故事、人物之间的连接也比较凌乱，内在的彼此呼应寻找起来颇有些难度，作为译者的我恐怕很难写出一个"内容提要"之类的东西来。而且，作品的主题似乎也无法用一句话归纳。

不过，有那么几个人物、几条故事线索要先把住：

首先就是相爱的男女音乐家的故事：

图琳应该是第一号女主人公，她是欧洲北方的芬兰人，维奥尔琴[1]演奏者，是一个在航海中失踪的船长的女儿，也是著名的音乐家德·圣科隆布先生（他则是基尼亚尔另一部小说《世间的每一个清晨》中的一号男主角）的学生，她也是很不愿意离开北欧那冰冷海洋的"爱-海-的-情-人"。对她来说，大海就是"彩虹诞生的地方，太阳永不落下的地方，夜晚只在蓝色的暮色中结束的地方"。她总爱穿"蓝灰色的缎面裙袍"，这显然会让读者联想到海的颜色。她总爱一年四季地在大海中赤裸裸地游水。小说的标题《爱，海》显然隐含了这一人物的特征，也是她的化身和象征。

而男一号，则叫朗贝尔·哈腾，他在德国、瑞士、法国的交界处城市米卢斯长大，但并不是真正的米卢斯人：

---

[1] 对了，关于"维奥尔琴"，还值得提上一笔：维奥尔琴（viole）是一种古提琴，类似于大提琴，但有六根弦。我在最初翻译《世间的每一个清晨》一书时，把它翻译为"大提琴"（见漓江版），后来看过电影（改编的电影名为《日出时让悲伤终结》），才知道不是大提琴，首先，它没有琴脚，演奏者要把琴夹在双腿之间。另外，它的弦线也要多那么两根。

他真正的出身很是蹊跷，母亲应该是个瑞士的音乐人，被人强暴后生下的他，但又把他送给米卢斯的一个销售乐器的商人。他"曾梦想成为一个教士，去中国传教"，但是，当他看到，"在城市的街道，在乡野的沟壑，一直到所有民族的崇山峻岭和广袤森林中，只有鲜血在流淌"，他便不再相信上帝。哈腾从青年时代起就在整个欧洲游荡，前后在好几个地方生活，他是著名的鲁特琴演奏者，也是著名的乐谱抄写人。他这个被迫游荡在欧洲各地的人，也让读者联想到基尼亚尔的另一部作品《游荡的影子》的书名。

这两人在 1650 年代相爱了。

其他的要紧人物，还有那位叫茜碧尔的公主（她后来成了符腾堡的公爵夫人。丈夫死去之后，则升格为公爵太夫人），当然，还有她的那匹坐骑，叫约瑟芙（也叫约瑟法）的母马。这母马似乎可以被看作一个人物，作为译者的我曾被作者对"她"的描写所感动，以至于在翻译过程中一度不知道是该用女性的"她"还是用动物的"它"来称呼这约瑟芙。

人和马，"她们俩"都遭遇了长年累月的不幸。"她"死了丈夫，"它"则死了自己的马驹子。而后来，它竟然跳涧自杀，让她陷入极度的悲伤。

当然，还有次要人物弗罗贝格尔先生，他是符腾堡人，也是茜碧尔公主的好友，小说写了他那蹊跷的突然死亡。弗罗贝格尔跟较他更年轻的哈诺弗尔有着同性恋的关系。哈诺弗尔长大成人期间始终很忧伤，因为喜爱男人的他也爱上了一个女人。

…………

作者基尼亚尔在其创作生涯中偏爱的几个主题，在这部小说中依然存在：

首先是音乐，不言而喻，这个主题始终就存在于基尼亚尔的文字世界中，像是一种顽念，一个梦魇，是一条贯通了他所有卓越作品的主线。小说的主要人物几乎都是音乐家、乐器演奏家。这些，我们早在他的《音乐课》《世间的每一个清晨》等作品中都读到过了，不必在此重复阐释。另外，《游荡的影子》这一书名则也源自 17 世纪法国音乐家的同名乐曲。

这部小说中有一点特别引起我的注意：作者似乎把1650 这个年代作为一个日期坐标，让种种故事发生在此时的欧洲各国，并让它们落入当时的历史事件中。在这部《爱，海》中，我们读到，并通过人物的经历听闻到：几乎席卷整个欧洲大陆的宗教战争、大规模的饥馑与瘟疫、投石党人的叛乱、巴洛克建筑艺术和音乐艺术的兴起、凡尔赛城堡的扩建、路易十四宫廷生活的奢华、首相马扎林的死、鲁特琴的所谓消失、纸牌中人物头像的选定等等。这一年代发生在欧洲的大事，都能在小说中找到相应的大线条勾勒和描写。

就这样，通过1650年代这个历史日期，作者把"音乐"和"绘画"这一类艺术生命，把"爱情"和"死亡"这一类人类生命，都放在了历史坐标之中。当然，小说的最后那一章节写的已经是一百多年后的1789年，是血雨腥风的法国大革命前夕的事，但人物（一个女性）依然如她的母亲、她的外祖母、它的曾外祖母一般美丽，而随着岁月的流逝，"维奥尔琴"已经消失了，"鲁特琴"也消失了，但"音乐"还在，"爱"还在。

我作为译者，也是特殊读者，还特别注意到一点：小说的法语书名是 L'amour la mer，是并列的且没有连接词的两个名词"爱"和"海"，"爱"和"海"两个词中都有"m"这个字母，能读出"m"这个需要闭口再开口的音。而作品中重点涉及的话题"音乐"（musique）、"死亡"（mort）这几个词中，也都有"m"这个字母和这个音。

就这样，几个带"m"的关键词（mot clé），"爱"、"音乐"、"海"、"潮汐"（marée）、"死亡"、"世界"（monde）、"马赫特"（Mahrt）都理所当然地在这部小说中找到了自己的位置。

当然，在"音乐"中，我们可以读出"艺术"（art），在"死亡"中可以读出"时间"（temps），在"爱"中可以读出"激情"（passion），他们也都是这部小说的关键词（mot clé）。

随便举个例子，我们就能发现这一字母"m"的神秘。小说中对海潮的描写有这样的三行文字：

海潮越大，离**死亡**越近，那海滩就越**壮丽**。
奇迹就越不连续，就越广阔。
世界越深，黑夜越**巨大**。

它们的原文是：

Plus la *marée* est grande, plus la *mort* est proche, plus l'estran est *sublime*.

Plus la *merveille* est discontinue et vaste.

Plus le *monde* est profond, la nuit *immense*.（斜体强调为笔者所作，与上文中加粗的译文对应。）

短短三行中，带"m"的词，就有"海潮""死亡""壮丽""奇迹""世界""巨大"六个。

这一例子足以说明问题。

还记得，在《音乐课》(*La leçon de musique*，1987 年)和《世间的每一个清晨》(*Tous les matins du monde*，1991 年)这两部书名中都带字母"m"的早年作品中，作者让姓名中都带"m"音的人物马兰·马莱 (Marin Marais) 隐藏 (musser) 在老师 (maître) 家的花园中一棵桑树 (mûrier) 底下，听到了树上小屋 (maisonnette) 中的真正音乐 (musique)，从而发现了音乐的奥秘 (mystère)，从而赢得了音乐才华上的成熟 (mûr)。

在《音乐课》中，就有这样的一段，讲到了"桑树这个词"(ce mot de mûrier)：

> 这个青年马兰·马莱的生平小段只讲了唯一一个具体的细节、唯一一个真实的小事，就凝结在一间小木屋上，它在那座花园里，搭在一棵桑树的枝干间。唯一一个非常现实、活灵活现的词就是"桑树"二字。马兰·马莱在偷听，挨着一道隔障、一块发声的地板——已是一把乐器的一间小木屋。耳朵贴着树，身体下蹲，

这位偷盗的音乐主角在重现一种更为古老的姿势。那场景曾是妊娠，后来成了分娩。在夏末，整个场景都在唤起另一道隔障，另一种听觉上的贪婪。[1]

还记得，《罗马阳台》的主人公的名字，也是带"m"的莫姆（Meaume）和玛丽（Marie）。而这两个人物也在《爱，海》中得到了一再提及，一再描写。

而本小说中，男主角朗贝尔·哈腾的所谓故乡是米卢斯（Mulhouse），我们已经知道，哈腾本来不是出生在米卢斯的，是后来"被带到"那里的，而这个以"m"起首的城市名，应该被看作整个欧洲的化身，因为它位于三国交界处，它在法国，但距离德国、瑞士分别只有十几和几十公里的路程。这显然是作者故意为人物哈腾选择的"空间身份"：他是欧洲人，注定一辈子要在欧洲大陆上游荡。

为解心中的这一疑惑，我特地请教了国内翻译和研究基尼亚尔的专家王明睿女士，她对我这样说："基尼亚尔确实喜欢做同音词的联想，再加入自己的思考来丰富联想的内涵，从而把错综复杂的关系高度凝练进几个有相同发音

---

1 《音乐课》，帕斯卡·基尼亚尔著，王明睿译，河南大学出版社，2019 年版，第 20 页。人物译名有改动。

的词里，或者是同词根的词里。"

找来她翻译的和写的书，我又发现了一个对基尼亚尔来说很重要的神话人物美杜莎（Méduse），这名字也是以"m"开头。基尼亚尔有部作品《挂在舌尖上的名称》（*Le Nom sur le bout de la langue*）的第二部分就叫"论美杜莎"，讲他年幼时看到母亲张口忘词、面目凝定，像去了另一个世界的场景。

当然，他作品中的另一个主题"变声"，也是一个带"m"的关键词"mue"。这在《音乐课》等作品中被大大地谈论。甚至，连跟"变声"只有一点点小小联系的"喉结"（法语称之为"pomme d'Adam"）似乎也被扯了进来。

从 1986 年起，他的十几部小说作品的书名都带有字母"m"，如 2006 年的《阿玛利亚别墅》（*Villa Amalia*）和 2016 年的那部《眼泪》（*Les Larmes*）。

另外，我还联想到，当年，拉维奥尔琴的琴手演奏时，需两膝夹住琴身，因为那琴还不像当今的大提琴那样有琴脚，能自己立在地上。于是，维奥尔琴琴手的演奏姿势，便活脱脱就是一个字母"m"的样子。

兴许，这个形状很像大门的"m"就是我们进入基尼亚尔文学世界的一道形象之门。

话又说回来，说《爱，海》是小说，它已经很不像传统的小说，应该是叙事和思辨的杂糅，作者之前的很多作品都采用了如此的写法。要知道，1980年代，基尼亚尔曾经专门写过整整四大卷《论述》，后来才把更多的精力转向了文学创作，因此，即便是在写小说，他也会不由自主地在叙事中夹杂很多的议论和思考。不过，我早先翻译的《世间的每一个清晨》和《罗马阳台》还不是这样的，再之前的《符腾堡的沙龙》（1986）和《尚博尔城堡的楼梯》（1989）也都是很"经典"样式的小说。但是，大概是从《游荡的影子》（2002）起，作者的创作有了新的苗头，总爱把令人眼花缭乱的格言警句和学术性很强的参考文本混杂在一起，并让不止一个读者感到困惑，毕竟，那样把"论述"（traité）夹杂在"叙事"（récit）中的新的小说文类，也是萝卜青菜不好选，有人喜欢有人厌。[1]

直到新近的那一本《眼泪》（2016），还是如此写法。当然，对这样的"多文体"杂糅的作品，我并不讨厌，读了也很受感动和启发。在这部《爱，海》中，男女主人公哈腾和图琳的故事甚至还用带数字编号的"片段"小标题

---

[1] 我当年翻译《罗马阳台》《世间的每一个清晨》之后写过一些文字，充当了汉译本的后记，如今读来觉得仍未过时，对中国读者了解其人其作仍有借鉴作用，读者可参考（见2004年漓江版以及2019年广西师大版的《罗马阳台》《世间的每一个清晨》）。这里的话，跟之前的那篇后记在行文上没有什么重复之处，但基本想法还是一致的。

分别标出，颇有某些浪漫主义长篇小说的做法了。

另外，我还想说，这部《爱，海》小说中的好些人物曾在作者之前的作品中出现或已经提及，这也就使得它有了一种回顾的味道，不过，我想，这应该不会是已经七十五岁的作者的最后作品吧。期待他的晚年还能有精彩的文字面世，放射出更多的文学艺术之光。

说到作品的翻译，恐怕还得在此啰嗦几句。

首先是书名。小说的法语原书名是 *L'amour la mer*，并列的两个名词。直译的汉语应该是"爱海"，但汉语中，这个"爱"字容易被理解为动词。若用"爱与海"，则感觉生生地多了一个连接词。想来想去，用了"爱，海"，无奈，还是有些不称心。

其次，作品中有很多文字游戏，借由相同词形但不同词义的混用，或相似词形产生的联想，造就很怪异奇妙的效果。

例如，文中有一句"一个专门雕刻低音的版画家"，其中，"版画家"的原文是"graveur"，而"低音"则是"graves"，通过这一文字游戏，把绘画与音乐通联到了一起。

又例如，"他在消退的海潮中默默地划行"这句话中，

"划行"和"海潮"的原文为"rame"和"marée",为两个"字母换位"之词,仿佛一个动作落在了一个流动的地点中,就变成了一个"倒向的"动作。

再如"散发着生涩煤烟和酸苹果味"这一个词组,法语原文为"sentant la suie et la pomme sure",显然包含有音形相似之词的文字游戏。译文在处理时便刻意用了几个带"s"音的字"散-生-涩-酸"。

对这些,译文都加了简单的注,目的就是想提醒一下读者。但也不知如此处理的效果如何。

此外,还得说明,原作中,从欧洲不同语言出发,一些人名地名混杂了法语、德语或其他欧洲语言的写法,翻译的时候也保留各种语言之间的小小不同,谁让这是一部"欧洲"的小说呢?

余中先

2023 年 2 月 15 日草写于北京蒲黄榆寓中

改定于 2023 年 3 月 12 日